杨海明

1942年生，苏州人。1960—1964年就读于江苏师范学院中文系，1978—1981年在南京师范学院中文系师从著名词学家唐圭璋先生攻读硕士学位。后执教于苏州大学，1993年被国务院学位办批准为博士生导师。曾任中国韵文学会常务理事、中国宋代文学学会副会长，现任中国词学研究会名誉会长。主要从事唐宋词研究。著有《唐宋词风格论》《唐宋词史》《唐宋词美学》《唐宋词与人生》等。一些著作在海内外产生过较大影响，《唐宋词史》曾获全国高等学校首届「人文社会科学研究优秀成果奖」二等奖和首届「夏承焘词学奖」一等奖；两部专著被翻译成韩文，四部专著在台湾地区再版。2016年获中国韵文学会、中国词学研究会颁发的「中华词学研究终身成就奖」。

杨海明词学文集

第一卷　唐宋词风格论
第二卷　唐宋词史
第三卷　唐宋词美学
第四卷　唐宋词与人生
第五卷　唐宋词论稿
第六卷　唐宋词论稿续编
第七卷　唐宋词纵横谈
第八卷　宋词趣谈
第九卷　张炎词研究
第十卷　宋词三百首新注

楊海明詞學文集

杨海明 著

·第一卷·

唐宋词风格论

江苏大学出版社
JIANGSU UNIVERSITY PRESS

镇江

图书在版编目(CIP)数据

唐宋词风格论 / 杨海明著. — 镇江：江苏大学出版社，2020.7
（杨海明词学文集；第一卷）
ISBN 978-7-5684-1311-4

Ⅰ.①唐… Ⅱ.①杨… Ⅲ.①唐宋词 — 风格 — 诗词研究 Ⅳ.①I207.23

中国版本图书馆 CIP 数据核字(2020)第 097610 号

唐宋词风格论（杨海明词学文集 · 第一卷）
Tang-Song Ci Fengge Lun (Yang Haiming Cixue Wenji · Di-yi Juan)

著　　者/杨海明
责任编辑/张　冠　米小鸽　郭　杰
出版发行/江苏大学出版社
地　　址/江苏省镇江市梦溪园巷 30 号(邮编：212003)
电　　话/0511-84446464(传真)
网　　址/http://press.ujs.edu.cn
排　　版/镇江文苑制版印刷有限责任公司
印　　刷/江苏凤凰数码印务有限公司
开　　本/718 mm×1 000 mm　1/16
印　　张/11
字　　数/210 千字
版　　次/2020 年 7 月第 1 版　2020 年 7 月第 1 次印刷
书　　号/ISBN 978-7-5684-1311-4
定　　价/80.00 元

如有印装质量问题请与本社营销部联系(电话:0511-84440882)

《杨海明词学文集》再版前言

本书初版于2010年。此次再版，尊重历史，一仍旧貌，只是遵照出版社的意见，将原先的8册(12卷)改为10卷，次序也做了一些变动，内容则并无改动；另外又请我的老学生们对全书文字重新审读过一遍，改正了一些错漏。由于自初版至今已抵10年，而我早就从学术界“撤退”出来，变成了一个出入于市井里巷、流连于园林名胜的闲散老人，因此现今无心无力对旧著做些修改，这点敬希读者谅鉴。

本书无论是初版还是再版，都得到了江苏大学出版社总编芮月英女士的大力支持和热心相助，在此郑重致谢！我的老学生们，对于它的初版和再版，也都付出了辛勤的劳动。他们是：曹志平、曹辛华、陈国安、闵定庆、钱锡生、孙虹、宋秋敏、王晓骊、薛玉坤、张幼良(排名不分先后，按音序编排)，而总其成的则是钱锡生和陈国安。他们(以及其他一些老学生们)一贯以来对我无微不至的关心和帮助令我十分感动和深感温馨。趁此机会，也向他们表示深挚的谢意！

杨海明

2020年3月　书于苏州嘉园寓所

《杨海明词学文集》初版总序

自1978年秋师从唐圭璋先生攻治词学至今，忽忽已过30年矣。回首当年，自己本是一位普通的中学语文老师，不意在攻读唐师的硕士研究生、随后又转入高校(苏州大学)工作之后，竟涂鸦出了一大堆评说唐宋词的文字，并在词学研究领域产生了一定的影响，以至我的博士生们现今要为我策划出版这套词学文集，不禁感慨良多。我深知自己既缺乏像夏承焘、唐圭璋等老辈学人那样深厚宽博的学养，也跟不上新时期所涌现出的青年学者那种与时俱进、敢于创新的迅猛步伐，充其量只是一个衔接两代的过渡性人物，因此要出文集，不免有些汗颜。但转而一想，对我来说，这套文集所收的旧文好歹记录着自己在词学研究领域里跋涉过的一连串足迹，把它们整理出来总算做了一番"盘点清理"和"立此存照"的工作，未尝没有一点意义；而对不少读者，尤其是很多青年学子来说，像《唐宋词风格论》《唐宋词论稿》《唐宋词纵横谈》《唐宋词美学》等旧书，由于后来未曾再版过，故在书店难以寻获，因此这次"打包"再版，也可满足他们的迫切需求。基于以上两点考虑，我同意了门生们的建议，由他们分工协作对旧稿做了一定的校订，终于推出了这套词学文集。宋人陈与义曾有词云："二十余年如一梦，此身虽在堪惊。闲登小阁看新晴。古今多少事，渔唱起三更。"(《临江仙》)对我而言，若是改动其中一个字，变成"三十余年如一梦……"，便很能表达此时看到这套文集的内心感受：往事早如云烟，此身也已垂暮，这套文集所收的旧文其优劣、良莠就让读者和后人去评说吧，而我本人则要闲登小阁去享受那为时有限的余生了。

本文集共八册、十二卷。下面,分别对各册内容作具体说明。

第一册由卷一、卷二组成。

卷一《唐宋词风格论》:此卷原由上海社会科学院出版社 1986 年出版。后来发现,台湾木铎出版社 1987 年盗印过它,易名为《唐宋词的风格学》,且隐去了作者的姓名。韩国新雅社 1994 年将其译成韩文出版,翻译者为李钟振教授。

卷二《张炎词研究》:此卷原由齐鲁书社 1989 年出版。

第二册收录卷三《唐宋词史》。此卷原由江苏古籍出版社 1987 年出版,后由天津古籍出版社 1998 年再版。后者对前者略作修订,主要是改正了一些错字和删除了某些不必要加的引号,内容基本不变。此次再版,依照后一版本。台湾丽文文化事业公司 1996 年出版了它的繁体字版。韩国新雅社 1995 年将它译成韩文出版,翻译者为宋龙准、柳种睦先生。

第三册收录卷四《唐宋词论稿》。此卷原由浙江古籍出版社 1988 年出版,其中选录了我 1981 年至 1986 年发表的论文 32 篇。

第四册收录卷五《唐宋词论稿(续编)》。此卷为这次所新编的论文集,共收录论文 35 篇,其时间跨度较大(1984 年—2008 年),主要是从《唐宋词论稿》出版以后所陆续发表的论文中选辑而成。其内容大致分成六类:一是对唐宋词的魅力来源,尤其是其人生意蕴作出探寻;二是对唐宋词的心理内涵做些剖析,兼论“角色转换”对这些意蕴生成的重要作用;三是词论研究,以及我对于词学研究的若干思索;四是从传承和变异的角度来对唐宋词进行文化考察;五是读唐宋词的一些心得,它们所涉及的问题较多;六是其他方面的一些文章,其中既有两篇论宋人散文的文章,还有三篇论析夏承焘先生治学历程和回忆唐圭璋、段熙仲先生往事的文章,收录这后三篇主要想借此表达对先贤的缅怀之情。上述 35 篇文章,以前散见于各种报刊之上,此次结集出版,可省读者查检之劳,姑取名为《唐宋词论稿(续编)》。

第五册收录卷六《唐宋词美学》。此卷原由江苏教育出版社 1998 年出版。

第六册由卷七、卷八、卷九、卷一〇组成。

卷七《唐宋词纵横谈》:此卷原由苏州大学出版社 1994 年出版。台湾丽文文化事业公司 1995 年出版了它的繁体字版,易名为《唐宋词主题探索》。

卷八《宋词趣谈》:此卷原由台湾业强出版社 1997 年出版。它的学术性不强,但趣味性和可读性尚可,因大陆读者不易读到,故在此再版,可供非专业的读者阅读消遣。

卷九《李璟·李煜》:此卷原由春风文艺出版社1999年出版,为其“插图本中国文学小丛书”中的一种。

卷一〇《东吴绛帐展痕——序跋选录》:此卷收录了我为学生们的学术著作写的序跋。

第七册收录卷一一《唐宋词与人生》。此卷原由河北人民出版社2002年出版。

第八册由卷一二、附录组成:

卷一二《宋词三百首新注》:此卷原由天津人民出版社1993年出版。合作者刘文华女士乃是我的妻子,不幸已于近时病逝。几十年来,她在生活和工作上助我良多。今日再版此卷,也作为对她的一种悼念。台湾丽文文化事业公司1995年据此重排,出版了它的繁体字版,易名为《宋词三百首鉴赏》。

《附录》四种:一是崔海正教授所写的《论唐宋词专家杨海明——当代词学家系列研究之一》。二是曹辛华博士所写的《杨海明与唐宋词研究的深化》。这两篇文章的撰写,其作者事前事后都未与我本人做过沟通,完全是他们个人意见的表述。照我看来,其中颇多溢美之词而缺少中肯的批评,实在愧不敢当。但它们却能从一定程度上揭示我的某些研究“特色”,可供我自己反省并供读者参考。除此之外,很多师友(如曹济平先生、潘树广先生,以及刘扬忠、肖瑞峰、王兆鹏、刘尊明等先生)和学生(如邓红梅、赵梅、闵定庆、钱锡生、王晓骊等博士,以及浙江大学的张锦同学)也曾为我的一些论著写过书评,但因篇幅的关系,这里就不再收录,谨向他们表示衷心的感谢和诚挚的歉意!三是王晓骊博士所记录的《背靠遗产　面向当代——杨海明教授词学访谈录》,它概述了我从事词学研究的历程,以及研究唐宋词的若干心得体会,也可提供给读者阅读。四是张幼良博士所撰《瞬间三十年——杨海明先生学术年表》。

正如开头所说,我在这30年左右的时间内竟不意涂鸦出了一大堆评说唐宋词的文字,其间的甘苦辛甜,自然一言难尽;而文章的优劣良莠,也心知肚明。总的来说,由于我的写作往往率性而发,主要凭兴趣和“感悟”,而不耐作缜密细致的思考,因此文章中的疏漏和缺陷(甚至错误)自然难免,还望读者多多指教!另外,由于我往往是先写成一篇篇单篇论文,以后又把这些论文中的观点和材料融汇在后来的专著中间;而在撰写单篇论文时,因每篇文章都要自成一个独立的

“单元”，故而有一些观点和例证有可能会在全书中多次出现，或许会令人产生啰唆重复之感。这里谨表歉意。再者，由于这些文章写于不同时期，早期的文章并不像现今那样讲求“学术规范”，故而现在读来肯定不够“规范”，不够严谨。这点也请读者鉴谅！追昔抚今，如果说这套文集所收的一些旧文，在“文革”结束不久、新时期刚刚开始的阶段或许曾有某些“闪光点”使人眼目为之一亮的话，那么时至今日恐就早已平淡无奇，甚至黯然失色了。所以我十分清醒地将自己定位为新旧时期转型阶段的一位“过渡型”的研究者，而词学研究的崭新局面和崭新气象则期待着后来者们去努力开启和努力创造——这也是我作为一名曾经的词学研究者所殷切期望的。

最后，要对引导我走上研究道路并给我以提携指导的唐圭璋师、孙望师、段熙仲师、吴调公师表示深切的悼念与感谢；对大力促成本文集出版并付出辛勤劳动的我的博士生们（曹辛华、曹志平、孙虹、薛玉坤等）表示深深的谢意，拙著引文均由他们重新查核，并详为注出；特别应该提出的是，陈国安博士在本文集的出版过程中付出了艰辛的劳动，其热情与认真令我十分感动，特在此也表示郑重的感谢；对大力资助本文集出版的江苏海门市教育局副局长许新海博士表示衷心的感谢；对支持本文集出版并花费很多心血的江苏大学出版社总编辑芮月英女史和图书编辑部主任顾正彤女史表示深深的敬谢之心。

杨海明

2010 年 10 月

《唐宋词风格论》序言

唐宋词苑，才人辈出，名作云起，琳琅满目，美不胜收，为我国文学遗产宝库增添无数明珠奇葩。自来治词学者，有词选、词论、词史、词集考订、词人年谱之作，然尚未见有专从风格入手作纵横谈者。海明此书，亦史亦论，寓史于论，实为首创。既有宏观之综述，又有细密之论析，融研究、评论、赏析于一炉，自出新意，颇有创获。虽因篇幅之限，犹未能尽论列名家名作而畅所欲言，然唐宋词苑风格之大端，略已具陈。此书之作，足以引起词学爱好者之兴趣，推动词学研究工作的进一步开展，于发扬古典文学、继承文学遗产，实有贡献云。

唐圭璋

1984 年 6 月

目　录

下编 杂 论

引　言

迈入唐宋词苑,人们仿佛来到了“美”的“大观园”。这儿有着数不清的奇花异葩、名卉秀木。拿传统的分法来说,在“婉约派”的园圃里,既有温庭筠的精艳绮靡,又有韦庄的清新流丽;既有晏殊的温润秀洁,又有柳永的铺叙尽致;既有周邦彦的缜密典丽,又有李清照的轻灵新巧;既有姜夔的风流骚雅,又有吴文英的绵丽幽邃……此外,欧阳修的俊深沉着,晏几道的清壮顿挫,秦观的凄清含蓄,史达祖的妥帖轻圆,王沂孙的沉郁缠绵,等等,都是自成一家,各具面目。而在“豪放派”的苑地里,既有苏轼的清雄豪旷,又有辛弃疾的慷慨排奡;既有张孝祥的迈往凌空,又有陆游的气魄深厚;既有陈人杰的悲凉感慨,又有文天祥的浩气入云……也是万象纷呈,其异如面。而除此之外,还有为这两大风格所不能囊括的其他风格的作品,以及“一身而兼两任”的词人存在。真是好一派林林总总、百花齐放的繁荣气象!千百年来,有多少读者被它所吸引、所陶醉!“堕情者醉其芬馨,飞想者赏其神骏”①,不同的欣赏者,都可以从词苑里找到自己所喜爱的艺术风格和艺术美感。它正是中华民族文化遗产中的一个值得珍视的宝库。

为什么我国源远流长的诗歌长河进入到唐宋词的阶段会呈现出如此美不胜收的动人景象来?它具有哪些值得总结的历史经验?这是摆在我们面前的一个重要的研究课题。特别是在科学文化日益发展的今天,更需要我们努力以新的观点和方法加以探求。而其中,建立唐宋词的风格学,对它的风格展开比较全面而深入的研究,又是一项必不可少的工作。

早在唐宋词的创作处于蓬勃阶段的宋代,就有人开始了对风格问题的注意。北宋晁补之说过这么一段话:

> 世言柳耆卿曲俗,非也,如《八声甘州》云:“渐霜风凄惨,关河冷落,残照当楼”,此唐人语,不减高处矣。欧阳永叔《浣溪沙》云:“堤上

① 沈曾植:《菌阁琐谈》,唐圭璋编《词话丛编》,中华书局,1986年,第3608页。

> 游人逐画船，拍堤春水四垂天，绿阳楼外出秋千”，要皆绝妙，然只一“出”字，自是后人道不到处。东坡词，人谓多不谐音律，然居士词横放杰出，自是曲中缚不住者。黄鲁直间作小词，固高妙，然不是当家语，自是着腔子唱好诗。晏元献不蹈袭人语，而风调闲雅，如“舞低杨柳楼心月，歌尽桃花扇影风”（按：应为晏几道词），知此人不住三家村也。张子野与柳耆卿齐名，而时以子野不及耆卿，然子野韵高，是耆卿所乏处。近世以来作者，皆不及秦少游，如“斜阳外，寒鸦万点，流水绕孤村”，虽不识字，亦知是天生好言语。①

这是宋人词论中最早的较具系统性的一段文字。它所论述的，主要就是词的风格（包括语言特色）问题。而在稍晚一些的李清照那篇著名《词论》中，对于风格的分析就更为细致深入了：

> ……逮至本朝，礼乐文武大备，又涵养百余年，始有柳屯田永者，变旧声，作新声，出《乐章集》，大得声称于世，虽协音律，而词语尘下。又有张子野、宋子京兄弟、沈唐、元绛、晁次膺辈继出，虽时时有妙语，而破碎何足名家。至晏元献、欧阳永叔、苏子瞻，学际天人，作为小歌词，直如酌蠡水于大海，然皆句读不葺之诗尔，又往往不协音律者。……王介甫、曾子固，文章似西汉，若作一小歌词，则人必绝倒，不可读也。乃知别是一家，知之者少。后晏叔原、贺方回、秦少游、黄鲁直出，始能知之。又晏苦无铺叙，贺苦少典重。秦即专主情致，而少故实，譬如贫家美女，虽极妍丽丰逸，而终乏富贵态。黄即尚故实，而多疵病，譬如良玉有瑕，价自减半矣。②

李清照在这里，不仅条分缕析地评论了许多作家风格的异同及其创作的得失，而且提出了词有别于诗和文，“别是一家”地具有它独特的“总体风格”，这标志着当时人们对于风格的认识已经达到了一个相当高的水准。

以后，又有范开、刘克庄、刘辰翁等人（以及在他们之前的王灼、胡寅）对苏、辛词派的“豪放”词作，提出了很有见地的见解。他们分别从“人品”与“词品”的关系、时代与创作的关系，以及作品的思想内容与词风的关系等多个方面，阐发了自己对词的看法，其中，也有不少地方是涉及风格方面的论述。到了宋元之际，沈义父作《乐府指迷》，张炎作《词源》，系统地总结了唐宋词（主要是婉约派、

① 胡仔：《苕溪渔隐丛话 · 后集》卷三三，人民文学出版社，1962 年，第 253 页。

② 王仲闻校注：《李清照集校注》，人民文学出版社，1979 年，第 194－195 页。

格律派)的创作经验,当中也不乏对于风格问题的理论建树。更值得引起我们重视的是,元明清(特别是清代中叶后)及近代以来,很多研究者对于唐宋词的风格问题也发表了许多具有灼见的评论。所有这些都告诉我们:在对于唐宋词的研究中,风格问题,乃是一个令人相当重视的问题。

但是,由于时代和阶级的局限,以及各人的文学理论和审美观点的不同,前人的这些研究中还不免存在着不少片面性和不同的缺陷。因此,用马克思主义的观点,广泛而深入地研究唐宋词坛丰富复杂的文学现象,批判地继承前代词论中有关风格问题的理论遗产,为建设新型的唐宋词风格学而努力,这是开创古典文学(唐宋词学)研究的新局面的需要,也是新时代赋予我们的任务,我们应该尽力完成它。本书作者,就是怀着这种热望进行写作和尝试的。

具体地讲,本书的主要工作有如下几项:

第一,在千姿百态、美不胜收的唐宋词面前,我们要对它们的各种类型的风格先做一番系统化、条理化的工作,从多种角度出发,对它们来一个"由博返约""去粗存精"的归纳和整理。这中间,又首先要抓住整个唐宋词的一种"总体"或"主体"风格来认识"词"与"诗"的差异性。认识了这种差异性,也就掌握了词体有别于前代文体的特殊性,抓住了词体所独具的艺术个性和总体特色。这是一个"总纲"。而与此同时,我们又应该看到,这种"总体"或"主体"风格也不是凝固不变的,它在不同的时期又演变出不同的面貌形态。此外,在发展到一定时期的时候,词中又出现了变革者,他们的一些作品中出现了为这个"总体"或"主体"风格所不能笼盖甚至与它大相径庭的别种类型的风格,这种"新品种"也是我们决不能忘记的。传统风格与新风格之间既对立又交融,由此又衍生出了新的流派。所有这些错综复杂的情况,都需要加以细心的分析和综合。对唐宋词的主要风格流派加以概括性的认识,这就是我们第一步要做的工作。

第二,在做了上述工作之后,我们有必要进而探求造成这些风格的原因。原因自然是多方面的。从时空角度看,有时代的原因,有地域的原因;从社会角度看,有政治的原因,有经济的原因,有文化、思想方面的原因;从文学角度看,有继承前代文学传统方面的原因,有作家的创作个性和创作经验方面的原因,有文学理论方面的原因,等等。总之,多种多样的原因结出了形态不一的果实,这些都有待于我们去探求和发掘。

第三,我们还要稍微研究一下这些不同风格的作品中所包含的美学意义,研究一下它们的创作经验和历史教训,并评说它们在古典诗歌史上所做出的不同贡献和应占据的地位。

相比之下,对于"诗"的研究已经相当充分和深入,因而有了不小的成绩(包括前人和今人的成果)。对于“词”的研究,则还显得相对薄弱。因此,本书的研究工作是在比较困难的条件下起步的。严格地讲,它只能算是一种尝试。既然是尝试,就难免会有错误和缺点,甚至失败。但笔者相信,抛砖可以引玉,只要本书能够在词学研究中关于风格论的领域里起到一个“引起注意”的作用,那么也就感到快慰了。希望本书的读者和唐宋词的专门研究者,在阅读之后,能给予严格的批评和指正。

本书在写作过程中,曾得到唐圭璋老师的指导,写成后又承为之作序。在此,谨对他老人家的培养之功表示衷心的感谢!又,杭州大学盛静霞老师在百忙之中通阅了初稿,提出了许多宝贵的意见,在此一并致谢。

上编　唐宋词的“主体风格”及其变革

第一章　抒情的“狭深性”造就了词的“总体风格”

词是唐宋间新兴的文体。作为一种新兴的乐府诗，它和音乐（“宴乐”）结下了密切的合作关系；作为一种新兴的抒情诗和格律诗，它又是属于广义的“诗歌”中的一脉支派。它和“诗”之间，本有着很多相似、相近和相通之处，这是由它们之间的血缘相亲关系所决定的。但是，人们的注意力往往并不放在对它们相似关系的考察上；恰恰相反，人们更多地感兴趣的倒是在它们之间的相异之处上——这也是很自然的事，因为人们在看待新生的事物时，往往总喜把注意力放在其“新”上。叶燮《原诗》（内篇）说：“乃知诗之为道，未有一日不相续相禅而或息者也。”①在“诗”已经有了1000年（自《诗经》算起）左右的历史传统之后，词再勃兴起来，蔚为一时的“大国”，这里面总有某种历史的契机、历史的需要和某种历史的必然性因素。具体地说，词必然带有着或多或少比以前和同代的“诗”更新鲜、更活泼的东西；而正是这种新东西适应着社会生活的需要，提供了抒情言志的更多、更新的方便。所以，很久以来，研究者们都饶有兴致地寻找着“词”和“诗”的不同点。

第一，在于词的合乐可歌方面。

李清照说：“盖诗文分平侧（仄），而歌词分五音，又分五声，又分六律，又分清浊、轻重。且如近世所谓《声声慢》、《雨中花》、《喜迁莺》，既押平声韵，又押入声韵。《玉楼春》本押平声韵，又押上、去声，又押入声。本押仄声韵，如押上声则协，如押入声则不可歌矣。”②

① 叶燮：《原诗》，人民文学出版社，1979年，第3页。
② 李清照：《词论》，王仲闻校注《李清照集校注》，人民文学出版社，1979年，第195页。

刘克庄说:“词当叶律,使雪儿、春莺辈可歌。”① 张炎也说:“词与诗不同……若堆叠实字,读且不通,况付之雪儿乎?”②

沈义父说:“盖音律欲其协,不协则成长短之诗。”③

凡此种种,都说明了词作为“歌词”的特点。这当然是与诗(特别是只能吟咏而不能歌唱的“徒诗”)的不同之处。

第二,在于词的长短句式上——这又是与整齐的近体诗明显不同的地方。

李清照说苏轼等人的词乃是“句读不葺之诗尔”,王灼说当时有人称苏词是“长短句中诗也”④,这些都表明了词的“长短句”特质。辛弃疾词,称为“稼轩长短句”;刘克庄词,称为“后村长短句”,也从名称上标明了词与近体诗在格律形式方面的差异。

第三,在于诗词的题材区分上。

张炎说:“簸弄风月,陶写性情,词婉于诗;盖声出莺吭燕舌间,稍近乎情可也。”⑤

陈子龙说:“宋人不知诗而强作诗,其为诗也,言理而不言情,故终宋之世无诗焉。然宋人亦不免于有情也。故凡其欢愉愁怨之致,动于中而不能抑者,类发于‘诗余’,故其所造独工。”⑥

这些看法,虽嫌偏颇,但也部分地道出了诗词题材之别。

第四,在于语言方面。关于这方面的论述颇多:

王士禛说:“或问诗词、词曲分界,予曰:‘无可奈何花落去,似曾相识燕归来’,定非香奁诗。‘良辰美景奈何天,赏心乐事谁家院’,定非草堂词也。”⑦

对于上面的“无可奈何”两句,张宗橚也说:“情致缠绵,音调谐婉,的是倚声家语。若作七律,未免软弱矣。”⑧

刘体仁评杜甫“夜阑更秉烛,相对如梦寐”与晏几道化用此二句诗而成的

① 刘克庄:《跋刘澜乐府》,《后村先生大全集》卷一〇九,《四部丛刊》本。

② 张炎著、夏承焘校注,沈义父著、蔡嵩云笺释:《词源注 乐府指迷笺释》,人民文学出版社,1963 年,第 15 页。

③ 同②。

④ 王灼:《碧鸡漫志》卷二,唐圭璋编《词话丛编》,中华书局,1986 年,第 83 页。

⑤ 同②,第 23 页。

⑥ 陈子龙:《王介人诗余序》,施蛰存主编《词籍序跋萃编》,中国社会科学出版社,1994 年,第 506 页。

⑦ 王士禛:《花草蒙拾》,唐圭璋编《词话丛编》,中华书局,1986 年,第 686 页。

⑧ 张思岩宗橚辑:《词林纪事》,成都古籍书店,1982 年,第 74 页。

"今宵剩把银釭照,犹恐相逢是梦中"词时说道:"此诗与词之分疆也。"①

陆昶说:"(李)清照诗不甚佳,而善于词,隽雅可诵。即如《春残》绝句'蔷薇风细一帘香',甚工致,却是词语也。"②(另按:说李诗不甚佳,实误。)

但是,到底何者为诗词语言之区别,他们也并未指示明白。"鸳鸯绣出从教看,莫把金针度与人"(元好问《论诗》),我们只能从他们所举的例子中大致体味到:词的语言似乎要比诗来得软,来得婉转些。

第五,在于词与诗的意境上。

李渔说:"作词之难,难于上不似诗,下不类曲,不淄不磷,立于二者之中。"③

朱彝尊说:"词虽小技……盖有诗所难言者,委曲倚之于声。"④

查礼说:"情有文不能达、诗不能道者而独于长短句中,可以委宛形容之。"⑤

刘体仁说:"词中境界,有非诗之所能至者,体限之也。"⑥

王国维说:"词之为体,要眇宜修,能言诗之所不能言,而不能尽言诗之所能言。诗之境阔,词之言长。"⑦

把他们的话归纳起来,不外是这么两层意思:一、诗(以及文)所反映的生活面比较"阔",因而有好多方面是词所未能"尽言"的,这是指词境的"狭";二、词却又独能言诗(以及文)之所难言和所不能言的某些东西,这又是词境的"深"(亦即王国维所讲的"长")。词的意境,较之诗而言,显得"狭而深"。这就触着了诗词风格(总体风格)上的、接近于本质方面的差异了。

不可否认,词在合律可歌、长短句式、题材、语言等方面,是与诗存在着一定差异性的。但是,在错综复杂的诸种矛盾中,我们首先应用力抓住它的主要矛盾。这个主要矛盾,便在于"词境"之有别于"诗境"。我们知道,诗歌反映生活的主要手段在于抒情,而抒情的成功与否即在于它是否能创造出一定的意境来。樊志厚《人间词乙稿序》说:"文学之工不工,亦视其意境之有无,与其深浅而

① 刘体仁:《七颂堂词绎》,唐圭璋编《词话丛编》,中华书局,1986年,第619页。
② 陆昶:《历朝名媛诗词》卷七,乾隆三十八年红树楼刻本,第19页。
③ 李渔:《窥词管见》,唐圭璋编《词话丛编》,中华书局,1986年,第549页。
④ 朱彝尊:《陈纬云红盐词序》,《曝书亭集》卷四〇,世界书局,1937年,第487页。
⑤ 查礼:《铜鼓书堂词话》,唐圭璋编《词话丛编》,中华书局,1986年,第1481页。
⑥ 同①。
⑦ 王国维:《人间词话》,《蕙风词话　人间词话》,人民文学出版社,1960年,第226页。

已。"①这种意境,乃是诗人创作时所努力追求的目标,也是他创作心血的结晶。词之所以在诗以后犹能勃兴,而且具有生命力和吸引力,就集中表现在它所创造的意境有超过于诗的地方;不然的话,它的诞生也就缺乏必要了。

在研究诗词意境的差别时,前人有过不少"比较文学"式的论述。

清人李东琪有过一句名言:"诗庄词媚,其体元别。"②田同之也说:"诗贵庄而词不嫌佻,诗贵厚而词不嫌薄,诗贵含蓄而词不嫌流露。之三者,不可不知。"③他还附带引用过魏塘曹学士之言道:"词之为体如美人,而诗则壮士也。"④这是综合比较"整个"诗与"整个"词而言的。

还有人专门把宋词与同时代的宋诗做了比较(前已引过的陈子龙关于宋诗"言理"而宋词"言情"就属此类)。如毛先舒说:"宋人,词才若天纵之,诗才若天绌之。宋人作词多绵婉,作诗便硬。作词多蕴藉,作诗便露;作词颇能用虚,作诗便实。作词颇能尽变,作诗便板。"⑤

当然,这些比较都是相对而言的,因而它们便很容易招致批评和攻击——这是因为,诗和词都不是铁板一块,它们内部本有着各种流派和风格,如果反对者要拈出与前面所说论点相反的论据来进行驳难,那是十分方便的。但是,我们又不得不承认,如果实事求是地从总体风格的角度来看问题,那么我们仍得肯定他们所说的话还是相当有道理的。就唐宋词的"总体"或"主体"而言(或者不妨先撇开民间词和被前人称之为非"本色"的一些"变格""变调"的作品而言),那确实是存在着"媚""佻""软""婉"等风格特色的。参考前人的这些体会,再根据词苑的实际情况,我们想把"词境"的风格特色重加归纳,理成下列五点:

第一是"真"。

从广泛的意义上言,一切艺术都要求"真"。真率、真诚、真挚,乃是所有艺术作品(凡优秀之作)都必须具备的品格。词是抒情文学,它在抒发人类感情的"真"上,却有着自己独具的特点。这种特点,主要表现在抒情的真率上。

人是各种社会关系的总和。作为"社会生物"的人,有着多种多样的生活内容,例如有着自己的政治生活、经济生活、家庭生活、文娱生活,等等。因此,他们

① 施蛰存主编:《词籍序跋萃编》,中国社会科学出版社,1994年,第613页。
② 王又华:《古今词论》,唐圭璋编《词话丛编》,中华书局,1986年,第603页。
③ 田同之:《西圃词说》,唐圭璋编《词话丛编》,中华书局,1986年,第1452页。
④ 同③。
⑤ 同②,第609页。

的感情生活也由很多的方面所构成，具有着“多侧面”的复杂形态。同时，从感情世界的本身来看，它又具有着很多的“层次”：有浮在表面的感情，有深藏于心底的感情；有肯予表露的感情，有不愿显露的感情；有“粗线条”式的感情，有十分细腻深沉的感情……总之，复杂的“人”，复杂的人类情感，既对文学（特别是诗歌）提出了如何表现“人”、表现人类情感的重要课题，又为它们的这种“表现”提供着无限丰富的创作源泉。

但是，由于封建时代的文人作者，绝大多数隶属于士大夫的阶层，他们受到封建思想和封建礼法的约束，因此他们在文学中的“自我表现”就受到了不同方面、不同程度的束缚。举例来讲，“文”是用来“载道”的，所以在“古文”中往往大多反映着他们的政治见解、哲学理论和学术思想（严格地讲，它们已算不上是“文学”作品；只有那些融注着感情内容、散发着感情色彩的“文”，才算得上是我们所说的“文学”作品）；“诗”是用来“言志”的，所以一般常用来抒写有关政治、人生方面的情志。在上述两种“正统”的文体中，固然也有很多作者在诗和文里抒发过自己真挚的感情（特别是在诗里），但是从它们所涉及和展开的精神世界的方面与深度来看，却还是有别于词的。

由于旧时代的文人，往往把词看作“小技”，看作不入“大雅之堂”的文体，这倒反而造成了它在抒情方面的真率坦露。陈子龙说的宋诗“言理而不言情”，原因之一即在于它的受制于宋代理学思想；而宋词却可以一泻无余地倾发宋人“欢愉愁怨”的满腔真情，原因之一也即在于词的较少伦理、礼法方面的顾忌。所以，词就勇敢地担当起了抒发诗文所不敢言、不肯言、不想言的某种感情（主要指那种“窈深幽约”“恺恻怨悱”的“儿女私情”）的任务了。从这点而言，也就可知它在抒情方面的真率，以及真诚和真挚了。

比如，在“古文”领域里出现的欧阳修，是一位褒衣博带的“正人君子”（他在《相州昼锦堂记》里刻写他所崇仰的理想人物的形象是：“临大事，决大议，垂绅正笏，不动声色，而措天下于泰山之安，可谓社稷之臣矣”①）；在“诗”的领域里出现的欧阳修，是一位“迁客骚人”（如《啼鸟》诗中“我遭谗口身落此，每闻巧舌宜可憎”）；而出现在“词”坛上的欧阳修，则不妨扮演一个“多情种子”甚至是“风流才子”的角色。如他在词中就这样写道：

尊前拟把归期说，未语春容先惨咽。人生自是有情痴，此恨不关风与月。　　离歌且莫翻新阕，一曲能教肠寸结。直须看尽洛城花，始共

① 欧阳修：《欧阳文忠公集》卷四〇，《四部丛刊初编》本，上海书店，1989年，第9页。

春风容易别。(《玉楼春》)

这等透骨情语,岂是他在诗文中肯坦率说出的?

又如:

凤髻金泥带,龙纹玉掌梳。走来窗下笑相扶,爱道"画眉深浅入时无"? 弄笔偎人久,描花试手初。等闲妨了绣功夫,笑问"鸳鸯两字怎生书"?(《南歌子》)

这首词为我们展现了一个诗文中所少见到的新境界:夫妻(或者是主人与侍妾)之间绣房戏言、闺中调笑的温馨场面。这对见惯了处于朝堂、府衙和书房中欧阳修的面目的读者看来,不啻是一个全新的"镜头"。它为我们透露了这样的一种消息:即使是"重臣大儒",也自有着他们的"私生活";即使是"传道言志"者,也会有着自己某种深微而不易为外人所窥见的"另一面"精神生活。

而"词",就是这样一种敢于、肯于表现作者"另一面"感情生活的真率的文体!当然,我们或许可以举出李商隐"春蚕到死丝方尽,蜡炬成灰泪始干"式的爱情诗来进行驳难。但是,我们只要看一看它的题目标为"无题",就可以想知他不得不"躲躲闪闪"的困难境地了。经过了无数作者艰苦的追求和努力,现在,人们终于找到了一个可以用来"畅所欲言"(请再回想前引的朱彝尊的话:"词虽小技……盖有诗所难言者,委曲倚之于声")的文体,这真是"人性"(主要是爱情)日臻"成熟"和"觉醒"的标志,也是文学本身的进步和发展。

当然,文学的成功与否,"真"决不是唯一的条件。但不可否认,它却确实是其中的一个重要或首要的条件。《人间词话》说:"能写真景物、真感情者,谓之有境界。否则谓之无境界。"①这话是深有道理的。况周颐也说:"真字是词骨。"②有了这个"真"字,词就在一系列方面具有了自己抒情言志的更为方便之处,就奠定了它"优胜"于诗的某种基础。以前诗文中较少深入和开掘到的人类感情的不应"遗忘"的方面(甚至角落),现在却被"开垦"了出来。"词"就这样为我们展开了一个抒情领域的新天地。

第二是"艳"。

"词为艳科",这是前人论词时常说的一句话,也是基本符合唐宋词的主流情况的。"饮食男女,人之大欲"。但是,在以往的诗文中,对于"男女"这一面,虽然也有所表现,却是不很充分的(民间作品或许是例外)。晚唐五代以来,由

① 王国维:《人间词话》,《蕙风词话 人间词话》,人民文学出版社,1960年,第193页。
② 况周颐:《蕙风词话》卷一,《蕙风词话 人间词话》,人民文学出版社,1960年,第6页。

于种种社会条件的改变,文学中的恋情题材却忽然“膨胀”起来了。吴融批评当时的诗风是:“下笔不在洞房蛾眉、神仙诡怪之间,则掷之不顾。迩来相教学者靡曼浸淫,困不知变。呜呼!亦风俗使然也。”①对于这种“诗入洞房”的现象,我们现在不来做伦理方面的评价;但却应该指出,它是件带有某种历史必然性的事件——至少可以这样说,蕴藏在人们心头的这方面的感情,长期以来已经积蓄得够充分、够深厚的了,如今一旦对它启开了“闸门”,就会“不可收拾”地冲奔而出了。可是,这种颇有些“倾斜”(相对于“正统”的封建伦理道德而言)的感情,在整齐平板的近体诗中却嫌表现得不够舒畅、惬意,所以很快它就一股脑儿地向着词这种也显得有些“倾斜”(相对于“平稳凝重”的“诗”而言)的文体中涌去了。“倾斜”的感情内容,求得了“倾斜”的文体形式,二者相得益彰,于是便形成了晚唐五代以来词苑的一派耀眼扑鼻的“香艳”色泽和芳香来。

拿作者情况看,唐宋词的文人作者,上至帝王,下至中小地主阶层知识分子,几乎都喜欢写上几首艳词。风流文人如温庭筠、柳永之大写其艳词且不必去多说,即使是名公大臣,也往往沾染此风。刚正如范仲淹,写出过“黯乡魂,追旅思,夜夜除非,好梦留人睡。明月楼高休独倚,酒入愁肠,化作相思泪”(《苏幕遮》)的柔情丽语;持重如司马光,写出过“相见怎如不见,有情还似无情。笙歌散后酒初醒,深院月斜人静”(《西江月》)的缠绵艳词,这就可知“艳”的力量是何等的强大了。

再拿作品题材来看,唐宋词中多是伤春悲秋、离愁别绪、风花雪月、男欢女怨,这些当然都与“艳情”有着直接或间接的关系。即使是除此之外的题材中,也或多或少地沾带着“艳”的情味。如怀古题材的作品中也同样会掺入艳味:李珣《巫山一段云》词:“古庙依青嶂,行宫枕碧流。水声山色锁妆楼,往事思悠悠”,其中就藏着楚王所梦见过的“神女”影子;王安石《桂枝香》词:“六朝旧事随流水,但寒烟衰草凝绿。至今商女,时时犹唱后庭遗曲”,就使词尾笼罩上了一层冷艳的气氛;苏轼《念奴娇》词:“遥想公瑾当年,小乔初嫁了,雄姿英发。羽扇纶巾,谈笑间、强虏灰飞烟灭”,也于豪语健笔中插进了“小乔初嫁”的温情柔笔。描写边塞题材的作品中,一样也会渗透出“艳”的色彩来。温庭筠词云:“碛南沙上惊雁起,飞雪千里。玉连环,金镞箭,年年征战。画楼离恨锦屏空,杏花红。”(《蕃女怨》)“边塞词”几乎写成了“闺怨词”。范仲淹词云:“浊酒一杯家万里,燕然未勒归无计!羌管悠悠霜满地,人不寐,将军白发征夫泪。”(《渔家傲》)

① 吴融:《禅月集序》,郭绍虞主编《中国历代文论选》第2册,上海古籍出版社,1979年,第190页。

在建功立业未就的悲凉中又夹杂着征将戍卒的思家柔情。再如咏物题材的作品中,也无不联系着艳情。沈义父《乐府指迷》就说过:“作词与诗不同,纵是花卉之类,亦须略用情意,或要入闺房之意……如只直咏花卉,而不着些艳语,又不似词家体例。”①在他看来,不“艳”就不是“词家体例”,此一句就足够说明词的须“艳”了。所以即使是咏杨花,苏轼的《水龙吟》却把它写成了一个情态婉转的女性形象:“萦损柔肠,困酣娇眼,欲开还闭。梦随风万里,寻郎去处,又还被莺呼起。”明明是写蔷薇,周邦彦的《六丑》却又把它“艳化”成了楚楚可怜的西施姑娘:“为问花何在?夜来风雨,葬楚宫倾国。”前人所说的“诗庄词媚”“词不嫌佻”“词之为体如美人”,等等,实际就都是说的这种词所特有的,甚至是必具的“艳情”性。

第三是“深”。

前已谈到过,人的感情世界本是多层次的。但在封建时代,有一些感情是人们宁愿深藏于心底而不大肯外露的,此其一;在抒情的过程中,有的诗歌倾向于抒发那类比较而言是“粗线条”式的感情(如李白诗“抽刀断水水更流,举杯消愁愁更愁”“大道如青天,我独不得出”式的元气淋漓之作),有的则倾向于抒写那类“不绝如缕”的细微幽深的精神状态(如温庭筠诗“冰簟银床梦不成,碧天如水夜云轻。雁声远过潇湘去,十二楼中月自明”式的令人回味含咀之作),此其二。而词的“抒情方向”,就特别趋向着开掘人们深层的精神世界;甚至可以说,它是一种专以描摹人们的“心态”为乐事、为胜事的文体。陈廷焯论词,说它本发源于《风》《雅》,推本于《离骚》,“故其情长,其味永,其为言也哀以思,其感人也深以婉”②,他所说的“情长味永”“感人深以婉”,原因就植根于它本身在抒情方面的深微上——我们一般常把诗词称为“抒情”文体,其实,如果精确一点来说,词所表现的感情常是一种比一般的“情”更为细腻深约的“心态”。比如温庭筠词《梦江南》:“千万恨,恨极在天涯。山月不知心里事,水风空落眼前花。摇曳碧云斜。”前四句所写的感情境界犹是诗中所能见到的,而最后一句“摇曳碧云斜”所体现出来的心境,它的复杂丰富,它的细腻含蓄,它的难以言状,它的“可心会而不可言传”,就是一般的诗所难以传达出来的。正是在这种极为微妙的地方,词就显示出了自己的抒情特色,显示出了自己在抒情方面的“优势”。

“诗词有别”。除了其他方面的差别之外,在抒情的“主攻方向”上,诗和词

① 张炎著、夏承焘校注,沈义父著、蔡嵩云笺释:《词源注　乐府指迷笺释》,人民文学出版社,1963年,第71页。

② 陈廷焯:《白雨斋词话·自序》,《白雨斋词话》,人民文学出版社,1959年,第1页。

也是有着一定的差异的。比较而言,诗的抒情方面比较宽广,词则显得"窈深"。司空图《诗品》云:"窈窕深谷,时见美人""柳阴路曲,流莺比邻"①。词中的美感,正是通过"窈窕"的"深谷"和拂开"柳阴"掩映着的"曲径"才能深切地被感知着的。温庭筠词:"画堂照帘残烛,梦余更漏促。谢娘无限心曲,晓屏山断续。"(《归国遥》)冯延巳词:"枕前和泪语,惊觉玉笼鹦鹉。一夜万般情绪,朦胧天欲曙。"(《应天长》)它们着重刻画的不是男女恋情的具体细节(这些,在诗中或许要多加描写,而在词中却显得无关宏旨而往往被"隐去"),也不是一般的男欢女怨的激情,而是一种怅惘难言、惆怅难述的心理状态(即所谓的"心态")。又如秦观词:"自在飞花轻似梦,无边丝雨细如愁。"(《浣溪沙》)那种轻似飞花、细如丝雨的深微情绪,描绘得是何等的"要眇"、凄迷!这种由抽象的"心态"所"物化"而成的"词境",就集中地体现出了词在抒情方面的"深"。宋人尹觉甚至说:"吟咏情性,莫工于词。"②这个"工"字,恐怕就要落实在它抒情的"深"上。前面我们举出的"词中境界,有非诗之所能至者"、"能言诗之所不能言",等等话语,也只有从这个"深"字上来理解,才能味其奥妙。

第四是"婉"。

王炎说:"长短句命名曰'曲',取其曲尽人情。惟婉转妩媚为善。"③张炎说:"簸弄风月,陶写性情,词婉于诗。"可见,宋词的作者们便已充分地体会和重视词的婉曲特性了。

这种特性,是由多方面的因素所促成的:

一方面,词是合律可歌的新诗体。它演唱于"燕钗蝉鬓"的环境之中,吐出于"春莺、雪儿"(歌姬)之"檀口",音乐的软媚就决定了词情的婉转。《能改斋漫录》卷一七记载着这样一件事:王都尉(铣)作《忆故人》词一首,"徽宗喜其词意,犹以不丰容宛转为恨,遂令大晟府别撰腔"④。这就说明了"曲子"("腔")与"词"之间的互相配合和促进,其目的即在于使词的声情和文情变得更加婉转。

另一方面,词的婉转又是由其本身特具的艳情内容所促发的:"簸弄风月"的内容,自然需要婉曲柔软的风格与之相适应;而词的长短句式又为这种婉转性

① 司空图:《二十四诗品》,何文焕辑《历代诗话》,中华书局,1981年,第38页。

② 尹觉:《题坦庵词》,毛晋《宋六十名家词》,上海古籍出版社,1989年,第264页。

③ 王炎:《双溪诗余自序》,王鹏运辑《四印斋所刻词》,上海古籍出版社,1989年,第793页。

④ 吴曾:《能改斋漫录》卷一七,上海古籍出版社,1979年,第496-497页。

提供着方便。所谓“曲者,曲尽人情”,即是此意。举两个例子来看:汉代班婕好的《怨诗》这样写道:“新裂齐纨素,鲜洁如霜雪。裁为合欢扇,团团似明月。出入君怀袖,动摇微风发。常恐秋节至,凉风夺炎热。弃捐箧笥中,恩情中道绝。”而唐人王建《调笑》词却变成了:“团扇,团扇,美人病来遮面。玉颜憔悴三年,谁复商量管弦。弦管,弦管,春草昭阳路断。”由于后者解散了五言诗整齐而又平板的形式,变化了它的字句和韵位,加上叠词的运用,读来比之前者更觉有吞吐回环之妙。晚唐韩偓《懒起》诗末四句有云:“昨夜三更雨,今朝一阵寒。海棠花在否?侧卧卷帘看。”它写一个闺中思妇的怜春心情,本已不恶,但同一主题到了李清照的《如梦令》中,就表现得更为婉转细腻了:“昨夜雨疏风骤,浓睡不消残酒。试问卷帘人,却道海棠依旧。知否?知否?应是绿肥红瘦。”前人对此评曰:“结句尤为委曲精工,含蓄无穷之意焉,可谓女流之藻思者矣。”①这也是词“婉”于诗的一个很好的证明。

司空图《诗品》中有一类“委曲”的风格。这种风格的特征是:“似往已回,如幽匪藏。水理漩洑,鹏风翱翔。”②词中就多这种“委曲”“婉转”的风格。由于讲究“委曲”和“婉转”,词的意境便显得“层深”有致。如欧阳修的《蝶恋花》词(一说冯延巳作):

> 庭院深深深几许?杨柳堆烟,帘幕无重数。玉勒雕鞍游冶处,楼高不见章台路。　　雨横风狂三月暮,门掩黄昏,无计留春住。泪眼问花花不语,乱红飞过秋千去。

毛先舒评此词有云:“词家意欲层深,语欲浑成。……或欲举其似,偶拈永叔词云:‘泪眼问花花不语,乱红飞过秋千去。’此可谓层深而浑成,何也?因花而有泪,此一层意也;因泪而问花,此一层意也;花竟不语,此一层意也;不但不语,且又乱落,飞过秋千,此一层意也。人愈伤心,花愈恼人,语愈浅而意愈入,又绝无刻画费力之迹,谓非层深而浑成耶?”③

“婉转”导致“层深”,这正说明着词的“婉”和“深”之间有着密不可分的关系。其实岂止是这二者有着紧密的联系,就是整个“词境”几方面的风格特色,也全都存在着这种“统一起来,形成一体”的密切关系。

第五是“美”。

① 王仲闻校注:《李清照集校注》,人民文学出版社,1979 年,第 9 页。
② 司空图:《二十四诗品》,何文焕辑《历代诗话》,中华书局,1981 年,第 42 页。
③ 王又华:《古今词论》,唐圭璋编《词话丛编》,中华书局,1986 年,第 608 页。

文学作品本应是“美文”，不美就会失去文学的审美价值；而词，就是种种文学体裁中风姿显得最精致优美的一种——千百年来无数读者所醉倒于词的原因之一恐即在此。

这种“美”，主要表现在语言上。对此，缪钺先生在《论词》一文曾有过形象而风趣的说明。他说：“古人谓五言律诗四十字，譬如士大夫延客，着一个屠沽儿不得。余谓此词如名姝淑女，雅集园亭，非但不能着屠沽儿，即处士山人，间厕其中，犹嫌粗疏。惟其如此，故能达人生芬馨要眇不能自言之情”，故“一句一字，均极幽细精美之能事”①（比如言天象则“微雨”“断云”“疏星”“淡月”；言地理则“远峰”“曲岸”“烟渚”“渔汀”；言鸟兽则“海燕”“流莺”“凉蝉”“新雁”；言草木则“残红”“飞絮”“芳草”“垂杨”；言居室则“藻井”“画堂”“绮疏”“雕槛”；言器物则“银釭”“金鸭”“凤屏”“玉钟”；言衣饰则“彩袖”“罗衣”“瑶簪”“翠钿”；言情绪则“闲愁”“芳思”“俊赏”“幽怀”……）。这就充分显示了词在语言上的优美性。

词的这种语言美的风格特色，一是得力于作者对于词藻的精心选择上，另一方面又得力于它对“景语”的组织上。我们知道，自有诗歌以来，就出现了“寓情于景”“情景交融”的描写手法。但这种运用、组织“景语”以抒情的技巧却是经历了一个不断改进、不断提高的过程的。例如《诗经》中就已出现了“昔我往矣，杨柳依依；今我来思，雨雪霏霏”（《采薇》）的写景名句，但总的来看，它们的写景大致还停留在“比”“兴”的水平上，尚属比较单纯的写法。《楚辞》中的景物描写则已发展到作为“背景”之用，以它来衬托主人公的某种心情（如《山鬼》中的“雷填填兮雨冥冥，猨啾啾兮又夜鸣。风飒飒兮木萧萧，思公子兮徒离忧”，《湘夫人》中的“帝子降兮北渚，目眇眇兮愁予。嫋嫋兮秋风，洞庭波兮木叶下”，就显示出这种作用）。到了六朝，山水诗兴起，诗人对于自然景物的观察和描绘更加深微与精细，这是一大进步，但却还存在着“有句无篇”的缺点。只有到了唐诗的阶段，“景语”的运用才有了一个大的飞跃。景语在诗中，不仅是作为人所活动着的环境出现，而且已与诗人的主观感情融合为了一体，成为意境中的一个重要组成部分。此时的景语，不仅是“景”，而且也就是“情”，即所谓“一切景语皆情语也”②。而词则更在诗的基础上进了一步，它利用自己错落的句式，多层次地将景语组织进去，塑造出了一种既优美又窈深的意境。比如：

① 缪钺：《论词》，《诗词散论》，上海古籍出版社，1982 年，第 57 页。
② 王国维：《人间词话》，《蕙风词话 人间词话》，人民文学出版社，1960 年，第 225 页。

> 莺语，花舞，春昼午，雨霏微。金带枕，宫锦，凤凰帷。柳弱蝶交飞，依依。辽阳音信稀，梦中归。

在温庭筠的这首《诉衷情》里，前面九个短句全系写景，直到最后两句才点出感情来。而这九个写景的短句又是写得何等的飞动、错综、回互，它交织成了一幅迷惘而雅美的图像，一方面有力地为后文的点情作了铺垫，另一方面本身就对读者提供着美的享受。

除了"视觉"的美感（以上所说的词藻本身的精美色泽和景语的优美图像即属此类）之外，词的语言还具有着"听觉"的美感。词的语言由于在音乐中"浸染"或"陶冶"过，所以另有着一种特殊的音响美。它以自己特有的抑扬高低、错落有致的音节，敲打着人的耳膜，传递着某种微妙的心理信息，引起了读者无限的快感和美感。读一读下面的词句：

> 柳丝长，春雨细，花外漏声迢递。惊塞雁，起城乌，画屏金鹧鸪。
> 香雾薄，透帘幕，惆怅谢家池阁。红烛背，绣帘垂，梦长君不知。（温庭筠《更漏子》）
>
> 枕障熏炉隔绣帏，二年终日两相思，杏花明月始应知。　天上人间何处去？旧欢新梦觉来时，黄昏微雨画帘垂。（张泌《浣溪沙》）

并不需要特别敏锐的艺术感觉，一般的读者都会从中感受到一种朦胧、幽深的听觉美，并因而引出无穷的联想和回味来。

以上，我们把"词境"的风格特色归纳成了"真""艳""深""婉'"美"五个方面的内容。这里还要着重指出：这些方面的特色只是从总体而言的。这就是说：第一，并不是所有的词作都具备着这五种特色；其二，也并不是说，在词以前的诗歌中就一定缺乏着上述特色。对于前一个问题，我们在下文中关于词中的"变革型风格"中还要详说，而对于后一个问题，我们则要补充这么几句——词的这些方面的特色并不是自天而降的，从某种意义上说，它正是从前代诗歌中继承和发展而来的。不过，词对前代诗歌的这种继承已具备着某种"质变"和"飞跃"的意义，它正是在"部分质变"的基础上形成了一种新的、有别于诗的"总体风格"，开辟了诗歌领域中的一片新园地或"又一村"。这点又是不能加以否认的。

人类社会永远处于不断变化、不断发展的状态中。随着物质生活的日益复杂化，人们的精神生活也会不断丰富提高。对于专以"抒情"为主要功能的诗歌来说，日益发展着的社会生活就会不断地对它提出新的要求：有时候，这种要求集中在"类型"（亦即抒情的"方面"）上，例如晚唐五代的时代环境特别需要诗歌在常说的所谓"七情六欲"中侧重抒写艳情方面的感情内容；有时候，这种要求又集中在“质量”（亦即抒情的“层次”）上，例如晚唐五代的时代环境也要求着诗歌的抒情笔触尽可能地朝着感情世界的“深层”开掘进去。人类感情本是多方面、多层次地组成的，这种强调地突出其中的某些方面、某种层次的艺术趋向，是受到特定的“时代精神”所制约的。正是晚唐五代时期那种特殊的时代精神，一方面造就了这一时期的诗（七绝）和词有着近似风格的局面（也就是说，一种共同的时代精神通过着不同的文体表现出来）；另一方面，它又要“挑选”着最理想和最适合表现自己的文体——这样，词就应运而起地担任起了这个特定的历史任务，出现了比之诗来更为浓厚、鲜明的“真”“艳”“深”“婉”“美”的风格特色。它就从原先的诗的抒情“广度”上缩减了阵地，收拢了兵力，“以退为进”地向着抒情的纵深（“狭而深”）方向延伸进了。这种情况，标志着我国古典诗歌的发展已经跨进了一个新的阶段——它正继续向着抒情的“深度”进发！

第二章　晚唐五代小令词

——“总体风格”的形成阶段

一、唐代民间词——词的真正“本色”

词本是民间产物。在民间词的阶段，词的上述“总体风格”还没有充分形成；相反，它倒更多地体现出一种民间文学的特色来。宋人论词，有一种“本色”论（如《后山诗话》批评苏轼词“虽极天下之工，要非本色”）①，因此，如拿“本色”两字来形容民间词的风格特色，那倒是很恰当的。民间文学，往往是“感于哀乐，缘事而发”（《汉书·艺文志》），因此在抒情的“真”字上自然是不用多说的；但谈到“艳”“深”“婉”，则就不一定了。当然，在民间词中，也有某些作品是有“艳”“深”“婉”的特色的（特别是那些经过文人加工润色的，或者是混入民间词中的文人作品），但更多的作品中反映出来的却是另外一种不事雕饰的“天然本色”。

拿题材来说，民间词是比较广阔的。其间有“边客游子之呻吟，忠臣义士之壮语，隐君子之怡情悦志，少年学子之热望与失望，以及佛子之赞颂，医生之歌诀，莫不入调。其言闺情与花柳者，尚不及半”②。从敦煌曲子词的情况，我们便可以“管窥蠡测”地想见整个唐代民间词的一般总貌。特别像其中描写商贾生活的三首《长相思》词，分别描写旅客“富不归”“贫不归”“死不归”的遭遇，竟是后来整个唐宋文人词中所未见过的。另外，如描写孟姜女为夫送寒衣（《捣练子》）、壮丁告别爹娘出征（《捣练子》）、下层文人报效国家（《定风波》）等题材的作品，也无不体现着民间词反映生活的宽广程度。

拿风格而言，由于它们出于底层群众之口，所以显得比较直率真切，而并不偏于“艳”“深”“婉”一路。即如写恋情的词来说，“枕前发尽千般愿，要休且待

① 陈帅道：《后山诗话》，何文焕辑《历代诗话》，中华书局，1981 年，第 309 页。
② 王重民：《敦煌曲子词集·叙录》，《敦煌曲子词集》，商务印书馆，1956 年，第 8 页。

青山烂”(《菩萨蛮》),“为奴吹散月边云,照见负心人”(《望江南》),“愿使合绾裙带,长绕在你胸前”(失调名)等作品,都写得十分坦率发露,堪称是直抒胸臆的作品。

再拿语言来看,民间词的语言比较浅显明白,几乎近于口语。“莫攀我,攀我太心偏。我是曲江临池柳,这人折去那人攀,恩爱一时间”(《望江南》),“比拟好心来送喜,谁知锁我在金笼里。欲他征夫早归来,腾身却放我向青云里”(《鹊踏枝》),通俗流畅,还未染上文人习气。

所以,词在它最初的诞生阶段,还带有浓厚的“野气”。这种野气,正是它的来自山乡水村的生活气息和民间风味。它的某些特点,特别是它抒情的真率(不畏封建礼教的约束),以及语言的通俗清新,都还或浓或淡、或多或少地保留在后来的文人词中。

但是,另一方面,我们又应注意到,民间词中也已经萌发着后来文人词的“总体风格”的某些萌芽——或者说,唐宋词的总体风格的雏形(尽管并不完整)早已潜孕在民间词中了。仍以敦煌曲子词来言,关于花柳艳情题材的作品已经在里面占有了相当的比重,而某些作品的婉美程度也已经接近于文人的作品,兹举一首为例:“香绡罗幌堪魂断,唯闻蟋蟀吟相伴。每岁送寒衣,到头归不归?

千行倚枕泪,恨别添憔悴。罗带归同心,不曾看至今”(《菩萨蛮》),于此即可见其一斑。它们必然也会影响到后之文人作者。

二、盛、中唐文人词——真正的“诗余”

前代很多人都把词看作“诗余”,认为词是“小道”,不配称作正统的文学,因而只是诗的“余绪剩义”。这当然不见得对头。但是,如果剔除了其中轻视词体的含义,那么我们也得承认,在文人词的早期阶段,亦即盛、中唐文人所作的小令中,确实存在着“词为诗余”的现象——具体地讲,诗人们往往以其“余力”作词,又往往把词当作小品式的诗来写,因此此时的词好像是从诗的河道中间分泄出来的一股“余波”;虽是“余”,但“麻雀虽小”却“五脏俱全”,它们反映生活的面却也并不太窄。如其中有讽谏君王的题材(李景伯《回波乐》:“回波尔时酒卮,微臣职在箴规”),有戏谑取乐的题材(优人《回波乐》:“回波尔时栲栳,怕妇也是大好”),有反映宫女生活的题材(唐玄宗《好时光》、李白《清平乐》),有描写边塞生活的题材(韦应物《调笑》二首、戴叔伦《转应曲》),有抒写迁谪之怨的题材(刘长卿《谪仙怨》、刘禹锡《竹枝》),有抒发隐逸之情的题材(张志和《渔父》),有咏古的题材(刘禹锡《潇湘神》),有写景的题材(白居易《忆江南》),有恋情的题材(韩翃《章台柳》),有写风土人情、兴亡之感的题材(刘禹锡《浪淘沙》),等等。这些作品,虽然规模和体制比起诗(特别是古诗)来要"小"得多,但题材本身却也不小、不窄。

再拿风格和作法来看,盛、中唐文人词与诗之间的距离并不太大。王国维说:"唐人诗词尚未分界,故《调笑》《三台》《忆江南》诸词,皆入诗集。不独《竹枝》《柳枝》《浪淘沙》诸词,本系七言绝句也。"①事实确也如此。如《柳枝》《竹枝》《小秦王》《阳关曲》《八拍蛮》《浪淘沙》《阿那曲》《鸡叫子》等,基本上都是七言绝句(平韵和仄韵)的形式;《纥那曲》《怨回纥》是五绝、五律的形式;《谪仙怨》是六言律诗的形式。因此,这些词既可认作词,又可以认作诗,它们在风格和写法上也和诗相差无几。另外一些句式格律上明显与近体诗不同的词,作者在写法上也基本借鉴了近体诗的写法,较少委婉层深的讲究,所以也还显得比较单纯。这个时期的作者写词,还处于一种尝试和摸索的阶段,他们一方面利用着自己写诗的经验,另一方面又向民间词学习,开始创造和积累这方面的新方法、新经验,为下一阶段形成真正的词的"总体风格"做了准备。

三、晚唐五代文人小令词——"总体风格"的定型阶段

词至晚唐五代,揭开了新的篇章。"天地之运日开,山川之秀不尽"②,在特定的社会条件下,它终于形成了自己的"总体风格"。这种总体风格表现在晚唐五代词(主要是《花间》词和南唐词)中,主要是它的香艳性、纯情性和唯美性。

应该指出,《花间集》和南唐词中的有些作品是不能全部纳入上述"三性"之中的,如《花间集》中有些描写南粤风俗图画的词、描写亡国之痛的词,以及李煜那些抒写身世感慨的词,就是超出于这种总体风格之外的作品。但不可否认的是,从总体上看来,它确是具有香艳、纯情、唯美的特色的。

先说"香艳"。

《花间集序》(欧阳炯)说:"则有绮筵公子,绣幌佳人,递叶叶之花笺,文抽丽锦;举纤纤之玉指,拍按香檀。不无清绝之词,用助娇娆之态。自南朝之宫体,扇北里之倡风。何止言之不文,所谓秀而不实。有唐已降,率土之滨,家家之香径春风,宁寻越艳;处处之红楼夜月,自锁嫦娥。在明皇朝,则有李太白应制《清平

① 王国维:《词录》,学苑出版社,2003年,第2页。

② 沈辰垣,等:《历代诗余》卷一一二,引汤显祖《玉茗堂集》,上海书店,1985年,第1348页。

乐》词四首。近代温飞卿复有《金荃集》。迩来作者，无愧前人。”①这一段带有“纲领性”的议论很清楚地表明了它的香艳性。从它的实际情况看，也是如此。例如号称“《花间》鼻祖”的温庭筠，他的代表作——十余首《菩萨蛮》词全部写的是女子的服饰、容貌和情思；《花间》的另一位大家韦庄，也以写他的悼亡姬、怀旧欢的词而著称于西蜀词坛。张泌《满宫花》云：“花正芳，楼似绮，寂寞上阳宫里。钿笼金锁睡鸳鸯，帘冷露华珠翠。　　娇艳轻盈香雪腻，细雨黄莺双起。东风惆怅欲清明，公子桥边沉醉。”孙光宪《更漏子》云：“听寒更，闻远雁，半夜萧娘深院。扃绣户，下珠帘，满庭喷玉蟾。　　人语静，香闺冷，红幕半垂清影。云雨态，蕙兰心，此情江海深。”这些词都可谓是“熏香掬艳”“蹙金结绣”，字里行间泛溢着脂粉之气。

次说“纯情”。

马令《南唐书》卷二一记载，李璟曾与冯延巳戏言：“‘吹皱一池春水’，干卿何事？”冯延巳俏皮地回答说：“未如陛下‘小楼吹彻玉笙寒’。”李璟为之大悦。“风乍起，吹皱一池春水”和“细雨梦回鸡塞远，小楼吹彻玉笙寒”，是冯延巳和李璟词中的名句。从上述君臣的玩笑中可以看出，他们都以自己的这些词而甚感自豪，并互引为知音。那么，从这段词坛佳话中我们可以发现什么“奥妙”呢？那就是，其时的词人们，他们所感兴趣的不在宽广的外部世界，而在于精微窈深的心灵世界。冯延巳可以因为微风而激起内心深处的微波涟漪，而李璟的艺术兴致也在于“西风愁起”“菡萏香销”所引起的感情震颤。这样，他们的词笔不停留在一般的叙事、写景、议论和抒情上，却把它向着开掘人的精神世界的深微处的方向伸去。诗是抒情文学，而相比之下，词的抒情性则更强、更深、更“纯粹”。这种“向着抒情的深度进发”的标志，主要就在于词的专工于抒写人的复杂而又细腻的“心绪”“心曲”上。比如温庭筠的《菩萨蛮》词：“南园满地堆轻絮，愁闻一霎清明雨。雨后却斜阳，杏花零落香。　　无言匀睡脸，枕上屏山掩。时节欲黄昏，无聊独倚门。”冯延巳的《鹊桥枝》词：“谁道闲情抛掷久？每到春来，惆怅还依旧。日日花前常病酒，不辞镜里朱颜瘦。　　河畔青芜堤上柳。为问新愁，何事年年有？独立小桥风满袖，平林新月人归后。”在这些词中，具体的艳事情节几乎都已显得不重要而被隐去，唯一流溢于词中的、最为重要的，却是一片“闲情”。这种“闲情”是那么深，那么浓，那么不可捉摸却又溢于言表，它实质是词人“心态”的表现，是“心态”的流露。比之一般的“感情”，这种表现“心态”的“闲情”在心理结构的层次上显得更深，所以我们把它称之为“纯情”（因为它几

① 欧阳炯：《花间集序》，赵崇祚辑、李一氓校《花间集校》，人民文学出版社，1958 年，第 1 页。

乎撇开了具体的人和事)。读一读温氏的“春梦正关情,镜中愁鬓轻”“花落子规啼,绿窗残梦迷”“杨柳又如丝,驿桥烟雨时”“江上柳如烟,雁飞残月天”“春恨正关情,画楼残点声”,以及“兰露重,柳风斜,满庭堆落花”“山月不知心里事,水风空落眼前花,摇曳碧云斜”之类的词句,“词境”中所包蕴的感情显得是多么深厚、“纯粹”、细腻!可以说,人的“心态”,特别是那类特殊类型的“心态”,已成了温、冯词中的“灵魂”。温、冯词所致力的目标和所达到的成就也正在于抒写、塑造这种“心态”上。

再说“唯美”。

晚唐五代文人小令词的“唯美”倾向是很明显的。它所追求的“美”,便是《花间集序》中所讲的“文抽丽锦”“拍按香檀”的美,为了这种美,即使是近乎“南朝之宫体”、扇乎“北里之娼风”也无所谓。在这种美学理想支配下,它大胆、放肆、刻意地追求着文辞的“美”。这种文辞的“美”,在于它能赏心惬意,能快人耳目,能令人自我陶醉。而适应着当时声色犬马、倚花眸柳的享乐生活,这种文辞的“美”,就大多表现为“蹙金结绣”①的绮靡华丽风格。具体一些讲,从配乐歌唱的角度言,它追求声音的悦耳动听、婉转悠扬,所谓“举纤纤之玉指,拍按香檀”;从阅读的角度言,它又追求文辞的漂亮华美、绮靡精艳,所谓“递叶叶之花笺,文抽丽锦”。而这样追求的结果,就达到了《花间集序》所讲的“镂玉雕琼,拟化工而迥巧;裁花剪叶,夺春艳以争鲜”的艺术效果。我们在前面读过的温庭筠的那些美丽的词句中,就可以充分地体味到它的这种绮美感。而由于这种求美的倾向又是与不顾“善”或“不善”而仅求其抒情的“真”紧紧联系在一起的,所以我们把它称之为“唯美”性。

总起来说,晚唐五代词人所致力创作的小令中,基本都充斥着一种香艳、纯情、唯美的倾向,所以表现在总体风格上,就出现了“真”“艳”“深”“美”的特色,而由于这四种特色又都是纳入于配合宴乐歌唱的小令篇幅中,所以又跟着出现了“婉”的特色。“宴乐”,顾名思义,是酒宴歌席上的音乐,它具有“宛转”的特点(冯延巳《虞美人》词:“玉钩鸾柱调鹦鹉,宛转留春语”,《金错刀》词:“歌宛转,醉模糊”可证);而小令的体制又要求词境必须尽量写得“宛转”层深。(《词源》云:“词之难于令曲,如诗之难于绝句,不过十数句,一字一句闲不得。末句最当留意,有有余不尽之意始佳。”②)这两方面的原因就必然导致了晚唐五代

① 王士禛:《花草蒙拾》,唐圭璋编《词话丛编》,中华书局,1986年,第675页。

② 张炎著、夏承焘校注,沈义父著、蔡嵩云笺释:《词源注　乐府指迷笺释》,人民文学出版社,1963年,第25页。

词的深婉性。而混合了香艳、纯情、唯美“三性”所出现的“真”“艳”“深”“婉”“美”,就形成了词体的“总体风格”,它为后来的宋词打下了深而厚的基础。关于后一点,前人已说得很多:

李之仪说:“长短句于遣词中最为难工,自有一种风格,稍不如格,便觉龃龉。唐人但以诗句而用和声抑扬以就之,若今之歌《阳关词》是也。至唐末,遂因其声之长短句而以意填之,始一变以成音律。大抵以《花间集》中所载为宗……”①

张炎在讲了“词之难于令曲”一段话之后,也接着说:“当以唐《花间集》中韦庄、温飞卿为则。”②

汤显祖说:“词至西蜀、南唐,作者日盛,往往情至文生,缠绵流露,不独为苏、黄、秦、柳之开山,即宣和(宋徽宗)、绍兴(宋高宗)之盛,皆兆于此矣。”③

王士禛说:“夫温、韦视晏、李、秦、周,譬赋有《高唐》《神女》而后有《长门》《洛神》,诗有《古诗》《录别》而后有建安、黄初、三唐也。”④

郑文焯说:“唐人以余力为词,而骨气奇高,文藻温丽。有宋一代学人,专志于此,骎骎入古,毕竟不能脱唐、五代之窠臼,其道亦难矣!”⑤

由此可知,晚唐五代的文人小令,是词史发展的一个关键阶段,它奠定了整个词体的一种“总体风格”。至于这种“总体风格”的“功过”,则不是三言两语所能简单说清的,将留待后文再谈。

① 李之仪:《跋吴思道小词》,《姑溪居士文集》卷四〇,《丛书集成初编》本,商务印书馆,1935 年,第 2 页。

② 张炎著、夏承焘校注,沈义父著、蔡嵩云笺释:《词源注　乐府指迷笺释》,人民文学出版社,1963 年,第 25 页。

③ 沈辰垣,等:《历代诗余》卷一一三,引汤显祖《玉茗堂集》,上海书店,1985 年,第 1348 页。

④ 王士禛:《花草蒙拾》,唐圭璋编《词话丛编》,中华书局,1986 年,第 673 页。

⑤ 郑文焯:《评花间集》,龙榆生编选《唐宋名家词选》,上海古籍出版社,1980 年,第 12 页。

第三章 “世运升降”

——“总体风格”形成的“时代”原因

发源于民间的词体,为何会在晚唐五代文人的手中蜕变出与“本色”很不相似的面目?晚唐五代的文学舞台上为何让词来独占鳌头?这是一个值得探讨的问题。而弄清了这个问题,也就连带弄清了词何以会形成其“总体风格”的原因。

唐代本是“诗”的黄金时代。然而到了晚唐五代,诗却开始衰歇了,它的东山再起有待于下一朝代。就在此时,词却从“诗余”一下子跃为当时最“时髦”、最盛行的文体,从表面看,这似乎有点儿不可思议。

早在两宋之交的王灼就开始注意到这个问题。他说:“唐末五代文章之陋极矣,独乐章(按:即词)可喜,虽乏高韵,而一种奇巧,各自立格,不相沿袭。”①

陆游也说:“历唐季、五代,诗愈卑而倚声(按:亦即指词)辄简古可爱。……笔墨驰骋则一。能此而不能彼,未能以理推也。”②又说:“诗至晚唐五季,气格卑陋,千人一律,而长短句独精巧高丽,后世莫及。此事之不可晓者。”③

他们都感到暂时无法解释这个问题。王国维说:“四言敝而有《楚辞》,《楚辞》敝而有五言,五言敝而有七言,古诗敝而有律绝,律绝敝而有词。盖文体通行既久,染指遂多,自成习套。豪杰之士,亦难于其中自出新意,故遁而作他体,以自解脱。一切文体所以始盛终衰者,皆由于此。”④

他一反前人认为词是诗的“下降”之说(如《四库提要·词曲》说:“《三百篇》变而古诗,古诗变而近体,近体变而词,词变而曲,层累而降。”⑤),能够从“求新”“出新”的角度看问题,是有一定的新见的。但他仅从几个“豪杰之士”

① 王灼:《碧鸡漫志》卷二,唐圭璋编《词话丛编》,中华书局,1986年,第82页。

② 陆游:《花间集跋》,赵崇祚辑、李一氓校《花间集校》,人民文学出版社,1958年,第238页。

③ 陈振孙:《直斋书录解题》卷二一,上海古籍出版社,1987年,第614页。

④ 王国维:《人间词话》,《蕙风词话 人间词话》,人民文学出版社,1960年,第218页。

⑤ 永瑢,等:《四库全书总目》卷一九八,中华书局,1965年,第1807页。

和文体本身来分析问题，却还显得不够深入和中肯。

一切带有普遍性的文学现象，都反映着时代发展的某种“契机”，我们都可在社会生活的土壤中找到它们产生的深刻根源。晚唐五代的“词代诗兴”，晚唐五代出现体现“总体风格”的“词境”，这些，都可以也应当从晚唐五代的社会生活——亦即“时代”的原因中去寻求答案。

晚唐五代，是历史上的又一“衰世”。战乱连年，政治昏暗，经济凋敝，在此基础上，造成了“世风”的“浇薄”。而士人又是全社会最敏感的一个阶层，从他们身上最能反映出时代的普遍心理。从晚唐文人来看，虽有一些人仍旧思欲有所作为、有所抗争之外，大多数人的心中却弥漫着一种危机感、苦闷感。他们不免于颓唐，不免于空虚，甚至不免于走向放荡。请看他们诗中反映出来的情绪：

> 夕阳无限好，只是近黄昏。（李商隐《登乐游原》）
>
> 尘世难逢开口笑，菊花须插满头归。（杜牧《九日齐安登高》）
>
> 壮心暗逐高歌尽，往事空因半醉来。（韩偓《访隐者遇沉醉书其门而归》）
>
> 花开堪折直须折，莫待无花空折枝。（杜秋娘《金缕衣》）

到了干戈不息的五代，这种感喟人生无常的心理更转变为“及时行乐”的纵欲思想。在词中我们可以读到：

> 须愁春漏短，莫诉金杯满。遇酒且呵呵，人生能几何！（韦庄《菩萨蛮》）
>
> 休向尊前情索寞，手举金罍，凭仗深深酌。莫作等闲相斗作，与君保取长欢乐。（冯延巳《鹊踏枝》）
>
> 酒杯深，光阴促，名利无心较逐。（顾敻《渔歌子》）

这时候，诗（词）人们的生活情趣开始“转向”了。如果说，李白时代人们兴高采烈地讴歌那“一百四十年，国容何赫然”（《古风》）的“盛唐气象”，而杜甫虽处动乱前夕而仍欲补天回日地吟出“致君尧舜上，再使风俗淳”（《奉赠韦左丞丈二十二韵》）的话，那么晚唐五代的大多数文人却把兴趣转向了身边的小天地中。他们对广阔的外部世界的“大天地”开始感到了淡漠。盛、中唐诗人们所感兴趣的种种（诸如边塞的烽火、大漠的狼烟、朝廷的修政、生民的疾苦），在他们看来都不如手中的一杯酒、席上的一曲歌来得“现实”。“别梦依依到谢家，小廊回合曲栏斜。多情只有春庭月，犹为离人照落花”（张泌《寄人》），他们的兴趣转到了灞桥的柳枝、西窗的烛影，转到了花间月下、歌筵尊前，一言以蔽之，转到了“儿女情长”的生活中去了。晚唐诗人崔怀宝在他的《忆江南》词中甚至说：“平生愿，愿作乐中筝。得近玉人纤手子，砑罗裙上放娇声，便死也为荣。”孙光宪也说："满眼利名浑信运，一生狂荡恐难休，且陪烟月醉红楼。”(《浣溪沙》)这都从一个侧面说明了他们的生活理想和兴趣之所在。

晚唐五代畸形发展的城市经济(与广大农村经济的凋敝对比而言)造就了这种不健康的社会心理，而这种不健康的社会心理又在畸形发展的城市享乐生活中找到了合适的寄托之处。

先请看词人笔下的城市生活风貌：

“如今却忆江南乐，当时年少春衫薄。骑马倚斜桥，满楼红袖招。　翠屏金屈曲，醉入花丛宿……”(《菩萨蛮》)这是韦庄笔下的江南城市面貌。“锦里蚕市，满街珠翠，千万红妆。玉蝉金雀，宝髻花簇鸣珰，绣衣长。”(《怨王孙》)这又是他笔下的成都面貌。“杨柳桥边，落日高楼酒旆悬”“更听笙歌满画船”(《采桑子》)，这更是冯延巳笔下的金陵面貌。

再看词人们在这种旖旎风光中的陶醉之情：

“人人尽说江南好，游人只合江南老。春水碧于天，画船听雨眠。　垆边人似月，皓腕凝双雪。未老莫回乡，还乡须断肠。”(《菩萨蛮》)韦庄真的想在这种“醇酒妇人”生活中终老一生了。

“柳丝无力袅烟空，金盏不辞须满酌。海棠花下思朦胧，醉香风。”(《酒泉子》)毛文锡不是已沉醉于“香风”之中了吗？

“歌满耳，酒盈尊，前非不要论。”(《更漏子》)在这歌吹沸天、美酒盈樽的狂欢气氛中，顾夐已忘却了人间的是非曲直了。

在这种淫靡生活和享乐心理的支配下，现实生活鼎沸喧闹的“大天地”对于词人们而言，似乎已是隔膜悠远的另一世界了，他们对这个外部世界或视而不见，或充耳不闻；他们只对他们身边的那种充满着声色犬马生活的小天地感兴趣。

社会心理和生活兴趣决定着文学的面貌。从中唐以来，以文学来描写艳情的势头已开始在传奇小说和诗中抬头，而到了晚唐五代，就泛滥成为词中的一股主要倾向了。中唐以来，出现了《莺莺传》《李娃传》《霍小玉传》一类哀感艳顽的爱情小说，它们反映着城市生活带来的“人性”的觉醒，具有某种反抗封建礼教的积极作用。而中晚唐以来的某些“艳诗”中又反映了封建文人放荡不羁的带有消极色彩的世界观(杜牧《遣怀》诗：“落魄江湖载酒行，楚腰纤细掌中轻。十年一觉扬州梦，赢得青楼薄幸名”可为代表)。而这两个方面，在晚唐五代词中却得到了汇合和交融，终于出现了颇为惊人的“词为艳科”的奇特现象。

晚唐诗风，已经是偏于纤艳一路的了。但是，诗人们却还嫌“不够劲儿”。

这是因为:第一,用“诗”来写赤裸裸的艳情,多少还有点儿顾忌。比如,中唐时元稹、白居易曾写过一些带有艳情色彩的诗,就被李戡痛斥为“纤艳不逞”“淫言媟语”(杜牧《唐故平卢军节度巡官陇西李府君墓志铭》)①。因此,晚唐的李商隐只好用吞吞吐吐的方法(《无题》诗)来抒写他铭心刻骨的相思。假若能找到一种可以无所顾忌、任情挥洒的文体痛痛快快地发泄一下他们的恋情,那就太妙了。于是他们就把眼光转到了“本欲酒间易晓,颇摆落故态(按:意即能“放下架子”),适与六朝跌宕意气差近”②的词体身上去了。第二,“艳情”往往又是与酒宴歌席的生活密切连在一起的,他们很需要一种新的文体,既能抒发他们对歌儿舞姬们的恋情,又能亲自由这些玉人的樱桃小口款款唱出。这时他们就感到原来的近体诗太呆板整齐而不能尽兴了。所以他们便由写诗而改为“倚声”作词。词的那种参差错综的句式,配上那繁声淫奏的宴乐,再由那莺吭燕舌的歌喉婉转唱出,其情味该是何等的缠绵尽致!故而,“声声而自合鸾歌”“字字而偏谐凤律”(《花间集序》)的“曲子词”自然便会取代诗的地位,一跃而成为“诗客”们的新宠了。

词既是顺应着上述这种“历史潮流”而跻入文坛的,它的必然迎合当时文人那种社会心理和生活情趣,也就可以想见了。它“真”而无顾忌(《花间集序》不是说它“自南朝之宫体,扇北里之娼风。何止言之不文,所谓秀而不实”吗?),它“艳”而“狭深”(专以抒写艳情特别是因艳情激起的“心绪”),它“婉”而“美”(音乐的婉转,文辞的优美),总起来说,就构成了“情真而调逸,思深而言婉”③的特色。这种特色,正是与孕育着它的时代的历史条件相为表里的。

普列汉诺夫说:“任何一个民族的艺术都是由它的心理所决定的,它的心理是由它的境况所造成的……”④晚唐五代的特殊历史条件(政治的、经济的),以及由它而造成的“心理”,就是形成这一时期所诞生的文人小令所带有的、为后代词所继承的“总体风格”的社会原因。晚唐五代词的特殊风格色彩,正是那个特殊时代的折光反映。

① 郭绍虞主编:《中国历代文论选》第2册,上海古籍出版社,1979年,第185页。

② 陆游:《花间集跋》,赵崇祚辑、李一氓校《花间集校》,人民文学出版社,1958年,第238页。

③ 晁谦之:《花间集跋》,赵崇祚辑、李一氓校《花间集校》,人民文学出版社,1958年,第223页。

④ 普列汉诺夫:《论艺术(没有地址的信)》,生活·读书·新知三联书店,1964年,第47页。

第四章 “南国情味”

——“总体风格”形成的“地域”原因

我们的祖国，是一个幅员辽阔的国家。从某种意义上讲，她曾是一个包括多个民族、多个小国(指分裂时期)、多个经济和地理区域的统一体。不同的地域，由于自然条件的差异，会造成生物学上的地域性，这点是显而易见的。而出自作为既是自然物又是社会物的“人”的手或口的文学，也必然会在一定程度上有地域差异的烙印，这也是很自然的事。拿这个观点看，词在晚唐五代时形成的“总体风格”中深深地浸染着“南国情味”，便是甚为明显的事。

这种“南国情味”，首先表现在对于前代“南方文学”的继承性上。

早在《文心雕龙 · 乐府》篇中，刘勰就把上古的诗歌划分为“东、南、西、北”四种类型，只是由于我国的地理环境和历史发展的特点，东西方文化之间的差距远没有南北方文化之间的差距来得明显。所以，人们早就注意到，从春秋战国以来，在产生于北方黄河流域的文学和产生于南方长江流域的文学之间，在其“质地”上是有着轻重、刚柔、华朴、婉直之分的。大体上讲，北方文学多表现出一种“阳刚之美”，而南方文学则多体现为“阴柔之美”。谢元淮说：“声乐之有南北，非始近日也。《文心雕龙》云：涂山歌于候人，始为南音。有娀谣于飞燕，始为北声。夏甲为东，殷氂为西。然则古者四方皆有音，而今但统言南北耳。”他在说了这些话后接着说：“以辞而论，南多艳婉，北杂羌戎。以声而论，南主清丽柔远，北主劲激沉雄……”①这话虽指南北曲而言，但也不妨可以移作对整个南北文学风格的总评价。而唐末五代词中的“总体风格”则正是典型地体现了南方文学的这种偏致阴柔的美感，它与前代南方文学之间存在着很深的渊源和继承关系。具体地讲：它从《楚辞》中间继承了“男子而作闺音”②的传统，以及抒情的婉转性。

《离骚》本是一首写政治感慨的抒情诗，作者屈原是一位忠贞执著的爱国文

① 谢元淮：《填词浅说》，唐圭璋编《词话丛编》，中华书局，1986 年，第 2509 页。

② 田同之：《西圃词说》，唐圭璋编《词话丛编》，中华书局，1986 年，第 1449 页。

人。然而他却把政治上的离合比拟为爱情的离合来写(如"曰黄昏以为期兮,羌中道而改路"),而在《九歌》中描写真正的男女爱情时,又显得比《国风》中的情歌更婉转优美(如"嫋嫋兮秋风,洞庭波兮木叶下"等句子所显示出来的婉转风情)。唐五代小令中,就有很多地方撷取了《楚辞》的这种特色。怪不得张惠言评温庭筠词"照花前后镜,花面交相映"句时,谓之有"《离骚》'初服'之意"①。尽管这位老夫子论词未免"经学气"十足,但不必否认,他确也看到了词与《楚辞》之间的某些相似之处——那"幽约怨悱""低回要眇"的词境与那思慕哀怨、文辞婉美的古老的"南方文学"之间实有着相通的地方!

词又从南朝诗歌中继承了"言情"的传统和风格的柔媚性。

南朝乐府民歌,诞生于山明水秀的长江流域,又染上了都市经济的旖旎风情,因此显得十分艳丽柔媚。"都邑之盛,士女昌逸,歌声舞节,袨服华妆。桃花渌水之间,秋月春风之下,无往非适。"②在这种山川土壤与商品经济基础之上流行起来的"吴声歌曲"和"西曲歌",其题材几乎是清一色的"言(艳)情"。(《读曲歌》曰:"百鸟园林啼,道'欢'不离口。"整个南朝民歌也可说就是如此地"道'情'不离口"的。)其风格又是无比的婉柔妩媚(比如《子夜歌》:"宿昔不梳头,丝发披两肩。婉伸郎膝上,何处不可怜",是何等的风流软媚)。而从词体的"滥觞"看,它正主要祖祧着南朝民歌,以及文人诗。徐世溥说:"乐府变为吴趋、越艳,杂以《捉搦》《企喻》《子夜》《读曲》之属,流为诗余,诗余流为词……乃其源于吴声小令。"③《花间集序》也"自供"自己是"自南朝之宫体"——这南朝齐梁君臣所作的宫体诗和乐府民歌正是基于同一历史和同一地域的"土壤"上的产物(不过它更浓重地打上了剥削阶级的思想烙印而已)。因此,晚唐五代词之所以成为"艳科",它的软媚风格,与继承南朝民歌和文人诗的某些特性是分不开的。

其次,让我们来看晚唐五代词本身浸染着的"南国情味"。

存在决定意识。晚唐五代词的"物质基础"可以说基本就是南方的经济、自然条件。先拿中唐的作者刘禹锡、白居易等人看,他们都是在南方的山川风物、民歌俚曲的"感召"下学写词的。刘禹锡《竹枝词引》自叙他听到夔州一带的民间歌曲,"其卒章激讦如吴声","含思宛转","故余亦作《竹枝词》九篇";而白居易,他既被"日出江花红胜火,春来江水绿如蓝"的江南景色所惊叹得入了迷,更

① 张惠言:《词选》卷一,中华书局,1957年,第12页。
② 李延寿:《南史》卷七〇,中华书局,1975年,第1696页。
③ 江顺诒:《词学集成》卷一,唐圭璋编《词话丛编》,中华书局,1986年,第3226页。

为“吴酒一杯春竹叶，吴娃双舞醉芙蓉”的江南风物所迷恋得不能忘情（《忆江南》）。他们的词中就不由得要浸透进了南方风光的特有情味。试读他们的这些词：

汴水流，泗水流，流到瓜洲古渡头，吴山点点愁。　思悠悠，恨悠悠，恨到归时方始休，月明人倚楼。（白居易《长相思》）

斑竹枝，斑竹枝，泪痕点点寄相思。楚客欲听瑶瑟怨，潇湘深夜月明时。（刘禹锡《潇湘神》）

吴山的秀丽，潇湘的清远，为这二支“相思曲”添进了多么旖旎的色彩和情调！

温庭筠和韦庄本是“北人”，但他们却长久淹留在南方，几欲以南方作为自己的第二故乡。因此，他们所写的词中，简直找不到北国的影子，而尽是一片水乡泽国的南方气息：

楚女不归，楼枕小河春水。月孤明，风又起，杏花稀。　玉钗斜篸云鬟重，裙上金缕凤。八行书，千重梦，雁南飞。（温庭筠《酒泉子》）

何处游女，蜀国多云雨。云解有情花解语，窣地绣罗金缕。　妆成不整金钿，含羞待月秋千。住在绿槐阴里，门临春水桥边。（韦庄《清平乐》）

我们读了这些词，简直会觉得南国的山川风物、风土人情已经把两个北方作者的禀性气质“改造”成了南方人了，不然何以词中的南方情味是会如此浓溢！

至于西蜀和南唐词人，本系土生土长的“南人”。所以他们词中带有乡土气息就更不待说了。试以冯延巳为例，他词中最常出现的景物便是江、柳，经常出现的地名便是江南、金陵、石城、秣陵，由此就可知他的“就地取材”了。而西蜀词人如欧阳炯、李珣除了写蜀国风光之外，还大写其南粤风俗。“路入南中，桄榔叶暗蓼花红。两岸人家微雨后，收红豆，树底纤纤抬素手。”“相见处，晚晴天，刺桐花下越台前。暗里回眸深属意，遗双翠，骑象背人先过水。”他们这两首《南乡子》所写的正是“南乡”的风土人情。

所谓“意境”，不外由“意”和“境”二者组成。“意”是主观的情志，而“境”则大多取材于外界的景物。前人曾说过，“情、景名为二，而实不可离”①。因此，借用或引入一定色彩的景色入词，是为构成它的总的意境服务的，它和意境的总色调是相关的。绝大多数晚唐五代词，都从南方的既秀丽又富丽（前者是其自

① 王夫之：《姜斋诗话》卷二，人民文学出版社，1961 年，第 150 页。

然风貌，后者又是其经济风貌）的景色中汲取片段，以构成其意境的组成部分的，这就必然给自己的风格抹上了一层南方风情的特色。而更为深刻的是，南方城市的绮靡生活带给词人的心理以潜移默化的影响，这种心理状态的特种色彩“折射”到他们的作品中，就形成了香艳、纯情、唯美的词风。比起文学来，生活是“第一性”的东西；它必然会影响到“第二性”的文学作品中去。中唐以来，全国的经济重心南移。以西蜀和南唐为中心的南方经济（特别是城市经济）在五代时期得天独厚地有了进一步发展。在全国的农村经济和文学创作普遍低落的时候，词坛却发射出了意外的光彩，这种情况，还得从地域的经济发展状况中去寻找深刻的原因。所以讲到底，所谓“地域”的原因主要仍是自然条件和经济条件这两方面的原因。

南北朝以来，“南方文学”消歇已久。但是它的“养料”的颗粒却仍然蕴藏在这块土壤里。词的幼苗既栽发在这上面，当然就带有了它的泥土气息。经历了数百年后，南朝文学的那种艳丽婉美的特性，终于又在新时代的新文体中得到了复苏和发展。试比较下面这两组诗词的题材、语言和风格：

> 始欲识郎时，两心望如一。理丝（思）入残机，何悟不成匹（匹配）！（《子夜歌》）
>
> 一尺深红蒙曲尘，天生旧物不如新。合欢桃核终堪恨，里许原来别有人（仁）。（温庭筠《新添声杨柳枝》）
>
> 恃爱如欲进，含羞未肯前。朱口发艳歌，玉指弄娇弦。
>
> 朝日照绮窗，光风动纨罗。巧笑蒨两犀，美目扬双蛾。（以上梁武帝《子夜歌》二首）
>
> 修蛾慢脸，不语檀心一点，小山妆。蝉鬓低含绿，罗衣淡拂黄。
> 闷来深院里，闲步落花傍。纤手轻轻整，玉炉香。（毛熙震《女冠子》）

无论从题材、内容来看，还是从语言、风格来看，晚唐五代词和南朝诗歌之间，是多么的相似！它们的芳香，是同属“南国”型的。

第五章 “曲子词”

——“总体风格”形成的“文体”原因

除了前面所讲的“时代”“地域”方面的原因，词的“总体风格”的形成还有其本身的亦即文体方面的原因。刘体仁早就说过：“词中境界，有非诗之所能至者，体限之也。”①现在我们就来探讨词体本身的特点对于造就它的“总体风格”的一些问题。这里不妨先从“曲子词”这个名称谈起。

词的全称叫作“曲子词”。刘熙载说：“其实辞（词）即曲之辞，曲即辞（词）之曲也。”②又说：“故词，声学也。”③在分析“总体风格”形成的文体原因时，我们首先不得不注意到词的合乐可歌的特点。

晚唐五代词所配合的音乐是“宴乐”。比起遥远的“雅乐”和汉魏六朝以来的“清乐”来，它是一种“淫乐”“俗乐”。然而，就是这种新兴的、羼和了外来音乐因素的新音乐，却是最富有抒情价值的、大众化的音乐。它不像前代音乐那样“中正和平”（所谓“乐而不淫，哀而不伤”）、不痛不痒，而是很富刺激性和感染力——特别是堕入到晚唐五代上层社会的那种享乐环境之后，“宴乐”中的软媚性便大大地发展起来了。照理，宴乐的曲调繁多，它的声情也应包含多种基调；但在那种依红偎翠、浅斟低唱的酒宴歌席上，自然只会挑那些软绵绵的曲子来唱，而即使原来属于“硬”性的调子，歌伎乐工们也可以来一个“软处理”（所谓的“硬歌软唱”）。请看一下晚唐五代词中描写“宴乐”和“唱词”的形象：

绿云高髻，点翠匀红时世。月如眉，浅笑含双靥，低声唱小词。（牛峤《女冠子》）

芳年妙妓，淡拂铅华翠。轻笑自然生百媚，争那尊前人意。　酒倾琥珀杯时，更堪能唱新词。赚得王孙狂处，断肠一搦腰肢。（尹鹗《清平乐》）

① 刘体仁：《七颂堂词绎》，唐圭璋编《词话丛编》，中华书局，1986年，第619页。
② 刘熙载：《艺概》卷四，上海古籍出版社，1978年，第132页。
③ 同②，第106页。

轻盈舞伎含芳艳，竞妆新脸。步摇珠翠修蛾敛，腻鬟云染。歌声慢发开檀点，绣衫斜掩。时将纤手匀红脸，笑拈金靥。（毛熙震《后庭花》）

这种陪伴着歌、舞、酒、色在一起的“宴乐”，其色泽肯定是艳丽的，而其曲调肯定是婉媚的。北宋的李廌曾为一个善讴的老翁作过一首戏词《品令》：“唱歌须是玉人，檀口皓齿冰肤，意传心事，语娇声颤，字如贯珠。　老翁虽是解歌，无奈雪鬓霜须。大家且道：是伊模样，怎如念奴！”可见即使到那个时候，人们偏爱的还是“女音”，所以王灼在引述这个故事以后，难怪要感叹“士大夫所作歌词，亦尚婉媚”矣①。从这件事和这节话中，我们便可见到：正是音乐的这种“女音化”（亦即婉媚化），在一定程度上决定了歌词的软媚化。在多种艺术门类中，音乐和诗歌是两门最倾向于“抒情”的艺术。它们一旦携手合作，其倾诉“心声”和动人“心弦”的效果更是无比强烈。词之为体，“委曲倚声”，它在抒情功能方面自然如虎添翼。音乐对于词的“真”“艳”“深”“婉”“美”的风格的形成，真是立了大功。我们不妨把不合乐的诗和合乐的词举几例来比较一下。

宋人诗：“今日一杯愁送春，明日一杯愁送君。君应万里随春去，若到桃源问归路。”（韩驹《送葛亚卿》）宋人词：“水是眼波横，山是眉峰聚。欲问行人去那边？眉眼盈盈处。　才始送春归，又送君归去。若到江南赶上春，千万和春住。”（王观《卜算子·送鲍浩然之浙东》）同是写一个主题，词就比诗委婉曲折得多。

唐人诗：“洞房昨夜停红烛，待晓堂前拜舅姑。妆罢低声问夫婿，画眉深浅入时无？”（朱庆余《近试上张水部》）宋人词：“凤髻金泥带，龙纹玉掌梳。走来窗下笑相扶，爱道画眉深浅入时无？　弄笔偎人久，描花试手初。等闲妨了绣功夫，笑问鸳鸯两字怎生书？”（欧阳修《南歌子》）同是写闺情（虽然朱诗是借闺情而言“求荐”），词却比诗的风情显得更加委婉香腻。

由此比较可知，比之诗来，词在抒情上确实存在着某种优越性，所以王国维说：“词之为体，要眇宜修。”②其“要眇”之处，很大程度上来自它的“倚声”。

当然，伴随着词的合乐性，又带来了它句式、押韵、分片等方面的特点。这可谓是“倚声”所带来的“副产品”。虽然比较起合乐性而言，它已是属于次要的事，但是在后来词乐失传的情况下，这一特点又显得相当的重要。因此，在讨论

① 王灼：《碧鸡漫志》卷一，唐圭璋编《词话丛编》，中华书局，1986 年，第 79 页。
② 王国维：《人间词话》，《蕙风词话　人间词话》，人民文学出版社，1960 年，第 226 页。

词的“总体风格”的形成原因时，这点自也不能不附带提及。中国韵文的发展，曾经历了一个由简单到复杂、由单纯到综合的过程。到了晚唐五代词中，近体诗的整齐美却和长短句的错综美凭借着音乐的“掺和”而完美地结合了起来。这就出现了新的奇观：“一调之中，长短互节；数句之内，奇偶相生。调各有宜，杂而能理。或整若雁阵，或变若游龙，或碎若明珠之走盘，或畅若流泉之赴谷，莫不因情以吐字，准气以位辞，可谓极织综之能事者矣。”①不妨仍举前面引过的送客词，王观的《卜算子》比韩驹的诗要委婉多了，而如果再看一下王沂孙的《摸鱼儿》词：

> 洗芳林，夜来风雨，匆匆还送春去。方才送得春归了，那又送君南浦？君听取！怕此际、春归也过吴中路。君行到处，便快折湖边，千条翠柳，为我系春住！　　春还住，休索吟春伴侣，残花今已尘土。姑苏台下烟波远，西子近来何许？能唤否？又恐怕、残春到了无凭据。烦君妙语！更为我将春，连花带柳，写入翠笺句。

这番软语叮咛的口吻、细腻熨帖的情思，就全靠长短参差的句式与多变的押韵方式体现了出来。这种委曲多姿的词的体式，便是昔日合乐的“遗迹”；它的“功劳”，按理还应算到音乐的头上去。

除了“曲子词”的合乐性之外，我们还要注意到人们对它的看法。

由于“诗”是从《诗经》这个“老祖宗”那里传下来的，所以在一般人心中，它是正统的文体，地位比较尊贵。而“词”只是在“曲子”的襁褓中长大的小调，所以在一般人心中，它只是不入“大雅之堂”的小技。唐五代人，把“词”称作“曲子”，也就表示出对于这种新兴文体的轻视（如《北梦琐言》卷六称和凝为“曲子相公”②，《花间集序》称文人词为“诗客曲子词”）。而此时，关于“艳诗”的理论便很自然地移入到词中来了。

晚唐五代，由于社会风气和士人心理的转变，“艳诗”的理论开始抬头。如果说，中唐时占优势的文学理论是白居易“为君、为臣、为民、为物、为事”（《新乐府序》）而作的现实主义理论的话，那么此时诗坛中却滋生了一种唯美主义的趋势。李商隐《献相国京兆公启》首先从“人性”的角度提出问题：“人禀五行之秀，备七情之动，必有咏叹，以通性灵。”③而韦縠、韦庄等文人就进而树立了“清词

① 刘永济：《词论》卷上，上海古籍出版社，1981 年，第 5 页。
② 孙光宪：《北梦琐言》卷六，中华书局，1960 年，第 51 页。
③ 李商隐：《樊南文集》卷三，上海古籍出版社，1988 年，第 194 页。

丽句"的标准(《才调集自序》:"韵高而桂魄争光,词丽而春色斗美。"《又玄集序》:"管中窥豹,但取一斑……但掇其清词丽句。")但是,这种理论当即受到了另一些人的批评,如黄滔《答陈磻隐论诗书》就斥责"今体才调歌诗"为"郑卫之声"。①

可是,由于词体乃是小道薄技,所以它尽可以艳而又艳。比如牛希济作《文章论》,批评"今国朝文士之作"为"忘于教化之道,以妖艳为胜"②,但是他自己作的词呢?"记得绿罗裙,处处怜芳草","终日劈桃穰,仁(人)在心儿里"(《生查子》)就是他的名句——而他的"须知狂客,拚死为红颜"(《临江仙》)则更岂止是"妖艳"!从此一例就可以看出他们的不以"曲子"为然了。但又正因为这样,他们那些委婉热烈的情思,甚至是带有色情的媟语,却都可以无所忌惮地在词中宣泄了(《花间集序》这样的唯美主义宣言就是在这种环境中产生的)。

事物总是多侧面的。晚唐五代唯美的"艳诗"理论自然有其消极的影响和作用,但是从另一角度看,它与词境的"香艳""纯情""唯美"作风却是又有一定关系的,它是造就词的"总体风格"的文学理论方面的根源。

① 黄滔:《答陈磻隐论诗书》,董诰,等《全唐文》卷八二三,中华书局,1983年。
② 牛希济:《文章论》,董诰,等《全唐文》卷八四五,中华书局,1983年。

第六章 “虽小却好，虽好却小”

——对晚唐五代词体现的“总体风格”的历史评价

词体的发展，在进入到晚唐五代词的时候，终于形成了自己“真”“艳”“深”“婉”“美”的“总体风格”。对于这种词风，人们历来有多种评价。

从它的思想内容而言，前人的评价多偏于以批判为主。欧阳修就曾经举出杜荀鹤的“时挑野菜和根煮，旋斫生柴带叶烧”（《山中寡妇》）和李煜的“帘日已高三丈透，金炉次第添香兽……”（《浣溪沙》）相比较，指出作者“富贵愁怨”之心有异①——拿我们的话来讲，就是“世界观”有所不同。晚唐五代词的作者（除极少数外），大多数人逃避着现实世界的矛盾，浮游在享乐生活的小天地里，其生活情趣和艺术兴趣确是不足取的。所以陆游曾深有感叹地说过：“《花间集》，皆唐五代时人作。方斯时，天下岌岌，生民救死不暇，士大夫乃流宕至此。可叹也哉！或者，出于无聊故耶？”②而朱彝尊的一段肯定晚唐五代词的话，却从反面说明了它的根本缺陷。他说：“昌黎子曰：‘欢愉之言难工，愁苦之言易好’，斯亦善言诗矣。至于词，或不然：大都欢愉之辞工者十九，而言愁苦者十一焉耳。故诗际兵戈俶扰、流离琐尾而作者愈工；词则宜于宴嬉逸乐，以歌咏太平。”③他所说的际于兵戈俶扰而仍“宴嬉逸乐”的词，实际上就是指的晚唐五代词。处在这样的乱世却仍然耽于醇酒妇人的题材之中，这样的词怎么能深刻地反映现实呢？即使拿传统的儒家的“兴观群怨”（特别是“怨”）的文学观来衡量，它也已背离“正道”而走得很远了。

然而，对于晚唐五代词的艺术成就，前人的评价却几乎是一致的众口交誉。连陆游也说：“诗至晚唐五季，气格卑陋，千人一律，而长短句独精巧高丽，后世莫及。”④

① 魏庆之：《诗人玉屑》卷一〇，上海古籍出版社，1978 年，第 224 页。

② 陆游：《花间集跋》，赵崇祚辑、李一氓校《花间集校》，人民文学出版社，1958 年，第 237 页。

③ 朱彝尊：《紫云词序》，《曝书亭集》卷四〇，世界书局，1937 年，第 480 页。

④ 陈振孙：《直斋书录解题》卷二一，上海古籍出版社，1987 年，第 614 页。

陈善则说："唐末诗体卑陋，而小词最为奇绝。今人尽力追之，有不能及者。予故尝以唐《花间集》当为长短句之宗。"①至于明、清时人的称赞更多得不可胜数了，这里就不再引述。

情况似乎就这样明摆在那儿：晚唐五代词的"思想性"差，而"艺术性"高。事实也确乎如此，对此不必否认。

但是，我们却还有必要做深一步的研究：晚唐五代词何以会出现这样一种共同的、牢笼于整个词坛的"总体"，或至少是一种全词坛的"类型"风格，这难道仅是个别词人（如温、韦的"引路不当"）的过失或整个时代词人们的"集体错误"吗？即使是一种时代的"失误"，我们就不能从中"捕捉"到一点透露"历史契机"的"信息"吗？

先从它的"真"字说起。

王国维曾经说过："'昔为倡家女，今为荡子妇。荡子行不归，空床难独守。''何不策高足，先据要路津？无为守穷贱，辖轲长苦辛。'可谓淫鄙之尤。然无视为淫词、鄙词者，以其真也。五代北宋之大词人亦然。非无淫词，读之者但觉其亲切动人；非无鄙词，但觉其精力弥满。可知淫词与鄙词之病，非淫与鄙之病，而游词之病也。"②况周颐甚至赞许《花间集》中某些色调淫艳的词（如欧阳炯《浣溪沙》）为"大且重"之词笔③。他们这种唯以"真"字作为衡量词的标准的做法，我们当然不能全部赞同，但从他们的话中我们也可体会到：凡属优秀的词作，均有着"情真"的特点（虽然话又不能倒转过来说）。

在文学创作中，"真"字具有"首要"（当然不是唯一）的意义。在诗词的创作中，感情的真实与真挚与否，是决定作品是否具有生命力的首要条件。王国维就拿这一点对唐末诗词做过一番比较："诗至唐中叶以后，殆为羔雁之具矣。故五季北宋之诗（自注：除一二大家外）无可观者，而词则独为其全盛时代，其诗词兼擅如永叔、少游者，皆诗不如词远甚。以其写之于诗者，不若写之于词者之真也。"④应该说，这个评价从大体而言还是符合事实的。"羔雁之具"者，即指带有明显功利主义的作品。对于这类作品我们当然不能一概否定，但由于它常把作者的真实感情淹没在干谒、应酬或"言志"的目的之中，所以抒情常会不真或

① 陈善：《扪虱新话·下集》卷二，《丛书集成初编》本，商务印书馆，1939 年，第 67 页。

② 王国维：《人间词话》，《蕙风词话　人间词话》，人民文学出版社，1960 年，第 220 页。

③ 况周颐：《蕙风词话》卷二，《蕙风词话　人间词话》，人民文学出版社，1960 年，第 23 页。

④ 王国维：《文学小言》，郑振铎编《晚清文选》，上海书店，1987 年，第 714 页。

者真而不深。晚唐五代词则较少“诗教说”的束缚,又无政治上的功利目的,所以往往是直抒胸臆,不假做作。“为君憔悴尽,百花时”(温庭筠《南歌子》),“此度见花枝,白头誓不归”(韦庄《菩萨蛮》),“日日花前常病酒,不辞镜里朱颜瘦”(冯延巳《鹊踏枝》),像这些不加掩饰的真情实感,便是一般诗所少见的。谭献在《复堂词话》中说:“言思拟议之穷,而喜怒哀乐之相发,向之未有得于诗者,今遂有得于词。”①此言是矣。

有了这个“真”字,晚唐五代词的词境自然显得“精力弥满”和“亲切动人”,具有强烈的感人力量。同时,它又为诗歌的发展史开辟了新的道路——从题材来讲,它不避“艳”字;从意境来讲,它又向“深”字发展。

从“艳”字而言,应该说,它具有某种程度的反抗封建礼教的意义。多少年来,儒家诗论都要人们“言志”“载道”,他们就是反对人们去“言情”——特别是男女之间的爱情。然而,晚唐五代词却不管这一套,它大胆地跨入了这个“禁区”,并且就以它为主要基地,开放出了绚丽绰约的花朵来。这表现出了“人性”和“爱情”的不可抑制的觉醒,也表现了文学本身的勇气和力量。

从“深”字而言,它更反映了文学的进步和美学的发展。文学的特征当然在于它的形象性——然而对于诗歌而言,这种形象性又必须是饱含着感情的,否则,形象就会缺乏深蕴;而有时,虽然没有明显的形象,但由于有着充沛的真情流乎其中,这样的诗歌就照样具有生命力。比如陈子昂的《登幽州台歌》:“前不见古人,后不见来者。念天地之悠悠,独怆然而涕下。”全诗直赋,主要就不是以它的形象性而是以它的感情的“巨大”和“深沉”打动着读者的心。所以,“感情”的真和深乃是诗之第一要义。晚唐五代词的词境向着抒情的“深度”进发,这就意味着诗歌的表达功能和“成熟”程度有了进一步的提高。在唐代诗歌已经达到的极高成就面前,“词”并没有退缩不前;相反,它选择了一条“同能不如独胜”的道路向着“狭深”的方向走去。这样,在唐诗“难以为继”和五代诗到了“山重水复疑无路”的情况下,它又为古典诗歌的发展开出了“柳暗花明又一村”的新局面。比较起唐诗浩瀚广阔的气象来说,它的“狭窄”当然是一种退步;但从它努力表现人类内心世界的深刻细腻而言,这却同时又是一种进步。就这样,晚唐五代词完成了诗歌“境界”的一次“大转移”,造就了古典诗歌中的一个“别有洞天”,这不能不说是它的贡献。再从美学的发展史来看,唐诗中所反映出来的美感类型已是相当的丰富了——司空图《诗品》早就用形象化的语言把它描绘了出来。而晚唐五代词的美感却几乎是专一的,它普遍呈现为一种“纤美”。王士

① 谭献:《复堂词话》,人民文学出版社,1959 年,第 19 页。

禛曾把这种“纤美”称之为“香而弱”(“香”者,美也;“弱”者,纤也),而刘熙载则称:“齐梁小赋,唐末小诗,五代小词,虽小却好,虽好却小。”①它似乎聚集了前代文学(如齐梁小赋、晚唐绝句)中“阴柔之美”的“大成”而变本加厉地发展起来,成为古典文学中最能发挥“儿女之情”的艺术范本。关于这点,我们只需要举出一点就足够说明问题了,那就是:每当后代文人需要抒写那类“恺恻怨悱不能自言之情”时,他们首先选择的往往就是“词”而不是别的文体。所以,晚唐五代词的“总体风格”,正体现了古代诗人在对美的探求过程中,经历过盛唐的气象万千的奇峰异壑之后,又来到了一个曲径通幽的新天地。从表现人类感情的复杂性和体现人类审美经验的丰富性而言,晚唐五代词是有其积极意义的。

最后,从晚唐五代词的“婉”字看,它同样也标志着文学技巧的进步。在如此短小的篇幅中,把不可言状、难以把握的思想感情表现得如此含蓄饱满、曲折层深,不能不说是一种奇观。应该说,这种“婉”本身就是一种“美”。所以,多少年来,晚唐五代词的表现技巧的委婉细腻,一直受到了人们的称赞。张炎说:“词之难于令曲,如诗之难于绝句,不过十数句,一句一字闲不得……当以唐《花间集》中韦庄、温飞卿为则。”②周济说:“‘花间’,极有浑厚气象。”③他们所说的,都指的是这个“婉”字。

总而言之,晚唐五代词中出现了“真”“艳”“深”“婉”“美”的风格,是词史上的一件重要事情。它为后来的全部词史奠定了“总体风格”的基础。虽然后来的词坛上出现了不少的变革者,他们对这个“总体风格”有所龃龉、冲击或瓦解(因此在以后的行文中,为叙述的精确起见,我们不免要把它降格而称为“主体风格”或“正宗风格”),但从总的方面来说,它却是笼罩于整个词的“领空”之上,渗透到全部词的“血液”之中的。

以上谈的,实际上是它的“虽小而好”。至于它的“虽好而小”,本是十分明显的事,所以不谈也完全可以理解。

① 刘熙载:《艺概》卷四,上海古籍出版社,1978 年,第 123 页。

② 张炎著、夏承焘校注,沈义父著、蔡嵩云笺释:《词源注　乐府指迷笺释》,人民文学出版社,1963 年,第 25 页。

③ 周济:《介存斋论词杂著》,人民文学出版社,1959 年,第 5 页。

第七章 柳永慢词

——“主体风格”的第一次“变态”

前文论述了晚唐五代文人小令所树立起来的“总体风格”。从这里开始,我们把这种“总体风格”改称为“主体风格”,理由很简单,因为词在五代以后便进入到了宋代的历史原野。在这个“大一统”的新的环境中,词的发展出现了多种形态,呈现为多种流派,所以原先可以基本称作“总体风格”的东西,到此只能“降格”而改称为“主体风格”才来得比较确切——说它“基本”称为“总体风格”,是因为即使在五代词中,也有一些作品是这种“总体风格”所不能囊括的,比如李煜“问君能有几多愁”之类的作品,就以它“一江春水向东流”的气势冲破了“花间”词风的樊篱,显得别树一帜。而这些,我们还将在后文谈及,此处暂且不论。这里要谈的是:这种在晚唐五代小令中凝成的主体风格,在新的社会条件下却又不得不发生了“变态”。“慢词”的大量制作,必然会使原先诞生于“小令”词体内的风格发生一定的改观,这就是此种“变态”的主要原因。

一、北宋小令派——“主体风格”的延伸和发展

宋代结束了前代干戈纷扰的分裂局面,进入到一个新的统一时期。由于经济的恢复和发展,又由于赵宋王朝对文吏的优待,所以文化的“复苏”也已开始。而“词”这一文体的源头本离宋代不远,因而以晏殊、欧阳修、晏几道为代表的北宋“小令派”就很自然地沿着晚唐五代小令开辟的方向继续前进。

粗略一点看,“花间”和南唐的词风是一致的,所以人们常把它们统称为“(晚唐)五代词”。但如果细细地分析一下,二者还是有粗细俗雅之分的。大致来讲,“花间”词中可说是粗细共存、雅俗同具,其中有极精致的东西(如温庭筠的作品),也有较粗鄙的东西(如其中描绘色情的作品),显得不够调和匀称。而南唐词,则是大体匀整地同属于一种较高、较雅的文艺水准之上的作品。试举西蜀国君王衍和南唐国君李璟的两首词做个比较。王衍词云:“者(这)边走,那边走,只是寻花柳。那边走,者(这)边走,莫厌金杯酒。”(《醉妆词》)这是何等的

鄙俗！李璟词云："菡萏香销翠叶残，西风愁起绿波间。还与韶光共憔悴，不堪看。　细雨梦回鸡塞远，小楼吹彻玉笙寒。簌簌泪珠无限恨，倚栏干。"（《摊破浣溪沙》）这又是何等的文雅！李清照《词论》说："自后郑、卫之声日炽，流靡之变日烦……五代干戈，四海瓜分豆剖，斯文道熄。独江南李氏君臣尚文雅……"一个"独"字，既标出了南唐词的"文雅"，也反衬出了西蜀词的"流靡"。

北宋小令派词人，政治地位较高（晏几道除外），文学修养较深，其生活情趣和艺术嗜好就自然地偏向于南唐君臣，特别是冯延巳的词风。刘邠说："晏元献尤喜江南冯延巳歌词，其所自作，亦不减延巳。"①刘熙载说："冯延巳词，晏同叔得其俊，欧阳永叔得其深。"②连晏几道也说自己的词是"试续南部诸贤绪余"③。从这些话看，北宋小令派词人之继承南唐词风，是很明显的。

在小令派词人的作品，五代词中那种"真""艳""深""婉""美"的风格仍然保存得很浓。比如：

> 庭院深深深几许？杨柳堆烟，帘幕无重数。玉勒雕鞍游冶处，楼高不见章台路。　雨横风狂三月暮，门掩黄昏，无计留春住。泪眼问花花不语，乱红飞过秋千去。

这首《蝶恋花》既收入冯延巳《阳春集》，又收入欧阳修词集中，只是根据李清照《临江仙》词小序，人们才把它认定为欧公之作。从这个例子，以及另外一些作品分别收入两人词集中，我们就可知他们词作面目之容易混淆了。

比起五代小令而言，北宋小令当然也有自己的"个性"。这大致表现在它气度的更加雍容富贵、节奏的平缓舒徐，以及语言的雅致文丽。一句话，北宋小令更富有北宋前期的"升平气象"。

五代词，诞生于飘风骤雨不终朝的乱世，所以，即使是那些"宴嬉逸乐，歌咏太平"④的词中，也总带有那种急促的节奏、颓丧的情调；而北宋小令，由于产生于"太平盛世"，所以，虽然在那些"多愁善感"的作品中，藏在"愁"的后面的还是一片"乐"的背景。试看冯延巳《采桑子》："笙歌放散人归去，独宿江楼，月上云收，一半珠帘挂玉钩。　起来点检经由地，处处新愁。凭仗东流，将取离心过桔洲。"在"笙歌"之后隐藏着对于"无常"的深恸。而欧阳修《采桑子》："群芳

① 刘邠：《中山诗话》，何文焕辑《历代诗话》，中华书局，1981 年，第 292 页。
② 刘熙载：《艺概》卷四，上海古籍出版社，1978 年，第 107 页。
③ 晏几道：《小山词序》，朱孝臧辑《彊村丛书》，上海书店，1989 年，第 168 页。
④ 朱彝尊：《紫云词序》，《曝书亭集》卷四〇，世界书局，1937 年，第 489 页。

过后西湖好，狼藉残红。飞絮濛濛，垂柳阑干尽日风。　笙歌散尽游人去，始觉春空。垂下帘栊，双燕归来细雨中。”虽然写的也是对“春空”的感慨，但他还有“双燕归来”的“希望”在后面，所以他接着又写了“烟雨微微，一片笙歌醉里归”和“谁羡骖鸾？人在舟中便是仙”，和冯词相比，自有时代气氛的哀乐之不同。

特别在词的用语下字方面，北宋小令更讲求“文雅”化——这正是体现了正统士大夫文人审美情趣之所在。因为，从他们的生活兴趣来观看，虽仍离不了声色犬马；但是他们却并不喜欢用那种粗俗直露的语言来表现这方面的感情，而喜欢用“好色而不淫”的笔法含蓄温厚地出之。比如五代和凝的《临江仙》：“披袍窣地红宫锦，莺语时啭轻音。碧罗冠子稳犀簪，凤凰双飐步摇金。　肌骨细匀红玉软，脸波微送春心。娇羞不肯入鸳衾，兰膏光里两情深。”就把“艳情”写得相当露骨。而晏几道《临江仙》：“梦后楼台高锁，酒醒帘幕低垂。去年春恨却来时，落花人独立，微雨燕双飞。　记得小蘋初见，两重心字罗衣。琵琶弦上说相思，当时明月在，曾照彩云归。”杨万里就评它为“好色而不淫”①，而谭献则称它“所谓柔厚在此”②。这种求“温厚”、求“文雅”的倾向，正是北宋小令派文人对于晚唐五代的“主体风格”的“提高”。这种“提高”是沿着正统的士大夫文人所喜爱的方向进行的，它正体现了新时代对于文学的新要求，也正是小令派文人对于词坛的主要贡献。

二、柳永慢词——“主体风格”的第一次“变态”

社会是在日进，文学的面貌也在日变。表现在词坛上就是：在小令继续发展的同时，慢词大量创制了出来。慢词早在晚唐五代（特别在民间词）中就有，但未占重要地位，现在却因适当的社会环境而如雨后春笋般生长起来。这里首先要提到的自然是那位活到了89岁的老词人——张先（字子野），他在由小令向慢词（长调）的过渡中起了承前启后的作用。陈廷焯说：“张子野词，古今一大转移也。前此则为晏、欧，为温、韦，体段虽具，声色未开；后此则为秦、柳，为苏、辛，为美成、白石，发扬蹈厉，气局一新，而古意渐失。子野适得其中，有含蓄处，亦有发越处；但含蓄不似温、韦，发越亦不似豪苏腻柳。”③这段话正确地评价了张先

① 杨万里：《诚斋诗话》，丁福保辑《历代诗话续编》，中华书局，1983年，第139页。
② 谭献：《复堂词话》，人民文学出版社，1959年，第22页。
③ 陈廷焯：《白雨斋词话》卷一，人民文学出版社，1959年，第11页。

词在词史发展上的"转变"作用和"过渡"地位。在他之后,以慢词独擅词坛的柳永就开始"登场"了。

关于柳永创作的大量慢词,宋翔凤有一段颇为精到的议论,他说:"慢词盖起宋仁宗朝,中原息兵,汴京繁庶,歌台舞席,竞赌新声。(柳)耆卿失意无俚,流连坊曲,遂尽收俚俗语言,编入词中,以便伎人传习,一时动听,散播四方。"①它说出了慢词发展的原因在于:繁庶的城市经济;"新声"的竞起;民间文学的影响。基于这三种原因,柳永的慢词就有了新的风貌:第一,题材内容有了一定的开拓。如他歌咏城市繁荣面貌的词(《望海潮》之咏杭州是代表),写个人游览、漂泊生活的词(《戚氏》可算代表),就是前所少见的。第二,由于音乐的变化(配合"慢曲子")和篇幅的拉长,原先小令的那种写法就显得"不够用"了,必得寻找一些新的手法和技巧。第三,由于这种慢词是在"坊曲"中兴起的,它必然会沾染上"市井之气",也就是多少沾染了市民阶层的意识,采用带有俚俗色彩的语言。这三方面的因素,就使柳词出现了既继承前代的"主体风格"(因为从题材内容、思想感情的香艳软媚来说,它们是一致的)又有异于这种"主体风格"的新风格——或者说,它使晚唐五代词的"主体风格"发生了某些变态。这种变态,集中地表现在一个"韵"字上。

晁补之说:"张子野与柳耆卿齐名,而时以子野不及耆卿。然子野韵高,是耆卿所乏处。"②

李之仪说:"至柳耆卿,始铺叙展衍,备足无余,形容盛明,千载如逢当日。较之《花间》所集,韵终不胜。由是知其为难能也。"③

"韵"是一个很微妙的东西,还是先拿具体的词作来做比较说明。张舜民《画墁录》卷记载柳永诣晏殊求放官,晏公曰:"贤俊作曲子么?"柳永道:"只如相公亦作曲子。"公曰:"殊虽作曲子,不曾道'彩线慵拈伴伊坐'。"柳遂退。

被晏殊捏为"话柄"的这首词是怎样的一首词?请读:

> 自春来、惨绿愁红,芳心是事可可。日上花梢,莺穿柳带,犹压香衾卧。暖酥消,腻云亸,终日厌厌倦梳裹。无那!恨薄情一去,音书无个!
>
> 早知恁么,悔当初、不把雕鞍锁。向鸡窗,只与蛮笺象管,拘束教吟课。镇相随,莫抛躲,彩线闲拈伴伊坐。和我。免使年少,光阴虚过。

① 宋翔凤:《乐府余论》,唐圭璋编《词话丛编》,中华书局,1986年,第2499页。

② 胡仔:《苕溪渔隐丛话·后集》卷三三,人民文学出版社,1962年,第253页。

③ 李之仪:《跋吴思道小词》,《姑溪居士文集》卷四〇,《丛书集成初编》本,商务印书馆,1937年,第2页。

（《定风波》）

而晏殊本人，如柳永不无讥讽地说过的那样（“亦作曲子”），也曾写过类似题材的作品，如《木兰花》：

> 玉楼朱阁横金锁，寒食清明春欲破。窗间斜月两眉愁，帘外落花双泪堕。　　朝云聚散真无那，百岁相看能几个？别来将为不牵情，万转千回思想过。

一样是“春怨”，一样是“艳思”，然而柳词却说得太直露了。这就显得“韵终不胜”了！

现在再回到晁补之和李之仪的话上来。晁在比较张先与柳永的“韵”时，在它的紧前紧后说过：“晏元献不蹈袭人语，而风调闲雅，如‘舞低杨柳楼心月，歌尽桃花扇影风’（按：此当为晏几道所作），知此人不住三家村也。”①又说过：“近世以来作者，皆不及秦少游，如‘斜阳外，寒鸦万点，流水绕孤村’，虽不识字亦知是天生好言语。”联想到李清照批评柳词“词语尘下”，批评秦观词“终乏富贵态”的话，可知：对于“韵”的理解关系到词的语言问题。而李之仪在说过柳词“韵终不胜”之后又说，晏殊、欧阳修、宋祁等人都与柳永异趣，“风流闲雅，超出意表”，其妙处尤“见于卒章，语尽而意不尽，意尽而情不尽”。可见，在语言的“闲雅”（他和晁补之一样，使用了这个词）之外，“韵”还关乎词的意境问题。

——而在这两个方面，柳词都确有异于晏、欧等词的地方。前已说过，晏、欧的词基本上是代表了晚唐五代小令的余波，因此，柳词和它们风格的相异，正是它和传统的“主体风格”有所龃龉不入的地方。

这种风格上的差异，首先基于生活情趣和艺术理想的不同上。和晏、欧诸人不同，柳永所过的生活不能不说是一种“俗”的生活。柳永大半生落拓风尘，多在底层社会的角落里厮混，“日与儇子纵游娼馆酒楼间，无复检约”②，因此他的思想感情就沾上了浓厚的市民色彩。“忍把浮名，换了浅斟低唱”（《鹤冲天》），在这种“多游狭邪”的生活环境中产生的柳词就难免会较多地带有“淫冶”“骫骳从俗”之音。而这些又都是正统文人所看不大惯和不大肯写的，当然，欧阳修及后来的黄庭坚、秦观词中也有这类词作，可见即使连他们都抵挡不住时代的风气，未能彻底免“俗”，这在后文将再论及。而柳词中也有“高处不减唐人语”的，如《八声甘州》一类的“雅词”，但毕竟仅是较少量的。由于这样的原因，他在词

① 吴曾：《能改斋词话》卷一，唐圭璋编《词话丛编》，中华书局，1986 年，第 125 页。

② 胡仔：《苕溪渔隐丛话·后集》卷三九，人民文学出版社，1962 年，第 319 页。

中就不喜欢采用正统文人那种“好色而不淫”的“温柔敦厚”的写法，而愿意“放开来说”，不说则罢，一说就非说个痛快淋漓不可。你看：

寒蝉凄切，对长亭晚，骤雨初歇。都门帐饮无绪，留恋处、兰舟催发。执手相看泪眼，竟无语凝噎。念去去，千里烟波，暮霭沉沉楚天阔。

多情自古伤离别，更那堪、冷落清秋节！今宵酒醒何处？杨柳岸、晓风残月。此去经年，应是良辰好景虚设。便纵有千种风情，更与何人说！（《雨霖铃》）

它把那歌伎的“风情”写得何等酣足！词中那种“执手相看泪眼”的姿态，岂是那些正统文人肯下笔的！

其次，柳词这种“放开来”说的风格，又和音乐、乐器的原因有关。

宋初，由于“新声”的竞奏，慢曲子大为繁衍。《宋史·乐志》谓：“太宗洞晓音律，前后亲制大小曲及因旧曲创新声者总三百九十……又民间作新声者甚众，而教坊不用也。”①《碧鸡漫志》卷一谓：“盖隋以来，今之所谓曲子者渐兴，至唐稍盛，今则繁声淫奏，殆不可数。”②而《东京梦华录·序》更说：“新声巧笑于柳陌花衢，按管调弦于茶坊酒肆。”③在“慢曲子”（它的节奏缓慢，演奏时间很长，如《碧鸡漫志》卷三记载大曲共有散序、靸、排遍、攧、正攧、入破、虚催、实催、衮遍、歇指、杀衮始成一曲）的推动之下，“词”就必然向“长调”发展。在这种情况下，光讲“含蓄”的办法就显得不够用了。正如一个幼童，突然发育，个子“拔长”，此时就迫切需要补充营养。所以柳词就采用“铺叙”的手法来弥补、调和这种矛盾。所谓“铺叙”，实际上就是李之仪所说的“备足无余”的“展衍”，也就是陈振孙所说的“形容曲尽”④。关于这点，另外还和乐器方面的原因有关。晚唐五代和北宋小令，它们所用以伴奏的乐器主要是琵琶，如晏殊词中多写到琵琶：“琵琶旁畔且寻思，鹦鹉前头休借问”，“重头歌韵响铮琮，入破舞腰红乱旋”，“春葱指甲轻拢撚，五彩条垂双袖卷”（《木兰花》）。晏几道也有“琵琶弦上说相思”之句（另如韦庄的《菩萨蛮》：“琵琶金翠羽，弦上黄莺语”则更是著名），而“慢曲子”则多用笛管伴奏，二者的声情有所不同，因而词的“情调”也会有所差别。沈曾植针对王世贞《艺苑卮言》所云“‘花间’犹伤促碎”指出：“殊不知促碎正是唐

① 脱脱，等：《宋史》卷一四二，中华书局，1985 年，第 3351 - 3356 页。
② 王灼：《碧鸡漫志》卷一，唐圭璋编《词话丛编》，中华书局，1986 年，第 74 页。
③ 孟元老著，邓之诚注：《东京梦华录注》，中华书局，1982 年，第 4 页。
④ 陈振孙：《直斋书录解题》卷二一，上海古籍出版社，1987 年，第 616 页。

余本色。所谓词之境界,有非诗之所能至者,此亦一端也。五代之词促数,北宋盛时啴缓,皆缘燕乐音节蜕变而然。即其词可悬想其缠拍。《花间》之促碎,羯鼓之白雨点也;《乐章》之啴缓,玉笛之迟其声以媚之也。"①柳永《乐章集》的"啴缓"在很大程度上就是"倚"之于玉笛的"迟其声以媚之"的节拍上的。"铺叙"加上"啴缓",就会形成"形容曲尽",然而"韵终不胜"的毛病,这就是正统的小令派文人所不大满意的地方。中国古典诗歌,素来讲求"韵味"。所谓"言外之意""文外之旨"等话头就都是讲的这个意思。《诗镜总论》说:"物色在于点染,意态在于转折,情事在于犹夷,风致在于绰约,语气在于吞吐,体势在于游行,此则韵之所由生也。"②柳词虽也部分地注意到了这些问题,但从整体上言,却是采用了另外一种办法的。因此,他就难免遭到别人的批评。例如苏轼就曾举出秦观词"小楼连苑横空,下窥绣毂雕鞍骤",说它是"十三个字,只说得一个人骑马楼前过",以此来批评他的"学柳七作词"③。从这个例子中就可见柳词"啴缓"的缺点和因"展衍"不当而带来的毛病了。这种喜欢平叙直说的作风,和晚唐五代小令求"深"、求"婉"的风格相比,就显出了不同。

再次,柳词的语言近乎俚俗,沾染了乐工歌伎的"市井之气",又是形成他风格"乏韵"的另一个原因。

柳永的时代,是市民文艺兴盛的时代。《东京梦华录》"京瓦伎艺"一节中详细地记载了汴京城里的百戏伎艺有:小唱、嘌唱、般杂剧、傀儡、讲史、小说、散乐、舞旋、弄虫蚁、影戏、诸宫调、商谜、说书、合生、叫果子,等等,其中很多就与"词"有关。而柳永的作词,就与民间艺人和民间文艺大有关系。《历代诗余》卷一一四引《古今词话》:

> 宋无名氏《眉峰碧》词云:"蹙损眉峰碧,纤手还重执。镇日相看未足时,忍便使鸳鸯只。　　薄暮投村驿,风雨愁通夕。窗外芭焦窗里人,分明叶上心头滴。"真州柳永少读书时,遂以此词题壁,后悟作词章法。一妓向人道之。永曰:"某于此亦颇变化多方也。"然遂成"屯田蹊径"。④

从这则词话看,柳词和民间词的关系是甚密的。正因为如此,他的词不避市井俗

① 沈曾植:《菌阁琐谈》,唐圭璋编《词话丛编》,中华书局,1986年,第3606页。
② 陆时雍:《诗镜总论》,丁福保辑《历代诗话续编》,中华书局,1983年,第1423页。
③ 王弈清:《历代词话》,唐圭璋编《词话丛编》,中华书局,1965年,第1106—1107页。
④ 沈辰垣,等:《历代诗余》卷一一四,上海书店,1985年,第1358页。

语,像“此事何事坏了”“阎罗大伯曾教来”之类的话都可以写入词中。这样的语言,当然不入文人雅士之目,与晚唐五代和北宋小令的语言美相比真是大异其趣了。所以李清照指责他“词语尘下”,吴曾说他“好为淫冶讴歌之曲”①;王灼说他“浅近卑俗”“声态可憎”②。凡此种种,都使它部分地丧失了晚唐五代词“主体风格”的“雅美”感,失去了它的某些“风韵”。

所以,柳永在创制慢词、开拓词体的努力中,由于创作经验的不足,以及作者自身所带有的种种特点(例如生活经历、审美情趣、艺术修养等),就使原先主要是产生、保留在小令体词中的“主体风格”在新的历史条件下发生了某种程度的变态。对于这种变态(实际是变化和发展)的消极方面,前面所列举的种种议论和例子,已说得很多了;然而,对于这种变态的积极方面,我们却更有必要在下面加以论述。

三、柳永慢词——开出了“宋词”的新格局

尽管宋代及后代有不少人批评柳词,但是柳词的重要贡献却是不可抹杀的。柳词的主要贡献,在于它开辟了词的新格局。

晚唐五代及北宋的小令,其词境是优美的。然而,正如刘熙载所说,它是“虽好却小”。新时代的形势,需要着一种气度较“大”的美学情趣和艺术制作。柳永的慢词,正适应着这一种时代的需要。

范镇曾说:“仁宗四十二年太平,镇在翰苑十余载,不能出一语咏歌,乃于耆卿词见之。”③请读柳永的《望海潮》:

> 东南形胜,三吴都会,钱塘自古繁华。烟柳画桥,风帘翠幕,参差十万人家。云树绕堤沙。怒涛卷霜雪,天堑无涯。市列珠玑,户盈罗绮,竞豪奢。　　重湖叠巘清嘉。有三秋桂子,十里荷花。羌管弄晴,菱歌泛夜,嬉嬉钓叟莲娃。千骑拥高牙。乘醉听箫鼓,吟赏烟霞。异日图将好景,归去凤池夸。

这首词,尽管形容有夸张之处,但它确实反映出了宋代全盛时期的“太平景象”——虽然我们不把它称之为“盛宋气象”,但词中流露出来的“时代精神”却

① 吴曾:《能改斋漫录》卷一六,上海古籍出版社,1979年,第480页。
② 王灼:《碧鸡漫志》卷二,唐圭璋编《词话丛编》,中华书局,1986年,第84页。
① 祝穆:《方舆胜览》卷一一,《四库全书》第471册,上海古籍出版社,1987年,第660页。

不是在晚唐五代乃至北宋的小令中所能见得到的。

即使是写“愁”,柳词中多的是“羁愁别绪”,但他的写“愁”,写得淋漓酣畅,其格局和气度,比起小令来,自要显得阔大。试看《戚氏》:

> 晚秋天,一霎微雨洒庭轩。槛菊萧疏,井梧零乱,惹残烟。凄然,望江关,飞云黯淡夕阳间。当时宋玉悲感,向此临水与登山。远道迢递,行人凄楚,倦听陇水潺湲,正蝉吟败叶,蛩响衰草,相应喧喧。　孤馆度日如年,风露渐变,悄悄至更阑。长天净,绛河清浅,皓月婵娟。思绵绵。夜永对景,那堪屈指,暗想从前,未名未禄,绮陌红楼,往往经岁迁延。　帝里风光好,当年少日,暮宴朝欢。况有狂朋怪侣,遇当歌对酒竞留连。别来迅景如梭,旧游似梦,烟水程何限!念利名憔悴长萦绊,追往事,空惨愁颜。漏箭移,稍觉轻寒。渐呜咽画角数声残。对闲窗畔,停灯向晓,抱影无眠。

和李白的那种“抽刀断水水更流,举杯消愁愁更愁”一样,柳永的悲感还是属于一种“大时代”中的个人愁绪。在“愁”的后面,隐隐露现的是“帝里风光好”和“狂朋怪侣,遇当歌对酒竞留连”的繁华景象。这和五代小令的“狂欢”后面却时时映现出“楼上春山寒四面”(冯延巳《鹊踏枝》)的萧条气象,正是一个鲜明的对比。

所以,尽管柳词“尤工于羁旅行役”,然而却把“承平气象,形容曲尽”。它所体现的,正是一种新时代的较新、较大的气度。

由于柳永的开拓词体、拓宽词题,“状难状之景,达难达之情,而出之以自然”①,它就揭开了真正的“宋词”面目——说它是“真正”的,这是和北宋小令的未脱尽晚唐五代面目相比较而言的。因而,尽管李之仪批评它“较之‘花间’,韵终不胜”(这确实是它的一个缺点),但是从“向前看”的观点看,柳词的“大开大合”②的写法,却是展开了宋词的美好未来。设想一下,如果没有柳永慢词的出现,那也就不可能出现以后的周邦彦、李清照、姜夔、吴文英的词,更不可能出现苏轼、辛弃疾的词。所以,朱彝尊尝称,“词至北宋而大”③,这个“大”字正是首先由柳词所开拓的。

除此以外,柳词还开创了宋词中“雅俗共赏”的风格,这也是柳词对词苑的

① 冯煦:《宋六十一家词选》卷首,扫叶山房宣统二年(1910)石印本。
② 陈锐:《袌碧斋词话》,唐圭璋编《词话丛编》,中华书局,1986年,第4202页。
③ 王国维:《人间词话》,《蕙风词话　人间词话》,人民文学出版社,1960年,第230页。

一大贡献。我们承认,柳词从总体看,是偏“俗”的,但这并非就意味着它里面就没有“雅”的作品。如:

> 对潇潇暮雨洒江天,一番洗清秋。渐霜风凄紧,关河冷落,残照当楼。是处红衰翠减,苒苒物华休。惟有长江水,无语东流。　　不忍登高临远,望故乡渺邈,归思难收。叹年来踪迹,何事苦淹留?想佳人妆楼颙望,误几回天际识归舟?争知我,倚阑干处,正恁凝愁!(《八声甘州》)

连苏轼都称道“霜风”几句,“不减唐人高处”①,可知柳永并非只能“俗”而不能“雅”。

其实,真正在读者中间广为流传的柳词(那是经受了历史的“淘洗”和“考验”之后“活”在人间的作品),它们的真正好处,正在于那种“雅俗共赏”的风格。比如:

> 陇首云飞,江边日晚,烟波满目凭阑久。立望关河萧索,千里清秋,忍凝眸?　　杳杳神京,盈盈仙子,别来锦字终难偶。断雁无凭,冉冉飞下汀洲,思悠悠。　　暗想当初,有多少、幽欢佳会,岂知聚散难期,翻成雨恨云愁?阻追游。每登山临水,惹起平生心事,一场消黯,永日无言,却下层楼。(《曲玉管》)

比如:

> 伫倚危楼风细细,望极春愁,黯黯生天际。草色烟光残照里,无言谁会凭栏意?　　拟把疏狂图一醉,对酒当歌,强乐还无味。衣带渐宽终不悔,为伊消得人憔悴。(《凤栖梧》)

这些作品,士大夫文人能够欣赏,一般群众也能欣赏,就有着“雅俗共赏”的妙处。

所以,柳永既能“细密而妥溜,明白而家常”②,又能“以沉雄之魄,清劲之气,写奇丽之情,作挥绰之声”③,因而就使自己赢得了广大的读者。徐度《却扫编》卷下记载:有一位刘季高侍郎,在大相国寺力诋柳词,有一老宦者当即取纸

① 赵令畤:《侯鲭录》卷七,中华书局,2002年,第183页。

② 刘熙载:《艺概》卷四,上海古籍出版社,1978年,第108页。

③ 郑文焯:《与人论词遗札》,龙榆生编选《唐宋名家词选》,上海古籍出版社,1980年,第87页。

笔跪请于前曰:“子以柳词为不佳者,盍自为一篇示我乎?”①弄得刘狼狈无以应。这个故事也说明了柳词有着颇为强盛的生命力。它的此种生命力就在于能够顺应时代的需要和迎合大众的口味。

柳词是“主体风格”的第一次“变态”。这种“变态”,“放大”了“主体风格”,具有重要的历史意义。

① 徐度:《却扫编》卷下,《四库全书》第863册,上海古籍出版社,1987年,第789页。

第八章 周邦彦词

——“主体风格”的第二次“变态”

柳永慢词,一方面开拓了词的新格局,另一方面又存在着某些不足。于是,便有人来补救它的毛病,补足它的“韵味”。这个过程是由秦观、周邦彦来完成的。

一、“取短补长”——秦观词的“情韵兼胜”

在柳永以后,秦观是又一位“作家”——叶梦得就说过:“秦观少游亦善为乐府,语工而入律,知乐者谓之作家歌。”① 他既善写小令,又擅长于长调。小令如:

> 漠漠轻寒上小楼,晓阴无赖似穷秋,淡烟流水画屏幽。　　自在飞花轻似梦,无边丝雨细如愁,宝帘闲挂小银钩。(《浣溪沙》)

卓人月评此词,谓“自在飞花”二句,可“夺南唐席”(《词统》),读来绰然有晚唐五代词的风味。

长调如:

> 小楼连苑横空,下窥绣毂雕鞍骤。朱帘半卷,单衣初试,清明时候。破暖轻风,弄晴微雨,欲无还有。卖花声过尽,斜阳院落,红成阵,飞鸳甃。　　玉佩丁东别后,怅佳期,参差难又。名缰利锁,天还知道,和天也瘦。花下重门,柳边深巷,不堪回首,念多情,但有当时皓月,向人依旧。(《水龙吟》)

这首词的首句“十三个字,只说得一人骑马楼前过”,正是苏轼批评他的学柳之处。再从他的铺叙手法和用字下语(如“名缰利锁,天还知道,和天也瘦”),也都与柳词很相近。

① 叶梦得:《避暑录话》卷下,《四库全书》第863册,上海古籍出版社,1987年,第674页。

但是，秦词的真正好处却并不单在这种学晚唐五代小令和柳永慢词上面，它的胜处乃在于它的“取短补长”——亦即把小令的含蓄蕴藉贯注到长调的铺叙曲折中，用五代词的文雅、含蓄来弥补柳词的俚俗、发露，从而形成“情韵兼胜”（《四库提要·淮海词》）①的新风格。试读：

> 山抹微云，天粘衰草，画角声断谯门。暂停征棹，聊共引离尊。多少蓬莱旧事，空回首，烟霭纷纷。斜阳外，寒鸦万点，流水绕孤村。
> 销魂！当此际，香囊暗解，罗带轻分，谩赢得青楼，薄倖名存。此去何时见也？襟袖上，空惹啼痕。伤情处，高城望断，灯火已黄昏。（《满庭芳》）。

上片于“多少蓬莱旧事”处刚欲引出无限情思的时候，突然转入“烟霭纷纷”的一连串景语；下片又于“此去何时见也”的感情喷薄处，峰回路转地引入到“灯火已黄昏”的朦胧光景中去。这种在“正欲说破”之时忽又煞住不说的手法，前人谓之“留”②。我们在温、韦的词中常可见到这种写法。温词如：“千万恨，恨极在天涯。山月不知心里事，水风空落眼前花——摇曳碧云斜。”（《梦江南》）韦词如：“野花芳草，寂寞关山道。柳吐金丝莺语早，惆怅香闺暗老！　罗带悔结同心，独凭朱栏思深。梦觉半床斜月——小窗风触鸣琴。”（《清平乐》）在破折号之后的景语正是对前面的情语做一种“留”的顿挫。这种“留”的手法就使词的意境滋生出一种“语尽而意不尽”的余味。秦观善于把小令中的这种写法运用到长调里头，这就使长调之作在平易中显出警策、在豁露中存有含蓄，从而使原先容易写得散漫的慢词增添了“韵味”。又如：

> 倚危亭，恨如芳草，凄凄刬尽还生。念柳外青骢别后，水边红袂分时，怆然暗惊。　无端天与娉婷，夜月一帘幽梦，春风十里柔情。怎奈向、欢娱渐随流水，素弦声断，翠绡香减，那堪片片飞花弄晚，濛濛残雨笼晴。正销凝，黄鹂又啼数声。（《八六子》）

张炎说：“离情当如此作，全在情景交炼，得言外意。”③“得言外意”，通常是小令的妙处，此词却也得之。

① 永瑢，等：《四库全书总目》卷一九八，中华书局，1965年，第1809页。
② 陈洵：《海绡说词》，唐圭璋编《词话丛编》，中华书局，1986年，第4840页。
③ 张炎著、夏承焘校注，沈义父著、蔡嵩云释：《词源注　乐府指迷笺释》，人民文学出版社，1963年，第24页。

所以,刘熙载评秦词"得'花间''尊前'遗韵,却能自出清新"①,前者即指其之得晚唐五代小令的遗韵,而后者的"清新"又多得之于柳永慢词的明畅发露。

正因为秦观融合了晚唐五代小令和柳永慢词的长处,造成了一种既铺叙委婉又含蓄有致的风格,所以深得当时和后代词论家的好评。晁补之说:"近世以来作者,皆不及秦少游。"陈师道说:"今代词手,惟秦七(观)、黄九(庭坚)耳,唐诸人不迨也。"②而明代张綖在首先提出词体可分"婉约"与"豪放"两大派时,就把秦观作为"婉约"派的代表作家了(见张綖《诗余图谱》)。

二、"缜密典丽"——周邦彦词对"主体风格"的第二次"变态"

秦观初步地克服了柳词中存在的啴缓、发露的缺点,为长调的创作积累了较为丰富的经验;而北宋末期另一位大词人周邦彦又对长调的创制做了进一步的提高,从而使原先产生、存在于小令词中的"主体风格"在长调中得到了发展和变化,开创了"格律派"的新词风。

从"真""艳""深""婉""美"等方面来看,周邦彦词和晚唐五代词原是一脉相承的。不过,晚唐五代词主要是小令,因而这种"主体风格"到了长调之中,便不得不发生某些变化。这种变化,在同是继承晚唐五代词风的柳永慢词中已经发生(所以我们称之为"第一次变态"),但好像孩子突然发育那样,由于营养(创作经验)一下子跟不上,所以往往呈现出软弱的容态,柳词之所以出现散、软的缺点,原因基本即在于此。嗣后,秦观运用小令的情景交炼、含蓄蕴藉的风韵来弥补它的不足,这就为长调逐步走向紧凑、"有韵"做了有益的努力。但是,秦词犹以"气格为病"(《避暑录话》卷下引苏轼言)③,"虽婉美,然格力失之弱"④,这种毛病一方面与秦词的思想内容有关,另一方面也与长调的创作经验还不够丰富和成熟有关。

在长调的创作中,有一个突出的问题,那就是它的结构章法。小令由于篇幅短小,所以这个问题不很突出,而长调由于篇幅拉长但内容却不外乎那么一些花柳艳情、离愁别绪(指柳、周词而言),所以如何处理好这个矛盾,就显得比较尖锐。刘体仁说:"长调最难工,芜累与痴重同忌。衬字不可少,又忌浅熟。"又说:

① 刘熙载:《艺概》卷四,上海古籍出版社,1978 年,第 109 页。
② 胡仔:《苕溪渔隐丛话·后集》卷三三,人民文学出版社,1962 年,第 253 页。
③ 叶梦得:《避暑录话》卷下,《四库全书》第 863 册,上海古籍出版社,1987 年,第 674 页。
④ 同②。

“中调长调转换处，不欲全脱，不欲明粘。如画家开合之法，须一气而成，则神味自足。”①沈谦也说：“长调要操纵自如，忌粗率。”②柳永慢词，其佳作自能做到“一气而成”，但是大多数词作却显得比较松散、软弱。而这一缺点，正是为周邦彦所致力克服的。

周邦彦深通音律，精于格律，又善于融化唐人诗句，并能自铸新词，其“所作之词，浑厚和雅”③，这些都是他的长处，自不劳多说。而就中有一点特别值得提出，那就是他的严于章法，擅长于铺叙之中作顿挫腾挪、曲折回环，使整个词篇既具浑灏流转之气，又具波澜起伏之感，显示出一种整严层深的法度规模来。

比如他的名作《瑞龙吟》：

> 章台路，还见褪粉梅梢，试花桃树。愔愔坊陌人家，定巢燕子，归来旧处。　　黯凝伫，因念个人痴小，乍窥门户。侵晨浅约宫黄，障风映袖，盈盈笑语。　　前度刘郎重到，访邻寻里，同时歌舞，惟有旧家秋娘，声价如故。吟笺赋笔，犹记《燕台》句。知谁伴，名园露饮，东城闲步？事与孤鸿去。探春尽是伤离意绪。官柳低金缕。归骑晚，纤纤池塘飞雨。断肠院落，一帘风絮。

这首词的“骨干”正如周济所说，不过是“人面桃花”的“旧曲翻新”而已④。唐人诗云：“去年今日此门中，人面桃花相映红。人面只今何处去，桃花依旧笑春风。”（崔护《题都城南庄》）然而这个主题到了周邦彦的笔中，却衍成了如此严整而浑厚的长词。词分三片。首片不似崔诗用顺叙的方法点明“去年”情景，而用“逆入”的方法先从“今年”写起，但是在写今日所见之景物上又冠以“还见”和收之以“旧处”二词，使读者在进入“今日”的时、地之际，思维却已飞到了“昔日”的境界中去了。这是一种似断而暗逗的作法。因此二片即以“黯凝伫”续起下文，展开对于“去年”的追思。“因记”以下，全用追忆的手法写出，“个人痴小，乍窥门户”“障风映袖，盈盈笑语”，酣足地描绘出了“人面桃花相映红”的美丽图景。然而就在此时，突又用“前度刘郎重到”一句，转换“场景”，使上片如花之景

① 刘体仁：《七颂堂词绎》，唐圭璋编《词话丛编》，中华书局，1986 年，第 619、621 页。

② 沈谦：《填词杂说》，唐圭璋编《词话丛编》，中华书局，1986 年，第 629 页。

③ 张炎著、夏承焘校注，沈义父著、蔡嵩云释：《词源注　乐府指迷笺释》，人民文学出版社，1963 年，第 9 页。

④ 周济：《宋四家词选》，古典文学出版社，1958 年，第 7 页。

顿化为梦幻一场（夏敬观评为："末段挺接处尤妙，用潜气内转之笔行之。"①），并由此而引出了第三片之大写"人面只今何处去"的深长枨触。此片所写"访邻寻里"的一系列观感，按时间来说，本在首片的"还见"和二片的"因念"之先，然而却偏要在它们之后再迟迟说出，这在行文上便是一种腾挪之法，而这种利用"时间差"进行腾挪开合的写法，不仅造成了文笔上的波峭起伏之感，更使感情的吐露显出了回环往复之味。假如我们设想，周词仍用崔诗那种平铺顺叙的写法，只是为了要凑足句数、字数，而再加以做一些渲染、形容，那充其量只能是唐诗意境的"稀释"而已，就不可能显出宋词深婉曲折的韵味来。

又如《兰陵王·柳》：

> 柳阴直，烟里丝丝弄碧。隋堤上，曾见几番，拂水飘绵送行色？登临望故国。谁识，京华倦客？长亭路，年去岁来，应折柔条过千尺。闲寻旧踪迹，又酒趁哀弦，灯照离席。梨花榆火催寒食。愁一箭风快，半篙波暖，回头迢递便数驿，望人在天北。　　凄恻，恨堆积。渐别浦萦回，津堠岑寂。斜阳冉冉春无极。念月榭携手，露桥闻笛。沉思前事，似梦里，泪暗滴。

这首词被一些评论者说得神乎其妙。如周济《宋四家词选》说："客中送客，一'愁'字代行者设想。以下不辨是情、是景，但觉烟霭苍茫。'望'字、'念'字尤幻。"②谭献《复堂词话》说："（起处）已是磨杵成针手段，用笔欲落不落。（二段过片）此类喷醒，非玉田所知。（结尾七字）微吟千百遍，当入三昧，出三昧。"③其实，它的妙处即在于抒情的回环往复、沉郁顿挫。对此，陈廷焯有过细密的剖析：

> 美成词，极其感慨，而无处不郁，令人不能遽窥其旨。如《兰陵王·柳》云："登临望故国。谁识，京华倦客"二语是一篇之主。上有"隋堤上，曾见几番，拂水飘绵送行色"之句，暗伏"倦客"之根，是其法密处。故下接云："长亭路，年去岁来，应折柔条过千尺"，久客淹留之感，和盘托出。他手至此，以下便直抒愤懑矣。美成则不然，"闲寻旧踪迹"二叠，无一语不吞吐。只就眼前景物，约略点缀，更不写淹留之

① 夏敬观：《评清真词》，龙榆生编选《唐宋名家词选》，上海古籍出版社，1980年，第178页。

② 周济：《宋四家词选》，古典文学出版社，1958年，第7页。

③ 谭献：《复堂词话》，人民文学出版社，1959年，第23页。

故,却无处非淹留之苦。直至收笔云:“沉思前事,似梦里,泪暗滴。”遥遥挽合,妙在才欲说破,便自咽住,其味正自无穷。①

刘熙载说:“伏应转接,夹叙夹议,开合尽变,古诗之法。近体亦俱有之,惟古诗波澜较为壮阔耳。”②如果说,晚唐五代小令的含蓄风味,很大程度上是借鉴于近体(特别是七绝)诗的写作经验的话,那么,周邦彦长调的波澜老成,则又是得力于古体诗的写作经验,不过它是把“夹叙夹议”改为情语与景语交织写来。我们知道,周邦彦不仅擅长写词,而且擅长写赋、写古体诗。他的《薛侯马》《天赐白》(古诗)写得何等大气磅礴,极尽顿挫跌宕之妙。所以他在写词的时候,很自然地会运用这种写古诗的方法入词,于“浑灏流转中下字用意,皆有法度”③,和柳永那种明白家常、平叙自然的词风大有不同。王国维在后期曾把周邦彦比为词中“老杜”④,其着眼点恐即在于此种地方。

刘肃说:“周美成以旁搜远绍之才,寄情长短句,缜密典丽,流风可仰。”⑤“缜密”者,言其章法之严、理法之精;“典丽”者,言其合律知音、典雅精丽。这一种词风,从某种意义而言,是对柳永词风的部分“否定”。夏承焘先生《东坡乐府笺序》有谓:“要之令词自晏、欧以降,其势渐穷,耆卿阐其变于声情,东坡肆其奇于文字。昔之以莹冰晖露,不著迹象为尚者,至是泮为江河,而沛然莫御。盖自凝而散,台其道于诗文矣。”自凝而散,固是一道;而自散又凝,也是一道。不过艺术的辩证法并不是简单的“凝—散—凝”,而是每一次凝、散中都包含有新的内容并采用着新的方式。从“主体风格”演变之过程看,晚唐五代小令属于“凝”,而柳永慢词则是“散”(因而称之为第一次变态);到了周邦彦这里,柳词的“散”则又趋向为“凝”——不过这个“凝”,与晚唐五代小令却已面目大异了。夏敬观说:“耆卿写景无不工,造句不事雕琢。清真效之……耆卿多平铺直叙。清真特变其法,一篇之中,迴环往复,一唱三叹。故慢词始盛于耆卿,大成于清真。”⑥他从周的承柳而又变柳的角度论述了周词的“集大成”意义。而陈廷焯则说:“词至美成,乃有大宗,前收苏,秦之终,后开姜、史之始,自有词人以来,不

① 陈廷焯:《白雨斋词话》卷一,人民文学出版社,1959年,第16页。

② 刘熙载:《艺概》卷二,上海古籍出版社,1978年,第72页。

③ 陈廷焯:《词坛丛话》,唐圭璋编《词话丛编》,中华书局,1986年,第3723页。

④ 王国维:《清真先生遗事》,《王国维遗书》第11册,上海古籍出版社,1983年。

⑤ 刘肃:《片玉集序》,朱孝臧辑校《彊村丛书》,上海书店,1989年,第320页。

⑥ 夏敬观:《手评乐章集》,龙榆生编选《唐宋名家词选》,上海古籍出版社,1980年,第87页。

得不推为巨擘。后之为词者,亦难出其范围”①,又说出了它的“开宗派”意义。要之,词的“主体风格”经由晚唐五代小令、柳永慢词,到了周邦彦的时代,便趋向于既婉约、又严整的方向发展了。这两种风格的结合,便开出了南宋“格律派”的先河。原先的“真”“艳”“深”“婉”“美”中,“艳”“婉”“美”的特色仍旧保存并发展着,而“真”“深”两方面却已相应逊色了——原因在于,周邦彦以后的格律派词人,往往更多地致力于人为的“加工”“锤炼”,雕琢之功深而“天籁”之音少矣。当然,周邦彦本人的词作中还有很“深”的篇目。但宗风一开,后之师法者却并不都能保持其“开山祖师”的功力,因之后人中有徒从四声格律上学周词者,有徒从外表技巧上学周词者,当然,他们都是周门的“效颦”者,自不该将过失全归之于周氏头上。故应该说周邦彦在发展长调的创作技巧方面,以及在造就“格律派”词风方面,还是有所贡献和创造的。

① 陈廷焯:《白雨斋词话》卷一,人民文学出版社,1959 年,第 16 页。

第九章　南宋“雅词”

——“主体风格”的第三次“变态”

“靖康之变”结束了北宋160余年的历史，接着而来的便是150余年的南宋时期。南宋的词坛，基本由两大词派平分着秋色：一派是继承着晚唐五代和北宋婉约词风的“正宗”词派，另一派是继承并发扬光大着苏轼豪放词风的爱国词派。本章要谈的是前一词派，它所直接继承的渊源自然是周邦彦。严沆说：“故论词于北宋自当以美成为最醇。南渡以后，幼安负青兕之力，一意奔放，用事不休；改之、潜夫、经国尤而效之，无复词人之旨；由是尧章、邦卿，别裁风格，极其爽逸芊艳；宗瑞、宾王、几叔、胜欲、碧山、叔夏继之，要其原皆自美成出。”（《古今词选序》）这番话就道出了周词在开启南宋“正宗”词派方面的“导夫先路”的作用。然而，南宋的历史土壤和北宋末期徽宗时期的情况毕竟不同了，因此南宋“正宗”词派的面貌和周邦彦词的面貌也终究有所差异。就其大处而言，南宋词比之周词来看，更加雅洁化、更加醇净化了。这一点在张炎的一段批评中就可以见出。《词源》有云：“词欲雅而正，志之所之，一为情所役，则失其雅正之音。耆卿、伯可不必论，虽美成亦有所不免，如‘为伊泪落’，如‘最苦梦魂，今宵不到伊行’，如‘天便教人，霎时得见何妨’，如‘又恐伊寻消间息，瘦损容光’，如‘许多烦恼，只为当时，一饷留情’，所谓淳厚日变成浇风也。”① 又说：“美成负一代词名，所作之词，浑厚和雅，善于融化诗句，而于音谱且间有未谐，可见其难矣。作词者多效其体制，失之软媚而无所取。此惟美成为然，不能学也。所可仿效之词，岂一美成而已！”②他所不满于周词的，主要即在于“有失于雅正”的“软媚”。这种强调“雅而正”的意见，其实并不是张炎一个人的主张，乃是一种具有普遍性的词学思潮。

① 张炎著、夏承焘校注，沈义父著、蔡嵩云释：《词源注　乐府指迷笺释》，人民文学出版社，1963年，第29页。

② 同①，第9页。

一、"复雅"——对于"主体风格"的某种修正

晚唐五代词,以它的香艳、纯情、唯美,开启了词的"主体风格",一直被后代的"正宗"词派所祖祧承继。然而,由于在《花间集》中早就存在着一些淫词媟语;柳永慢词中又出现了"淫冶讴歌之曲";周邦彦词中犹未能完全剔尽"软媚"的"浇风",所以到了南宋,随着封建统治者整理意识形态的需要和道学势力的高涨,这些现象便都成了不被欣赏甚至不可容忍的事了。因之,在南宋词坛上普遍响起的"复雅"呼声,正体现了对"主体风格"中"香艳""纯情"(即过分求"真""艳"而不管伦理道德的"善")的某种修正要求。这种修正,是由下列几方面的原因所促发的:

首先,南宋统治集团为了巩固自己的统治,着手重新整顿封建秩序和封建纲纪。在意识形态方面,他们加强了对思想文化的控制。如宋高宗赵构,在戎马倥偬的战争时期,就派人至扬州焚毁曹组的"淫词"木版(事见《碧鸡漫志》卷二。另按:现传的曹组词却并不怎样淫鄙)。他还带头亲制祭享乐章和"雅词",被臣子们称为"睿思雅正,宸文典雅,所谓'大哉王言'也"①。

另从哲学和思想领域来看,南宋的"道学"力量越加高涨。终宋之时,社会上竟专门形成了一种"道学先生"的阶层,这就可知其势力之强大了。在这种强调尊孔崇道的思想影响之下,词的过分的香艳性就不得不有所收敛。尽管南宋士大夫们的"风流"不减前代,但是他们在词中出现的面目却也不得不有所"装扮"。"发乎情"是可以的,但是必须"止乎礼义"(如林景熙《胡汲古乐府序》谓:"诗发乎情,止乎礼,美化厚俗,胥此焉寄?岂一变为乐府,乃遽与诗异哉?"②)。这样,对于词的"雅而正"的要求便自然被提出来了。

再从南宋士大夫文人的生活兴趣来看,他们比之北宋人也更加"雅致化"了。一方面,他们仍旧需要歌伎舞姬、声色犬马;另一方面,他们却又要追求"雅"。这里举一个有代表性的例子:张镃为循王张俊之曾孙,生活极为豪华奢侈,但他却又是一个极"清雅"的"名士"。《齐东野语》卷二〇记载:"约斋(张镃之号)……能诗,一时名士大夫,莫不交游,其园池声伎服玩之丽甲天下。尝于南湖园作驾霄亭于四古松间,以巨铁絙悬之空半,而羁之松身。当风月清夜,与

① 廖莹中:《江行杂录》,《丛书集成初编》本,商务印书馆,1939年,第8页。

② 林景熙:《胡汲古乐府序》,《霁山文集》卷五,《四库全书》第1188册,上海古籍出版社,1987年,第747页。

客梯登之，飘摇云表，真有挟飞仙、遡紫清之意。王简卿侍郎尝赴其牡丹会云：众宾既集，坐一虚堂，寂无所有。俄问左右云，‘香已发未’？答云‘已发’。命卷帘，则异香自内出，郁然满坐。群妓以酒肴丝竹，次第而至。别有名姬十辈，皆衣白，凡首饰衣领皆牡丹。首带照殿红一枝，执板奏歌侑觞，歌罢乐作乃退。复垂帘谈论自如，良久，香起，卷帘如前。别十姬，易服与花而出。大抵簪白花则衣紫，紫花则衣鹅黄，黄花则衣红，如是十杯，衣与花凡十易。所讴者皆前辈牡丹名词。酒竟，歌者、乐者，无虑数百十人，列行送客。烛光香雾，歌吹杂作，客皆恍然如仙游也。"①你看，这种生活就是多么"风流"而又"清雅"！如果说，北宋的词论家在论词时唯恐"富贵气"少（如晁补之说晏殊"不住三家村"，李清照说秦观"终乏富贵态"）的话，那么南宋的词论家则唯恐"名士气"不足：如胡仔激赏苏轼词的"绝去笔墨畦径间，直造古人不到处"②。（他还引用了黄庭坚语："语意高妙，似非吃烟火食人语，非胸中有数万卷书，笔下无一点尘俗气，孰能至此。"③）陈鬚《燕喜词序》评苏词"使人甘心淡泊而有种菊东篱之兴"，"少游情意妩媚，见于词则秾艳纤丽，类多脂粉气味，至今脍炙人口，宁不有愧于东坡耶"。④ 汪莘说："唐宋以来词人多矣。其词主乎淫，谓不淫非词也。余谓词何必淫，顾所寓何如尔。余于词所喜爱者三人焉。盖至东坡而一变，其豪妙之气隐隐然流出言外，天然绝世，不假振作。二变而为朱希真，多尘外之想，虽杂以微尘而其清气自不可没。三变而为辛稼轩，乃写其胸中事，尤好称陶渊明。"⑤（他的着眼处即在于词中的"清气"）胡德方评《花庵词选》，说黄昇此选与其人品之"泉石清士"和诗品之"晴空冰柱"相一致⑥。凡此种种，都说明了南宋词坛上的重"雅"是多么普遍。而这种词学观又正是与士大夫们的生活情趣相一致的。

最后，从词坛本身而言，一方面，由于那些表现民族正气的爱国词作大量出现，因而词的"思想性"问题便不能不受到人们的重视，词体的地位就有了"渐尊"之势；另一方面，南宋词坛上又涌现了一批抒写隐逸情趣的"山水田园词"，这又给词苑增添了"清雅"之气。在这两类词的"包围"和"夹攻"之下，原先的

① 周密：《齐东野语》卷二〇，上海书店，1990年影印涵芬楼旧版，第6页。

② 胡仔：《苕溪渔隐丛活·后集》卷二六，人民文学出版社，1962年，第193页。

③ 同②，第268页。

④ 陈鬚：《燕喜词序》，《四印斋汇刻宋元六十一家词》，上海古籍出版社，1989年，第749页。

⑤ 汪莘：《方壶诗余自序》，朱孝臧辑校《彊村丛书》，上海书店，1989年，第900页。

⑥ 胡德方：《花庵词选序》，金启华，等编《唐宋词集序跋汇编》，江苏教育出版社，1990年，第359页。

“正宗”词风也就不得不变——它的变化方向就在于纠正那种过分软媚香艳的作风，而朝着“典雅”的风格发展。

在上述四方面原因的促发之下，南宋词坛出现了一种“复雅”的倾向。这种“复雅”的倾向表现在下面两个方面：

一是以“雅”选词的风气大盛。如鲖阳居士编选《复雅歌词》；与此差不多同时，曾慥又编《乐府雅词》。后来又有《花庵词选》《阳春白雪》等相继问世，而到宋末元初则有周密的《绝妙好词》。这些选本大抵都以崇雅黜俗为旨归（周密以“志雅堂”自名，即可见得）。而黄大舆还专门编选了一本《梅苑》，更是反映了宋人爱梅的“雅趣”。

二是以“雅”为标准和内容的词学批评、词学理论风行。如王灼《碧鸡漫志》一书所批评的，主要就针对着柳永、曹组甚至是李清照的淫靡侧艳歌词（当然这种批评并不公允）。而《乐府雅词》则又针对“艳曲”和“谑词”表示了不满（见曾氏自序）①。在理论方面，杨万里提出诗词“要微婉显晦，尽而不污”，要“好色而不淫”②；刘克庄则云：“粗识《国风 · 关雎》乱，羞学流莺百啭。总不涉、闺情春怨……我有平生《离鸾操》，颇哀而不愠微而婉。”（《贺新郎》）张炎的《词源》和沈义父的《乐府指迷》更是两部“雅词”理论的代表著作。张炎说：“燕酣之乐，别离之愁，回文、题叶之思，岘首、西州之泪，一寓于词。若能屏去浮艳，乐而不淫，是亦汉、魏乐府之遗意。”③他在肯定了词的传统题材（实际上也连带肯定了词的传统的“主体风格”）的同时，就提出了对这种“传统”的某种修正：要“屏去浮艳，乐而不淫”。沈义父则引述了吴文英的意见，提出了“雅词”的正面主张：“音律欲其协”“下字欲其雅”“用字不可太露”“发意不可太高”④——而符合这些主张的艺术“样板”，那就是张炎的学生陆辅之在《词旨》里举出的四家作品：“周清真之典丽，姜白石之骚雅，史梅溪之句法，吴梦窗之字面”；“取四家之所长，去四家之所短”⑤，这就是“雅词”派的理想典范。因此在下面，就让我们重点来剖析一下姜、吴两家的词作。

① 曾慥：《乐府雅词序》，金启华，等编《唐宋词集序跋汇编》，江苏教育出版社，1990 年，第 352 页。

② 杨万里：《诚斋诗话》，丁福保辑《历代诗话续编》，中华书局，1983 年，第 139 页。

③ 张炎著、夏承焘校注，沈义父著、蔡嵩云释：《词源注　乐府指迷笺释》，人民文学出版社，1963 年，第 23 页。

④ 同③。

⑤ 陆辅之：《词旨》，唐圭璋编《词话丛编》，中华书局，1986 年，第 301 页。

二、姜夔词——“雅词”的一个“标本”

姜夔的词，在宋代就得到很高的赞誉。黄昇说：“白石道人，中兴诗家名流，词极精妙，不减清真乐府。其间高处，有美成所不能及。”①这个“美成所不能及”的“高处”在哪里呢？就在于它的“骚雅”。张炎就说过，周邦彦词犹有不够“雅正”的“软媚”处，而姜夔词“不惟清空，又且骚雅，读之使人神观飞越”②。它的好处，在张炎他们看来，就在于能以“雅笔”来写“艳情”。

我们注意到，在姜夔的80余首词中，咏及柳与梅的各有三分之一之多。从作家的好写某种“意象”中，我们不难窥见他的生活爱好和艺术情趣。柳者，“留”也。折柳送别，见柳怀人（如韩翃之咏《章台柳》），垂柳的依依袅袅的形象往往是与作者思念情人的感情紧紧连在一起的——何况，姜夔又确有他与合肥赤栏桥畔、垂杨柳下那位琵琶女的一段不能忘怀的情事。他的《淡黄柳》词小序曰：“客居合肥南城赤栏桥之西，巷陌凄凉，与江左异。唯柳色夹道，依依可怜。因度此阕，以纾客怀。”他在词中，借垂杨柳以抒怀人不见之惆怅：“空城晓角，吹入垂杨陌。马上单衣寒恻恻。看尽鹅黄嫩绿，都是江南旧相识。　正岑寂，明朝又寒食。强携酒，小桥宅。怕梨花落尽成秋色。燕燕飞来，问春何在？唯有池塘自碧。”而梅花，则又是“高雅”的象征。从北宋林和靖隐居孤山起，“梅妻鹤子”就变成了“名士”们的清高标志。姜夔大量地咏写垂柳，又大量地咏写梅花，正体现了他们这一辈文人共同的生活理想：把西子湖畔的旖旎风情与孤山梅岭的高雅情趣结合在一起，那就成了士大夫文人的最为向往的生活“境界”了。我们试看姜夔的《莺声绕红楼》小序：“甲寅春，平甫与予自越来吴，携家妓观梅于孤山之西村，命国工吹笛，妓皆以柳黄为衣。”试看，携妓看梅，一艳一雅，何等“风流”而又“儒雅”（何况家妓还以“柳黄”为衣，他们是多么懂得生活的享受），这种生活情趣，正有点儿像明人诗中所写的那样，是“雪满山中高士卧，月明林下美人来”（明人高启《梅花》诗）。比较起宋初那些以武功得高官的贵族们，但知饮巨觞、听艳曲来，其生活的雅致，又是有了多么大的“进步”。所以，这种既富（指其对于物质生活的欲求而言）又雅（指其对于精神生活的追求）、既“风流”（指其歌舞声色的生活）又“儒雅”（指其精神文化的生活）的生活情趣反映

① 黄昇：《中兴以来绝妙词选》卷六，《四部丛刊初编》本，上海书店，1989年，第64页。

② 张炎著、夏承焘校注，沈义父著、蔡嵩云释：《词源注　乐府指迷笺释》，人民文学出版社，1963年，第16页。

在词中、升华到词中，就形成了“柳品”与“梅品”相结合的风格，就形成了以冷迥高雅之笔调写热烈缠绵之柔情的风格——这也就是所谓的“雅笔写艳情”的风格。我们试读姜夔的《过垂虹》诗：

自作新词韵最娇，小红低唱我吹箫。曲终过尽松陵路，回首烟波十四桥。

莺吭燕舌的娇音，和着清越呜咽的箫声，回荡在烟波浩淼的湖面上，这是何等的“风流高雅”！大晏时代的“重头歌韵响铮琮，入破舞腰红乱旋”（《木兰花》）的急管繁弦，到此变成了“涤荡沉渺”（《乐府余论》语）的清声雅韵；小晏时代的“舞低杨柳楼心月，歌尽桃花扇影风”（《鹧鸪天》）的狂欢醉舞，到此变成了挟妓观梅、湖山清赏。因此，姜夔词中抒写的艳情多是伴随着“清气”的。试读《水龙吟》（黄庆长夜泛鉴湖，有怀归之曲，课予和之）：

夜深客子移舟处，两两沙禽惊起。红衣入桨，青灯摇浪，微凉意思。把酒临风，不思归去，有如此水。况茂陵游倦，长干望久，芳心事，箫声里。　　屈指归期尚未，鹊南飞，有人应喜。画阑桂子，留香小待，提携影底。我已情多，十年幽梦，略曾如此。甚谢郎也恨飘零，解道月明千里？

“长干望久，芳心事，箫声里”及“画阑桂子，留香小待，提携影底”，这是何等的旖旎温馨；而“红衣入桨，青灯摇浪，微凉意思”，又是何等的清脱幽雅。“清气”冲淡了“柔情”所常带有的浓烈的脂粉气，使全词既沉挚缠绵，又潇洒淡雅。

再如《秋宵吟》：

古帘空，坠月皎。坐久西窗人悄。蛩吟苦，渐漏水丁丁，箭壶催晓。引凉飔，动翠葆，露脚斜飞云表。因嗟念，似去国情怀，暮帆烟草。带眼销磨，为近日愁多顿老。卫娘何在，宋玉归来，两地暗萦绕。摇落江枫早，嫩约无凭，幽梦又杳。但盈盈，泪洒单衣，今夕何夕恨未了！

李商隐有诗：“何当共剪西窗烛，却话巴山夜雨时。”（《夜雨寄北》）同是写这种“两地暗萦绕”的缠绵情思，此词却用了“古帘空，坠月皎”“蛩吟苦”“摇落江枫早”的秋色作为“背景”，使它罩上了一层清苦的气氛，在抑郁蕴藉中另具着清虚空淡的雅趣。

郭麐《灵芬馆词话》卷一说：“词之为体，大略有四：风流华美，浑然天成，如美人临妆，却扇一顾，‘花间’诸人是也。晏元献、欧阳永叔诸人继之。施朱傅粉，学步习容，如宫女题红，含情幽艳，秦、周、贺、晁诸人是也。柳七则靡曼近俗矣。姜、张诸子，一洗华靡，独标清绮，如瘦石孤花，清笙幽磬，入其境者疑有仙灵，闻其声者人人自远；梦窗、竹窗，或扬或沿，皆有新隽，词之能事备矣。”①他在这里，以姜夔（还有张炎）与“花间”、柳、周等做了比较，说姜的词作“一洗华靡，独标清绮”，这是很对的。刘熙载说：“姜白石词幽韵冷香，令人挹之无尽。拟诸形容，在乐则琴，在花则梅也。”②以梅花的“幽韵冷香”比拟姜词，更是深得其妙——所谓“韵”“香”就是他的热情所在；然而他的这股热烈的柔情并不如李商隐“一寸相思一寸灰”（《无题》）地“燃烧”出来，却是用“冷处理”的办法把它凝结在梅花、莲花等幽洁冷迥的形象之中，从而显出“幽”“冷”的品性来。比如他那两首著名的咏梅词（举《暗香》一首为例）：

> 旧时月色，算几番照我，梅边吹笛？唤起玉人，不管清寒与攀折。何逊而今渐老，都忘却春风词笔。但怪得竹外疏花，冷香入瑶席。江国，正寂寂，叹寄与路遥，夜雪初积。翠尊易泣，红萼无言耿相忆。长记曾携手处，千树压，西湖寒碧，又片片吹尽也，几时见得？

从词中看，姜夔与那位玉人曾多次携手赏梅（“梅边吹笛”句使人联想到“小红低唱我吹箫”一般的情景），那时的情意是何等的缠绵热烈！然而他现在却把这段旧日的艳情“嵌在”一个冰清月冷的环境中，因而使它就像那“疏影横斜水清浅，暗香浮动月黄昏”的红梅一样，既“艳”又“雅”，既“香”又“冷”。这种以冷笔写热情、以雅笔写艳情的风格，正是姜夔的拿手之笔。

再如《踏莎行》：

> 燕燕轻盈，莺莺娇软，分明又向华胥见。夜长争得薄情知？春初早被相思染。　别后书辞，别时针线，离魂暗逐郎行远。淮南皓月冷千山，冥冥归去无人管。

从“又向华胥见”“早被相思染”来看，他对这位女性可谓是一往情深，无时能够忘怀。因此，在起笔写这种柔情时，笔调是十分轻软的，一不注意便会落入“软媚”“侧艳”的圈子里去。但是，姜夔却在“别后书辞，别时针线，离魂暗逐郎行远”的“软笔”之后，来了两句清冷雅远之“尾声”——“淮南皓月冷千山，冥冥归去无人管”。这就使这位“出场”时轻盈娇柔的“离魂”之“倩女”在她“退场”时却变得缥缈如云。难怪连素不大喜欢姜词的王国维都为这种“雅笔”而

① 郭麐：《灵芬馆词话》卷一，唐圭璋编《词话丛编》，中华书局，1986 年，第 1503 页。

② 刘熙载：《艺概》卷四，上海古籍出版社，1978 年，第 110 页。

赞叹不已(《人间词话》删稿:"白石之词,余所最爱者,亦仅二语,曰:'淮南皓月……'"①)。姜夔的词,当然还有其他方面的特色(诸如合律、清空、瘦硬等)。这里只来谈它的"雅笔写艳情",则是专从"主体风格"的演变过程着眼的,因为姜词中出现的这种现象,正是时代的生活理想和审美理想发生某种变化的反映。它是南宋词坛"复雅"思潮的一种艺术代表,它标志着"主体风格"在这一历史土壤上的新的变化。

三、吴文英词——"雅词"的又一"标本"

姜夔的词,以其"硬雅之笔"来救周邦彦词"软媚"之失,达到了一个很高的艺术高度。但是,对于"主体风格"中的"婉"字,却似乎还有"不够"之处。所以沈义父在《乐府指迷》中批评他说:"姜白石清劲知音,亦未免有生硬处。"②照他看来,作词圭臬,还得推周邦彦:"凡作词,当以清真为主。"其原因中重要的一点即在于他不"生硬"而深符柔婉之旨。而以"柔婉"再来补救"生硬",这就是吴文英词优于姜词的地方——至少沈义父是这样看的。

艺术发展的过程是一个充满辩证逻辑的过程。清人张祥龄《词论》曾这样评说过:"词至白石,疏宕极矣;梦窗辈起,以密丽争之;至梦窗而密丽又尽矣,白云(张炎)以疏宕争之。三王之道若循环……"③他的这番话未免有着"循环论"的色彩,但我们却又可以从中寻找出某些合乎辩证法的"合理颗粒"来:首先,艺术的风尚是不断变化着的,人们通常的审美心理总是"喜新厌旧"的,因此任何一种艺术风格,在一段时间内可以获得人们的普遍欢迎,但时间太长,则又会久而生厌,于是人们便会转而觅寻新风格、新趣味。这样就推动了艺术风尚的不断更新。其次,人们在求"新"时又不是凭空乱寻的,他们往往从以前的"遗产仓库"(或外来品)中去寻找所需要的东西,然后加以继承革新。所以张祥龄所说的姜—吴—张之间的"疏—密—疏"关系,正反映了艺术发展的此种辩证过程。关于这点,我们将在后文再说。现在我们要谈的是周—姜—吴之间另外还存在着的一种关系:软—硬—软,这也同样体现着艺术发展过程不断"趋新"的要求。姜词以"硬笔"来纠周词过分"软媚"之失,自身却不免过于"生硬",于是吴词又

① 王国维:《人间词话》,《蕙风词话　人间词话》,人民文学出版社,1960年,第222页。

② 张炎著、夏承焘校注,沈义父著、蔡嵩云释:《词源注　乐府指迷笺释》,人民文学出版社,1963年,第48页。

③ 张祥龄:《词论》,唐圭璋编《词话丛编》,中华书局,1986年,第4211页。

代而兴焉。这可看作姜词之后吴词接着风行一时的文学“内部”的原因。

至于吴文英词因其软笔柔调而风靡一时的外部原因，我们还应当从当时的社会环境中去寻求——整个上层社会，出于自身糜烂的享乐生活的需要，此时便特别嗜好着一种“软美”。因此，吴文英词的“芬悱铿丽”的风格、“隽句艳字”的语言①，就尤其适合当时人的口味了。这又是它盛兴一时的“外因”。

对于前一方面的问题，人们在日常生活中都有着一定的体验。比如：吃腻了荤腥鱼肉，人们便转而会喜吃新鲜蔬菜；风行了一时的衣服款式，过不了多久便会“过时”；电影中女奔男逐的镜头看够了，观众们又会涌向“武打”“惊险”片……凡此种种，都说明着“久必生厌”“物极必反”的道理。周—姜—吴之间词风的“软—硬—软”也同此理，这儿就不来多谈。下面，我们却要对当时社会对于“软美”的艺术嗜好问题多花一点笔墨。可以说，这种艺术嗜好，正是由南宋后期的物质和精神的生活所促发出来的。

南宋中期之后，偏安的形势形成。韩侂胄“北伐”失败之后，苟安的心理日甚一日。昔日还有辛弃疾一辈爱国词人在高唱着“恢复”的调子（姜夔就曾受到过他的影响），此时，词坛的爱国之音却已基本沉寂。“湖山经醉惯，渍春衫，啼痕酒痕无限。”（吴文英《三姝媚》）西子湖畔，重又响起了细吹低唱。周密《武林旧事》卷三记载：

> 西湖天下景，朝昏晴雨，四序总宜。杭人亦无时而不游，而春游特盛焉。承平时，头船……何翅百余。其外则不计其数，皆华丽雅靓，夸奇竞好。而都人凡缔姻、赛社、会亲、送葬、经会、献神、仕宦、恩赏之经营，禁省台府之嘱托，责珰要地，大贾豪民，买笑千金，呼卢百万，以至痴儿騃子，密约幽期，无不在焉。日糜金钱，靡有纪极，故杭谚有“销金锅儿”之号，此语不为过也。②

在这种浮靡奢侈的社会风气熏染之下，“妓乐”又大为兴盛起来。据吴自牧《梦粱录》卷二〇“妓乐”条记载：这种“妓乐”的色泽格调又是十分软媚的：

> 大凡动细乐，比之大乐，则不用大鼓……每只以箫、笙、篳篥、嵇琴、方响，其音韵清且美也。

① 况周颐：《蕙风词话》卷二，《蕙风词话　人间词话》，人民文学出版社，1960 年，第 47 页。

② 周密：《武林旧事》卷三，《笔记小说大观》第 9 册，江苏广陵古籍刻印社，1983 年，第 1 页。

更有小唱、唱叫、执板、慢曲、曲破，大率轻起重杀，正谓之“浅斟低唱”。

但唱令曲小词，须是声音软美……

诸酒库设法卖酒，官妓及私名妓女数内，拣择上中甲者，委有娉婷秀媚，桃脸樱唇，玉指纤纤，秋波滴溜，歌喉宛转，道得字真韵正，令人侧耳听之不厌。①

在这种生活环境和音乐环境中，词的那种“艳”“婉”的特质又像施加过追肥一样，再一次勃郁地滋生起来——不过，由于经历过了姜夔词的“一洗华靡”阶段，这种艳婉已不大可能再如晚唐五代和柳永、周邦彦词中的某些作品那样，显露出“淫”“俗”的色彩，而是纳入于“雅词”范围中的艳婉了。晚唐五代小令所树立起来的“主体风格”，一直被后代的词人奉为不可企越的楷模，但“遗憾”的是，它们只是小令。后来，经历了柳词、周词、姜词等多个“否定之否定”的螺旋形发展阶段，这种风格终于在吴文英词(主要是长调)中得到了最为满意、完善的再现——正是基于这种认识，所以尹焕称之为：“求词于吾宋者，前有清真，后有梦窗，此非焕之言，四海之公言也。”②(尹焕《梦窗词序》)而清代的许多词论家，也都给予了他非常高的评价。如周济《宋四家词选目录序论》说他“奇思壮采，腾天潜渊，返南宋之清泚，为北宋之秾挚”；又说“梦窗立意高，取径远，皆非余子所及”③；等等。

在此不妨先请看他一首被谭献称为“有五季(五代)遗响”的《风入松》词(谭献评《词辨》卷一)：

听风听雨过清明，愁草瘗花铭。楼前绿暗分携路，一丝柳、一寸柔情。料峭春寒中酒，交加晓梦啼莺。　西园日日扫林亭，依旧赏新晴。黄蜂频扑秋千索，有当时纤手香凝。惆怅双鸳不到，幽阶一夜苔生。

在一片风风雨雨、残花暗绿之中，词人展开了他的词笔。他所悼念的那位女性，自始至终都未正面出现，然而却又无时无地不隐附在所写的一切景物之上。残花，喻斯人之已逝；垂柳，则无非是她柔情的化身。春寒中酒，皆因她而病；晓梦啼莺，则又似乎是她的“魂灵”的返现。而词中最精彩的两句“黄蜂频扑秋千索，有当时纤手香凝”，更是匪夷所思的“痴语”“深语”(谭献语)。试想，伊人早已长眠地下，而她的纤手接触过的秋千索上，却还凝留着昔日的温泽和芬芳，引得

① 吴自牧：《梦粱录》卷二〇，《笔记小说大观》第7册，江苏广陵古籍刻印社，第1页。
② 黄昇：《中兴以来绝妙词选》卷六，《四部丛刊初编》本，上海书店，1989年，第102页。
③ 周济：《宋四家词选》，古典文学出版社，1958年，第2页。

黄蜂频扑、不舍离去——伊人的美,对伊人的深念,不是全由这两句极含蓄、极婉约、极优美的句子所引发出来了吗? 而末二句的"惆怅双鸳不到,幽阶一夜苔生",由李白"门前旧行迹,一一生绿苔"(《长干行》)化出,却更显得深细而委曲。陈廷焯评此词"情深而语极纯雅,词中高境也"①,就准确地说出了它的既"婉"又"雅"的特色。

又如《莺啼序》:

残寒正欺病酒,掩沉香绣户。燕来晚,飞入西城,似说春事迟暮。画船载,清明过却,晴烟冉冉吴宫树。念羁情、游荡随风,化为轻絮。 十载西湖,傍柳系马,趁娇尘软雾。遡红渐招入仙溪,锦儿偷寄幽素。倚银屏、春宽梦窄;断红湿,歌纨金缕。暝堤空,轻把斜阳,总还鸥鹭。

幽兰渐老,杜若还生,水乡尚寄旅。别后访、六桥无信,事往花委,瘗玉埋香,几番风雨? 长波妒盼,遥山羞黛,渔灯分影春江宿。记当时、短楫桃根渡。青楼仿佛,临分败壁题诗,泪墨惨淡尘土。 危亭望极,草色天涯,叹鬓侵半苎。暗点检,离痕欢唾,尚染鲛绡。亸凤迷归,破鸾慵舞。殷勤待写,书中长恨,蓝霞辽海沉过雁。漫相思,弹入哀筝柱。伤心千里江南,怨曲重招,断魂在否?

全词以大开大合之笔,追忆与亡姬的悲欢离合之情。第一片以暮春景色兴起悼亡之情,第二片追叙西湖一段艳遇的旧事,第三片写别后重访旧地,唯余"物是人非"之感,第四片写相思哀怨。通篇"离合变幻,一片凄迷"②,笔力浑厚,含思婉转。我们如果再回过头去,读一首《花间集》中的悼亡名作——张泌《浣溪沙》词("枕障熏炉隔绣帏,二年终日两相思,杏花明月始应知。 天上人间何处去? 旧欢新梦觉来时,黄昏微雨画帘垂。")就可知,吴词的"真""艳""深""婉""美",实与晚唐五代词是基本一致的,但吴词的雕琢锤炼之功却已大非昔比。所以,可以说,吴文英的词风乃是晚唐五代词风的进一步精美化、锤炼化、醇雅化。难怪它会受到持"正宗"观点的词论家们如此地欣赏与赞美了。

四、"曲终奏雅"——唐宋词"主体风格"的尾声阶段

在晚唐五代形成了的"主体风格",经历了五代北宋小令和柳永、周邦彦词

① 朱祖谋辑,唐圭璋笺注:《宋词三百首笺注》,上海古籍出版社,1979 年,第 213 页。
② 陈洵:《海绡说词》,唐圭璋编《词话丛编》,中华书局,1986 年,第 4848 页。

的时期，到了南宋后期的“雅词”时代，可谓是接近于“尾声”的阶段了。《史记·司马相如传》论赋有“曲终而奏雅”①之说。在词的发展历史中，似乎也出现了这种情况：一方面，词由最初的专主“情真”而“百无禁忌”，发展到后来就逐渐注意到了“雅”的问题；另一方面，词中出现了“奏雅”的现象又反过来表明着它的已近于“曲终”的阶段了。这种“曲终奏雅”的现象，既标志着词的“主体风格”的高度成熟，又暗示着它的接近于凝固化的“末运”了。

任何事物的历史，都有其新生、发展和终结的不同阶段。词的历史也一样。虽然它的发展在元明以后仍在继续，但单从唐宋阶段来看，其也可以被看作一个相对的“全过程”。在这个过程中，晚唐五代阶段是它的“新生期”，它的风格特点是“风流华美，浑然天成”，犹如春日的含苞蓄葩，精力弥满；北宋柳、周词的阶段是它的“发展期”，其风格特点是“施朱傅粉，学步习容”，犹如夏季的炎炎烈日，光芒四射；南宋的“雅词”阶段，则已接近于终结的阶段，其风格特点是“瘦石孤花，清笙幽磬”，犹如秋天的柳曳蝉嘶，渐近衰歇——到了蒙古兵的铁蹄踏遍江南，那就是“冬眠”的季节来到了。

和它的“新生期”“发展期”相比，唐宋词（这里指的当然是那些体现“主体风格”的词）中接近于“终结”阶段的“雅词”，显出了两个特点，一是“精力不足”，二是技巧愈工。“精力不足”，是指其真情稍衰。原因也很简单：一方面，词到了南宋阶段，出现了大量的忧国忧政的爱国词篇。和这些充满着沛然正气的作品相比，“雅词”自然显得感情单薄，“面容”苍白。另 方面，“雅词”所抒写的题材和内容，大半已被前代词所写过，因此再要“出新”，难度显然很高。这两方面的原因结合起来，就使它显出了“精力不足”的味道。潘德舆说：“词滥觞于唐，畅于五代，而意格之闳深曲挚，则莫盛于北宋。词之有北宋，犹诗之有盛唐。至南宋则稍衰矣。”②他虽主要是从“意格”着眼来说这番话的，但也可以从中看出：比起晚唐五代和北宋词来，南宋词确实是露出了“稍衰”的光景。试举姜夔的两首词来看：

淮左名都，竹西佳处，解鞍少驻初程。过春风十里，尽荠麦青青。自胡马窥江去后，废池乔木，犹厌言兵，渐黄昏，清角吹寒，都在空城。

杜郎俊赏，算而今重到须惊。纵豆蔻词工，青楼梦好，难赋深情。二十四桥仍在，波心荡冷月无声。念桥边红药，年年知为谁生？（《扬

① 司马迁：《史记》卷一一七，中华书局，1963年，第3073页。
② 潘德舆：《与叶生澧书》，《养一斋集》卷二二，清道光二十九年刻本。

> 州慢》)
>
> 庚郎先自吟愁赋,凄凄更闻私语。露湿铜铺,苔侵石井,都是曾听伊处。哀音似诉。正思妇无眠,起寻机杼。曲曲屏山,夜凉独自甚情绪? 西窗又吹暗雨。为谁频断续,相和砧杵?候馆迎秋,离宫吊月,别有伤心无数。豳诗漫与。笑篱落呼灯,世间儿女。写入琴丝,一声声更苦。(《齐天乐》)

王国维曾经对第一首词中“二十四桥仍在,波心荡冷月无声”说过这样的评语:“虽格韵高绝,然如雾里看花,终隔一层。梅溪、梦窗诸家写景之病,皆在一‘隔’字。北宋风流,渡江遂绝,抑真有运会存乎其间耶?”①他说的,主要是写景的“隔”;实际上,这首词的短处(长处且不去说它)还在于另一个“隔”上——和现实生活之间,存在着一层不浅的隔膜。试看,词中“废池乔木,犹厌言兵”,写金人的暴行,是何等沉痛深挚;然而,在其他地方,词笔所大力渲染的却只是杜牧式的风流艳情的破灭、怅惘之感,这就使词人似乎已远离了活生生的现实世界,而置身于一种低回又不能自言的感情世界中不能自拔。这种情况的形成,是与词人对于国家和民众的命运缺乏一种深厚的真情(这当然是与爱国词派相比而言)有关的。

后一首词本是咏促织的。作者在小序中说过:“蟋蟀,中都呼为促织,善斗。好事者或以三二十万钱致一枚,镂象齿为楼观以贮之。”它本是一个揭露现实的好题材。但是在作者词中,却几乎没有一点儿现实的影子,有的只是一片抽象的“愁”绪。这种朦朦胧胧的愁绪或许可以使人生出是否有家国之感寓托其中的联想,但毕竟与真正的现实有着一大段距离。且如“豳诗漫与”等句,也有“补凑”的嫌疑。周济《宋四家词选目录序论》就说这几句是“补凑”,而陈锐《裦碧斋词话》也说“铜铺”“石井”“候馆”“离宫”为“重复”。这种因“为文而造情”所留下的痕迹,也说明了它的“真情”稍衰、“精力”不够。

而从另一方面来讲,南宋“雅词”的技巧却转而越工——这个“工”当然是指其人为加工之“工”,而非晚唐五代词那种“自然工巧”的“工”。这也是很自然的:一方面,在它的前面,词的创作已经积累了丰富的经验,可资它借鉴;另一方面,它既然在“情”的深厚上有所欠缺,这就势必要在技巧方面寻求补足。这两方面的原因就使它朝着合律、用事、句琢字炼,以及意境的求婉、求深等方向发

① 王国维:《人间词话》,《蕙风词话　人间词话》,人民文学出版社,1960年,第210页。

展。朱彝尊说:“世人言词,必称北宋。然词至南宋始极其工,至宋季而始极其变。”①这个“工”字就指它的技巧转精、转工。试读史达祖的《双双燕·咏燕》:

> 过春社了,度帘幕中间,去年尘冷。差池欲住,试入旧巢相并。还相雕梁藻井,又软语、商量不定。飘然快拂花梢,翠羽分开红影。芳径,芹泥雨润。爱贴地争飞,竞夸轻俊。红楼归晚,看足柳昏花暝。应自栖香正稳,便忘了、天涯芳信。愁损翠黛双蛾,日日画栏独凭。

状物的生动传神,造语的优美俊巧,音节的和谐婉畅,都达到了很高的造诣。张炎评曰:“全章精粹,所咏瞭然在目,且不留滞于物。”②显示出了某些“雅词”在技巧上的确有着“人工可极天巧”的精湛功力。

至于朱彝尊所说的“至宋季而极其变”,则又说出了宋亡前后“雅词”所经历的一场变化。这种变化,主要表现在它的向“比兴”“寄托”方向发展。由于这些词人,不愿像辛派后劲的刘克庄、陈人杰等人那样,采用“大声疾呼”的方式表达自己的愤激和愤懑,他们便走上了用隐晦曲折的笔法寄寓家国之感的刻意求“深”的道路。如王沂孙《齐天乐·蝉》:

> 一襟余恨宫魂断,年年翠阴庭树。乍咽凉柯,还移暗叶,重把离愁深诉。西窗过雨。怪瑶佩流空,玉筝调柱。镜暗妆残,为谁娇鬓尚如许?　　铜仙铅泪似洗,叹移盘去远,难贮零露。病翼惊秋,枯形阅世,消得斜阳几度?余音更苦!甚独抱清高,顿成凄楚?漫想熏风,柳丝千万缕。

这首词写亡国之感,若隐若现,欲露不露,反复缠绵,终不肯一语道破,可谓得陈廷焯“沉郁”之旨(《白雨斋词话》)。当然,这种“变”,不独是出于“雅词”派词人本身的艺术宗尚,而且也是时代对它们的“扭变”——它本不愿变却又不得不变。它的“不愿变”,只要看一看“雅词”理论家张炎批评爱国词派的一段话即可知。他说:“辛稼轩、刘改之作豪气词,非雅词也,于文章余暇,戏弄笔墨为长短句之诗耳。”③在宋亡之后他还不能够理解辛、刘的爱国之情而称它为“戏弄笔墨为长短句之诗”,保守得可谓惊人。至于它的“不得不变”,则不妨让我们读一首张炎入元后被迫北上时所写的一首《念奴娇·夜渡古黄河》词:

① 朱彝尊:《词综》,中华书局,1975 年,第 5 页。
② 张炎著、夏承焘校注,沈义父著、蔡嵩云释:《词源注　乐府指迷笺释》,人民文学出版社,1963 年,第 21 页。
③ 同②,第 32 页。

扬舲万里,笑当年底事、中分南北?须信平生无梦到,却向而今游历。老柳官河,斜阳古道,风定波犹直。野人惊问,泛槎何处狂客?

迎面落叶萧萧,水流沙共远,都无行迹。衰草凄迷秋更绿,惟有闲鸥独立。浪挟天浮,山邀云去,银浦横空碧。扣舷歌断,海蟾飞上孤白。

“黄河”,本是唐宋词中极少写到的一个题材(只在敦煌词和刘禹锡词等极少几处可见),现在却忽而“跳”入了写惯“钿车骄马锦相连,香尘逐管弦”(《阮郎归》)的“西湖词人”张炎的词中,而词的风格也从他平昔的深婉雅丽一变而为苍凉劲遒(沈祖棻《宋词赏析》谓此词为张词中之“别调”①)。从题材到风格的一系列变化都表明:在时代潮流的激荡推动下,“雅词”也不得不发生某些“扭曲”和蜕变了。因此,在南宋覆亡前后,南宋的“雅词”就开始走向“比兴”“寄托”的道路。它们采用隐晦曲折的手法,吞吞吐吐地表露着作者的难以直言的亡国感叹。这种哀叹,正如王沂孙的《齐天乐·蝉》中的寒蝉嘶声一样,辛酸而凄凉;而这种“亡国之音哀以思”的风格特征,也正宣告着唐宋词“主体风格”已在一片“变风”“变雅”声中告一终结了。

纵观以上过程可知,唐宋词的“主体风格”经历了一个漫长的发展阶段。尽管它在各个时期里由于历史条件的不同而呈现出不同的面目来,但是却仍“万变不离其宗”的始终保持着(或基本保持着)自己的这一主要的风格特征。明人陈子龙曾用这样细密的语言来剖析这种风格的几方面的组成因素:“盖以沉至之思而出之必浅近,使读之者骤遇如在耳目之表,久诵而得沉永之趣,则用意难也。以儇利之词,而制之实工炼,使篇无累句,句无累字,圆润明密,言如贯珠,则铸词难也。其为体也纤弱,所谓明珠翠羽,尚嫌其重,何况龙鸾?必有鲜妍之姿,而不藉粉泽,则设色难也。其为境也婉媚,虽以警露取妍,实贵含蓄,有余不尽,时在低徊唱叹之际,则命篇难也。”②虽然他主要谈的是“如何作词”,但还是在总体上说出了它的“真”“艳”“深”“婉”“美”的“主体风格”。而另外两位明代人张綖和徐师曾又用“婉约”一词来指代这种“主体风格”,他们提出:“词体大略有二,一体婉约,一体豪放”,“婉约者欲其词情蕴藉”;又说:“当以婉约为正。”(见《诗余图谱》《文体明辨序说》。按:即言词当以婉约为正宗也。)。当然,不管是前人的那些话,还是我们在这里所形容的“真”“艳”“深”“婉”“美”五个字,在描述词的“总体”或“主体”风格上,都只能是近似、大致、基本的,而不可能是

① 沈祖棻:《宋词赏析》,上海古籍出版社,1980年,第182页。

② 陈子龙:《王介人诗余序》,施蛰存主编《词籍序跋萃编》,中国社会科学出版社,1994年,第506页。

十分准确、精确和完整的(事实上,任何形容词,在面对如此丰富、复杂的文学现象时,是都会显得“力不从心”的,大抵而已,绝不能搞绝对化)。但是“婉约”成为词之“正宗”,的确是个客观事实。

杜甫诗云:“或看翡翠兰苕上,未掣鲸鱼碧海中。”(《戏为六绝句》)从晚唐五代到宋末的400年左右的词苑中,盛开着绚丽多姿、惹人喜爱的各种奇花异卉,而从其主要品种而言,则是属于“婉约”类型的。这种类型的花卉是美的,但却只是“翡翠兰苕”式的作品。至于词中的“碧海鲸鱼”式的巨篇宏制,则要有待于“变革型”风格的出现了。

第十章 “以诗为词”

——对“主体风格”的变革

前人论词,常持有一种“正、变”的观点。如《词苑丛谈》卷一“词之正宗与变体”条说:“李氏、晏氏父子、耆卿、子野、美成、少游、易安,至矣,词之正宗也。温、韦艳而促,黄九精而刻,长公(按:指苏轼)丽而壮,幼安辨而奇,又其次也,词之变体也。”①如《四库全书总目提要·东坡词提要》说:“词自晚唐五代以来,以清切婉丽为宗。至柳永而一变,如诗家之有白居易。至苏轼而又一变,如诗家之有韩愈,遂开南宋辛弃疾等一派。寻源溯流,不能不谓之别格,然谓之不工则不可。故至今日,尚与‘花间’一派并行而不能偏废。”②刘熙载则说:“太白《忆秦娥》,声情悲壮。晚唐五代,惟趋婉丽。至东坡始能复古。后世论词者,或转以东坡为变调,不知晚唐、五代乃变调也。”③他们的“正”“变”所指虽各不相同,但认为词的发展有“正宗”和“变格”两条路子,却是相同的。从这一点看,词中存在着一种“主体风格”,这是没有问题的;因而与它相对比而存在的另一种“变革型”风格也确是有的——我们在这里不把后者称为“别格”或“变体”,这是因为,前人在使用这两个概念时往往带有贬义,而我们改称的“变革型”则是一个“中性”的词。至于这种“变革型”风格的优劣得失,这里暂不去评它,留待后文再说。

既然称之为“变革型”,那就有一个被“变革”的对象存在。这个对象,就是我们在前面论述过的“主体风格”。这种“主体风格”,曾被宋人称之为“本色”风格。如陈师道说:“子瞻以诗为词,如教坊雷大使之舞,虽极天下之工,要非本色。”④如晁补之说:“黄鲁直间作小词,固高妙,然不是当家语,自是着腔子唱好

① 徐轨:《词苑丛谈》卷一,上海古籍出版社,1981年,第25页。
② 永瑢,等:《四库全书总目》卷一九八,中华书局,1965年,第1808页。
③ 刘熙载:《艺概》卷四,上海古籍出版社,1978年,第108页。
④ 陈师道:《后山诗话》,何文焕辑《历代诗话》,中华书局,1981年,第309页。

诗。”①他们认为,苏轼与黄庭坚的词虽然“极工”“高妙”,然而仍嫌不够“本色”“当行”——而他们讲这番话时,又都是拿词和诗做比较而言的,可知词的“本色”又是相对于诗而显示出来的。这也就表明,苏、黄的非“本色”、非“当行”,就是指它们“以诗为词”而导致的对词的某些变革。所以我们在论述对于词的“主体风格”的变革时,必然就要涉及宋人所谓的“以诗为词”的问题。

一、李煜词——“以词言志”的开始

拿今天的眼光看,词,本质上也是诗;只不过,它是一种特殊形态的诗而已。这种“特殊性”,当然表现在许多方面,不过其中十分重要的一点即在于“诗言志”而“词言情”——当然这里所说的词是指那些体现“主体风格”亦即符合“本色”的词。“诗言志”,这是一个历史悠久的传统,从《尚书·尧典》开始以来就一直成为儒家论诗的主旨。而“诗缘情而绮靡”(陆机《文赋》)则是六朝人新提出来的,它的出现,反映了文学的“觉醒”和渐趋成熟。“志”和“情”本是相互联系、互为补充的。“志”在诗里,常要通过“情”表达出来。因此,提出“诗缘情”,似更符合于诗歌艺术的抒情特征,所以我们不妨把它的出现看成是人们对诗歌认识的一种深化和进步。“情”本身又是“志”的一种,照理,它不应该离开“志”成为一种与“志”相对立而存在的并列物。但是,六朝的文学现象,以及后来的文学现象告诉我们:这两个原先应该统一的东西,在某些情况下却往往成为了互相对立的东西。简单地说,“志”往往是指有关政治、教化方面的“志”,而“情”则往往成为了有关个人私生活方面(特别是两性之间)的“情”。所以宋代理学家们就要崇“志”而贬“情”了。邵雍《伊川击壤集序》就说:“怀其时则谓之‘志’”;而“近世诗人,穷戚则职于怨憝,荣达则专于淫泆。身之休戚,发于喜怒;时之否泰,出于爱恶。殊不以天下大义而为言者”②。在他看来,这后一类感情内容则属于“情”的范畴。从这种观点出发,他们就更加瞧不起专以写情(艳情)的词了。程颐读到晏几道的“梦魂惯得无拘检,又踏杨花过谢桥”时,认为其是“鬼语”③,读到秦观的“天还知道,和天也瘦”时,以为其是“冒渎上帝”④,这两

① 胡仔:《苕溪渔隐丛话·后集》卷三三,人民文学出版社,1962年,第253页。

② 邵雍:《伊川击壤集》,《四部丛刊初编》本,上海书店,1989年,第1页。

③ 邵博:《邵氏闻见后录》卷一九,中华书局,1983年,第151页。

④ 陈鹄:《耆旧续闻》卷八,周光培编《宋代笔记小说》第14册,河北教育出版社,1995年,第402页。

个例子就说明了他们对词"言情"的不理解或不满意。但是,词的专以言情,并不是一两个理学家所能反对掉的,它是一种"思潮"或者"潮流";在它的后面隐藏着某些深刻的历史必然性。这些历史必然性,我们已在论述词的"总体风格"的形成时谈过了,这里不赘述。这里要谈的是,就在晚唐时代小令形成"词为艳科"、专以"缘情而绮靡"的情况时,却也已经悄悄地出现了以词"言志"的苗头了。

民间词题材的比较宽广,抒情言志的自由活泼,这是大家所熟知的。中唐文人所写的小令,虽则只是"诗余",但它与诗的关系倒也比较密切。张松龄《渔父词》有云:"洞庭湖上晚风生,风触湖心一叶横。兰棹快,草衣轻,只钓鲈鱼不钓名。"刘禹锡《竹枝》词云:"城西门外滟滪堆,年年波浪不能摧。懊恼人心不如石,少时东去复西来。""瞿塘嘈嘈十二滩,此中道路古来难。长恨人心不如水,等闲平地起波澜。"白居易《竹枝》云:"《竹枝》苦怨怨何人,夜静山空歇又闻。蛮儿巴女齐声唱,愁杀江南病使君。"《浪淘沙》云:"随波逐浪到天涯,迁客生还有几家?却到帝乡重富贵,请君莫忘浪淘沙。"这些简朴的小词,都抒写了他们有关人生、政治的某些情志。到了晚唐五代小令中,"言(艳)情"的浪潮却如铺天盖地般地涌来,终于把这股"诗余"的清溪小涧冲盖掉了。然而我们却又不应忘了,即使是在"花间"时代,这条"言志"的细流还是没有干涸断绝了的。鹿虔扆《临江仙》:"金锁重门荒苑静,绮窗愁对秋空。翠华一去寂无踪。玉楼歌吹,声随已断风。　烟月不知人事改,夜阑还照深宫。藕花相向野塘中。暗伤亡国,清露泣香红。"李珣《巫山一段云》:"古庙依清嶂,行宫枕碧流。水声山色锁妆楼,往事思悠悠!　云雨朝还暮,烟花春复秋。啼猿何必近孤舟,行客自多愁。"欧阳炯《江城子》:"晚日金陵岸草平,落霞明,水无情。六代繁华,暗逐逝波声。空有姑苏台上月,如西子镜,照江城。"这些作品,或写现实生活中的亡国之痛,或抒历史上的兴衰之感,这些就都不是"艳科"所能牢笼的。而这股细流,到了李煜降宋之后的词中,便汇成"一江春水向东流"的波涛,冲决了《花间》的樊篱而成为新的潮流。

对于李煜个人的亡国悲痛,我们当然不宜估价太高。但对于他以词"言志"的举动,我们却不能不给予充分的重视。"人生愁恨何能免?销魂独我情何限!故国梦重归,觉来双泪垂。"(《子夜歌》)像这种对于"人生"的极深的反省和对于亡国的深恸巨痛,却非一般的晚唐五代词中所能见到的。又如:

> 春花秋月何时了?往事知多少!(《虞美人》)
> 世事漫随流水,算来一梦浮生。(《乌夜啼》)
> 林花谢了春红,太匆匆。无奈朝来寒雨晚来风!　胭脂泪,留人

醉，几时重？自是人生长恨水长东！（《乌夜啼》）

流水落花春去也，天上人间！（《浪淘沙》）

这些词中的境界，岂是“《金荃》《浣花》能有此气象”①的！所以王国维说：“词至李后主而眼界始大，感慨遂深，遂变伶工之词而为士大夫之词。”②他所说的“伶工之词”，意指那些在歌筵酒席上“倚声”而作的缺乏个性（相对而言）的艳词冶曲，而所谓“士大夫之词”即指具有作者个性特点的“言志”之作。李煜的词，从某种意义上言，是部分地恢复了“诗可以怨”的传统——尽管他的“怨”还主要局限于一身一己的怨上——而使他上承前代诗的“言志”传统，下启苏、辛词的“言志”风气，成为词中“正、变”的一个枢纽。虽然他的这种把词与现实的政治生活联系在一起的举动并没有迅速和直接地在北宋前期词坛上引起反响，但无疑的是，他却有着某种“先驱者”的作用。请读苏轼的这些词：

世事一场大梦，人生几度新凉。夜来风叶已鸣廊，看取眉头鬓上。（《西江月》）

大江东去，浪淘尽，千古风流人物！（《念奴娇》）

此生飘荡何时歇？家在西南，长作东南别。（《醉落魄》）

万事到头都是梦，休休，明日黄花蝶也愁。（《南乡子》）

如果不是仅仅从外表的形迹方面来看，那么，这些词中表露出来的对于“人生”的深思熟虑，这些词的“气度”与“气势”，都体现了一种“士大夫”的精神风貌，而与李煜词有着某种程度的相似。苏轼对李煜“最是仓皇辞庙日，教坊犹奏别离歌，垂泪对宫娥”的《破阵子》词，曾写下了这样一段跋语：“后主既为樊若水所卖，举国与人，故当恸哭于九庙之外，谢其民而后行，顾乃挥泪宫娥，听教坊离曲！”③在苏轼看来，李煜的词仅仅抒写他“垂泪对宫娥”的“情”，这还不够，更应当抒其恸哭九庙、谢别臣民的“志”才对。所以苏轼自己的词，在遥继李煜词“言志”的传统时，其思想内容就显得更加深广了。

二、“以诗为词”——苏轼对于“主体风格”的变革

“以诗为词”的举动闯进“词为艳科”的局面中来，并非是一件偶然的事。词

① 王国维：《人间词话》，《蕙风词话　人间词话》，人民文学出版社，1960年，第197页。
② 同①。
③ 苏轼：《跋李主词》，《东坡志林》卷四，王松龄点校，中华书局，1981年，第85页。

的这种重新向诗靠拢，正如当年的词从诗中分化出来一样，都是文体对于社会需要的一种自我适应和自我调整，它是具有一定的历史原因作背景的。

首先，北宋的社会矛盾促发了这种变革。

宋初词坛之所以没有继承李煜词风而大大发扬了晚唐五代词的"主体风格"，是与士大夫文人的纵情享乐心理分不开的。宋初经历了一个政治统一、经济发展的阶段，加上赵宋王朝以"多积金钱田宅以遗子孙，多置歌儿舞女以终天年"（宋太祖对石守信语）①的享乐主义政策引诱官吏，一时歌舞升平，呈现出一派表面的繁华景象。和这种政治、经济状况相适应，诗文领域里是讲求形式的西昆体盛行，"穷妍极态，缀风月，弄花草，淫巧侈丽，浮华纂组"（石介《怪说》）②，而在词坛上则弥漫着柔艳软媚的风气。但是好景并不太长。进入北宋中叶之后，各种社会矛盾都在激化，积弱积贫的状况也开始暴露。时代推动着文学的演进。一场诗文革新运动正在席卷文坛，其余波所及，也必然要深入和推进到词苑中去。范仲淹首先以其《渔家傲》的悲笳羌管吹响了词坛中的变革之音："塞下秋来风景异，衡阳雁去无留意。四面边声连角起。千嶂里，长烟落日孤城闭。浊酒一杯家万里，燕然未勒归无计。羌管悠悠霜满地。人不寐，将军白发征夫泪。"它在反映现实生活这一点上为宋词开了个头，王安石又接下去写了怀古叹今的苍劲词篇《桂枝香·金陵怀古》，这个拓宽词题、变革词风的事业就不再中断了。

其次，词体本身有待于"开发"的原因在"召唤"着变革。

词本来也是一种"诗"，王灼就说过："诗与乐府（按：乐府，指词）同出，岂当分异？"③但自晚唐五代以来，词却与诗"分异"甚久。"天下大势，久分必合"，这话似乎有点儿唯心，但从词的发展来看，却也还有点儿道理。这是因为，文学的根本使命在于反映现实，文学的生命力也即来源于生活这株常绿之树。一旦远离了现实生活之源，它就会逐渐失去光辉，走向枯萎。词在晚唐五代以来，由于题材的狭隘，实际上是潜伏着一种发展的危机的，这是一个方面。而从另一个方面来看，词还是个新兴不久的文体，它具有等待开发的无穷生机和潜力，它像一片沃野一样正等待着勇敢的开拓者们去垦发。《文心雕龙·通变》早就说过："变则可久，通则不乏。"词要变革，光凭借内部的力量是不够的了，因为那已经定型化了的"主体风格"，力量是相当强大的，所以必须借助于外力。这个"外

① 陈邦瞻：《宋史纪事本末》卷二，中华书局，1977年，第8页。

② 郭绍虞主编：《中国历代文论选》第3册，上海古籍出版社，1979年，第246页。

③ 王灼：《碧鸡漫志》卷二，唐圭璋编《词话丛编》，中华书局，1986年，第83页。

力”，很自然地就是“诗”，由此词就有了靠拢诗的要求。

最后，文学的变革还存乎作者的原因。

在文学创作中，最活跃的因素当然还是“人”。同一个词牌，不同的作者却可以用它表达出不同的声情来。温庭筠的《菩萨蛮》和传为李白的《菩萨蛮》，以及后来辛弃疾的《菩萨蛮》（郁孤台下清江水），感情境界是如此的不同，就有力地证明了这个问题。苏轼身当北宋党争的多事之秋，他具有丰富的感情和深邃的思想，有着旷达的胸襟和豪迈的性格，还有着极深的文学修养和极高的文学才能。他不写则已，要写的话，就不会落入窠臼和步人后尘。所以，当他那写惯了“滔滔汩汩，不择地而出”的诗文的笔触，伸入到词中的时候，其词作的面貌也就不会囿于传统而必然另具一种面目。何况，艺术的兴趣是不会一成不变、久久停滞的。苏轼也欣赏体现传统风格的某些作品，如他说柳永“渐霜风凄紧，关河冷落”之词“不减唐人高处”①，如他把秦观的“郴江幸自绕春山，为谁流下潇湘去”书之于扇面以示其珍爱②，但比较起来，他似乎更喜爱另一种“豪放”的新风格。他读到友人蔡景繁的“新词”时，特地通函表示高兴：“颁示新词，此古人长短句诗也。得之惊喜！试勉继之。”③他自己也试作这种新风味的词：“近却颇作小词，虽无柳七郎风味，亦自是一家。呵呵！数日前猎于郊外，所获颇多。作得一阕，令东州壮士，抵掌顿足而歌之，吹笛击鼓以为节，颇壮观也。”④而这种“新词”，拿他自己的话来讲，就是“长短句之诗也”，也即“以诗为词”的词。

苏轼的“以诗为词”，实质上是对词的“主体风格”的一种突破和变革。大体来说，这种突破和变革是针对其中的“艳”与“婉”字而言的。苏轼词中，也仍存有不少艳、婉的作品，这是继承传统的一面；但是我们的着眼点更要转到他的突破传统的另一面上，因为唯此才是他所提供给词坛的新东西，唯此才是体现他自己独特的艺术个性的地方。

先说突破“艳”字。这实际上是一个拓宽题材、拓宽内容的问题。

长久以来，词一直被禁锢在“艳科”的圈子中，成为一种近乎“女性”的文学——元好问《论诗绝句》曾称秦观的诗为“女郎诗”，而蒲传正也曾称晏殊的某些词是“妇人语”⑤，所以我们也不妨称这些“艳科”的词为“女性”文学。但这种

① 赵令畤：《侯鲭录》卷七，中华书局，2002 年，第 183 页。
② 秦观：《淮海词》，毛晋辑《宋六十名家词》，上海古籍出版社，1989 年，第 85 页。
③ 苏轼：《与蔡景繁》，《苏东坡全集》下，中国书店，1986 年，第 152 页。
④ 苏轼：《与鲜于子骏》，《苏东坡全集》下，中国书店，1986 年，第 141 页。
⑤ 胡仔编撰：《苕溪渔隐丛话 · 前集》卷二六，人民文学出版社，1962 年，第 178 页。

状况到了苏轼那里,就有很大的改观了。诗以言志,词照样也可以用来言志。这样,词就“士大夫”(男性)化了。请看:

> 孤馆灯青,野店鸡号,旅枕梦残。渐月华收练,晨霜耿耿,云山摛锦,朝露团团。世路无穷,劳生有限,似此区区长鲜欢。微吟罢,凭征鞍无语,往事千端。　当时共客长安,似二陆初来俱少年。有笔头千字,胸中万卷,致君尧舜,此事何难?用舍由时,行藏在我,袖手何妨闲处看。身长健,但优游卒岁,且斗尊前。(《沁园春》)

这首苏轼寄赠子由的词,表达了宦途中的复杂感慨。如果我们再读一首他赠子由的诗,就会发现,二者的感情是多么的相似:

> 江上同舟诗满箧,郑西分马涕垂膺。未成报国惭书剑,岂不怀归畏友朋。官舍度秋惊岁晚,寺楼见雪与谁登?遥知读《易》东窗下,车马敲门定不膺。(《九月二十日微雪,怀子由第二首》之一)

同是写年少有为、抱负远大,同是写宦海沉浮、有志难酬,同是写骨肉情深、不如同隐;可见,苏轼的词是和他的诗相“通”的。

再如同作于熙宁八年密州任上的一首诗和一首词:

> 青盖前头点皂旗,黄茅冈下出长围。弄风骄马跑空立,趁兔苍鹰惊地飞。回望白云生翠巘,归来红叶满征衣。圣朝若用西凉簿,白羽犹能效一挥。(《祭常山回小猎》)
>
> 老夫聊发少年狂,左牵黄,右擎苍。锦帽貂裘,千骑卷平冈。为报倾城随太守,亲射虎,看孙郎。　酒酣胸胆尚开张,鬓微霜,又何妨!持节云中,何日遣冯唐?会挽雕弓如满月,西北望,射天狼。(《江城子·密州出猎》)

诗的主题、题材甚至所描写的景物,都显出它们的“姐妹”关系。

在宋代,似乎形成过一条不成文的“规矩”:诗以言志,而词则专以言情。如果谁用诗来言情,往往会受到理学家和正统文人的侧目而视;而如果谁用词来言志,那也往往会引起词论家们的惊异。然而,现在苏轼却是这样做了。他的词走出了“庭院深深深几许,杨柳堆烟,帘幕无重数”(欧阳修《蝶恋花》)的深闺小楼,走向了比较广阔的社会生活中去。它可以用来缅怀古迹,使人回到那“江山如画,一时多少豪杰”(《念奴娇》)的历史图画中去;它可以用来与爱人话旧,抒发他“纵使相逢应不识,尘满面,鬓如霜”(《江城子》)的无穷感慨;它可以升天,去探求“明月几时有”(《水调歌头》)的秘密;它可以入梦,去兴寄那梦醒后“此身飘荡何时歇"的感怀。他的词中出现了大量的小序:"密州出猎""乙卯记梦""赤壁怀古""金陵赏心亭送别",甚至是长达近百字的短篇散文……这说明,他的许多词是"为时""为事"而作,是"有感"而发,而不像以前的大量词作,仅是为"娱宾遣兴"或"花情柳思"而发。他的词中有"人",词外有"事"。这个"人",不仅仅是倚红偎翠的才子佳人,这个"事",不仅仅是探春寻芳的风流韵事;苏轼词中的"人",是一个有所作为而屡遭打击、虽遭打击却又达观倔强的宋代士大夫形象;苏轼词中的"事",则是关系到现实生活诸方面的事。所以刘熙载说他的词似老杜诗,几乎达到了"无意不可入、无事不可言"①的地步;语虽夸大,然而比起前代词的题材狭窄而言,确实是朝着"社会化"跨进了很大的一步。所以从词言志的角度看,苏词开辟了词的"士大夫"化的道路。"词为艳科"的"女性"文学的历史,由他开始生出了歧路。

再说对"婉"字的突破。这是跟着题材问题而来的风格的变革问题。

晚唐五代以来,词造成了自己"婉"的特质。"词婉于诗""诗庄词媚",已经成了一种近乎定型的风格。如果说,唐人对"铁石心肠"的宋广平(璟)写出了婉约柔媚的《梅花赋》而感到不可理解的话(皮日休《桃花赋序》谓宋璟为人"贞姿劲刚""疑其铁肠石心"而"吐婉媚辞",殊可怪),那么,现在却轮到宋人对范仲淹写出了刚劲苍凉的《渔家傲》(塞下秋来风景异)而感到惊讶了(《东轩笔录》卷一一记载欧阳修称此为"穷塞主之词"可证)②,不同时代人的审美情趣及其对于不同文体的认识其异如此!宋人林景熙曾针对宋人必以词体为"婉"、为"靡"的习气而大发感叹:"唐人《花间集》,不过香奁组织之辞,词家争慕效之。粉泽相高,不知其靡,谓乐府体固然也。一见铁石心肠之士,哗然非笑,以为是不足涉吾地。其习而为者,亦必毁刚毁直,然后宛转合宫商,妩媚中绳尺,乐府反为性情害矣。"③从他的这席话就可看出宋代许多人作词的特意"毁刚毁直"而求"婉转""妩媚",这就显出"婉"这种风格在某些时候已变成了束缚"言志"的一种桎梏了。所以苏轼既要自由地用词来言志,那就必然要突破"婉"的风格,而呈现出另外的风貌来。

那么,苏词的风格应该用什么来加以形容呢?

① 刘熙载:《艺概》卷四,上海古籍出版社,1978 年,第 108 页。

② 魏泰:《东轩笔录》卷一一,《笔记小说大观》第 10 册,江苏广陵古籍刻印社,1983 年,第 109 页。

③ 林景熙:《胡汲古乐府序》,《霁山文集》卷五,《四库全书》第 1188 册,上海古籍出版社,1987 年,第 747 页。

张綖《诗余图谱》曾用“豪放”二字来形容苏词的风格。这是有根据的。俞文豹《吹剑续录》曾说：“学士词，须关西大汉，执铁板，唱《大江东去》。”①陆游说：“公非不能歌，但豪放，不喜裁剪以就声律耳。”②此外如朱弁《曲洧旧闻》、沈义父《乐府指迷》等也都曾明确提到过苏轼词的“豪放”。

周济以“韶秀”二字特赏苏词。他说：“人赏东坡粗豪，吾赏东坡韶秀；韶秀是东坡佳处，粗豪则病也。”③这话也是有根据的。胡仔曾说东坡词：“皆绝去笔墨畦径间，直造古人不到处，真可使人一唱而三叹。”④张炎说苏词“清丽舒徐，高出人表”，甚至于推崇它为“周、秦诸人所不能到”（《词源》）。他们的说法，意思也大致相近。

近人王鹏运又以“清雄”二字赞赏苏词。他说：“北宋人词，如潘逍遥之超逸，宋子京之华贵，欧阳文忠之骚雅，柳屯田之广博，晏小山之疏俊，秦太虚之婉约，张子野之流丽，黄文节之隽上，贺方回之醇肆，皆可模拟得其仿佛。唯苏文忠之清雄，敻乎轶尘绝迹，令人无从步趋。盖霄壤相悬，宁止才华而已？其性情，其学问，其襟抱，举非恒流所能梦见。词家苏、辛并称，其实辛犹人境也，苏其殆仙乎？”（《半塘遗稿》）⑤这段“清迥”“近仙”的话又和黄庭坚评苏轼《卜算子》词为“语意高妙，似非吃烟火食人语，非胸中有数万卷书，笔下无一点尘俗气，孰能至此”⑥，以及胡寅说他“一洗绮罗香泽之态，摆脱绸缪宛转之度，使人登高望远，举首高歌，而逸怀浩气、超然乎尘垢之外”⑦等语，认识大体相似。

但是这些评语却既正确而又嫌不够准确。说它们正确，是因为它们都触着或把握了苏词风格的某个侧面；而说它们不够准确，是因为它们仅只是从一个侧面，而不是从整体上来把握苏词的，所以离其“根本”还有一定的距离。而况，在对于风格的论述中，形容词式的描述（如前举的“豪放”“韶秀”“清雄”等）固然有其省力处，但也不可避免地会同时带来一定的含糊处。比如前人就曾同用“豪放”一词来形容苏、辛，但这二者在程度和表现方面又究有何种差异？这就非一词所能说清。为此，我想在这里改用另一种方式来表述苏词的风格特色。

① 俞文豹：《吹剑续录》，《说郛》卷二四，涵芬楼本，第9页。

② 陆游：《老学庵笔记》卷五，《四库全书》第865册，上海古籍出版社，1987年，第44页。

③ 周济：《介存斋论词杂著》，人民文学出版社，1959年，第8页。

④ 胡仔编撰：《苕溪渔隐丛话·后集》卷二六，人民文学出版社，1962年，第193页。

⑤ 龙榆生编选：《唐宋名家词选》，上海古籍出版社，1980年，第126页。

⑥ 黄庭坚：《跋东坡乐府》，《豫章黄先生文集》卷二六，《四部丛刊初编》本，上海书店，1989年，第293页。

⑦ 胡寅：《酒边集序》，吴讷编《百家词》，商务印书馆，1940年，第595页。

元好问《新轩乐府引》有一席论苏词之语：

> 唐歌词多宫体，又皆极力为之。自东坡一出，情性之外，不知有文字，真有“一洗万古凡马空”气象。虽时作宫体，亦岂可以宫体概之？人有言，乐府本不难作，从东坡放笔后便难作。此殆以工拙论，非知坡者。所以然者，《诗三百》所载小夫贱妇幽忧无聊赖之语，时猝为外物感触，满心而发，肆口而成者尔。其初果欲被管弦，谐金石，经圣人手，以与六经并传乎？小夫贱妇且然，而谓东坡翰墨游戏，乃求与前人角胜负，误矣。自今观之，东坡圣处，非有意于文字之为工，不得不然之为工也。①

这段话有两个要点，一是说它的“情性之外，不知有文字”；二是“非有意于文字之为工，不得不然之为工也”。二点合起来即是苏门四学士之一的张耒所说的“满心而发，肆口而成，虽欲已焉而不得者”②。换句话说，苏轼的词，是他人格、性情、胸襟、学问的流露和表现。它不作假、不作伪，也不太讲雕琢、讲修饰，任凭胸中一股郁勃之情、之气、之理自然表露，真正达到了“词如其人”的境地。有处于何时、何地、何种精神状态下的苏轼，就有与这种时、地、心境相一致的词——这样，苏词的风格就如同他的人格一样，具有多侧面、多风貌的丰富多样性；而在这种丰富多样中，又无不贯穿着他为人的情深、思深和真率的总特点。现在先谈他“情深”的特点。请看：

“十年生死两茫茫，不思量，自难忘”（《江城子》），他对亡妻的感情是多么的深挚。

“但愿人长久，千里共婵娟”（《水调歌头》），他对手足兄弟的祝愿是何等的真诚。

“可惜一溪风月，莫教踏碎琼瑶”（《西江月》），对于养育他的大自然的一山一水，他都是这样爱惜着。

“江汉西来，高楼下，葡萄深碧。犹自带、岷峨云浪，锦江春色”（《满江红》），对于故乡，他是一时一刻都没有忘怀的。

“日暖桑麻光似泼，风来蒿艾气如薰，使君原是此中人”（《浣溪沙》），对于异乡（徐州）的土地、异乡的人民，他也从不引为陌生。

① 元好问：《新轩乐府引》，《遗山先生文集》，《四部丛刊初编》本，上海书店，1989 年，第 379 页。

② 张耒：《东山词序》，朱孝臧辑校《彊村丛书》，上海书店，1989 年，第 353 页。

所以,从作者的本性来讲,他是一个极为深情的人。他对社会、对人生,乃至对于宇宙间的一切,都怀有深厚的感情和美好的愿望:

"燕子楼空,佳人何在?空锁楼中燕"(《永遇乐》),对于历史人物的悲欢离合,他又是如此的多情。

"持杯遥劝天边月,愿月圆无缺。持杯复更劝花枝,且愿花枝长在、莫离披"(《虞美人》),即使对于自然界中本无感情的花、月,他也祝愿它们永远美好圆满。

但是,愿望毕竟是愿望,现实却是现实。苏轼自从踏入仕途之后,就被卷入到政治斗争的漩涡中不能自拔,一次又一次的挫折和打击接连而来,这使有才有志、多情多感的苏轼几乎耗尽了毕生的精力来与之抗争。这时,词人的心表面上看来似乎变"冷"了,词人从冷酷的现实中开始感到了人生的冷意:

> 灯火钱塘三五夜,明月如霜,照见人如画。帐底吹笙香吐麝,更无一点尘随马。　　寂寞山城人老也!击鼓吹箫,却入农桑社。火冷灯稀霜露下,昏昏雪意云垂野。(《蝶恋花》)

在人间最为热闹的元宵之夜,词人却感到了自身的寂寥和萧瑟。

> 霜余已失长淮阔,空听潺潺清颍咽。佳人犹唱醉翁词,四十三年如电抹。　　草头秋露流珠滑,三五盈盈还二八。与予同是识翁(按:翁指欧阳修)人,唯有西湖波底月!(《木兰花令》)

往事像电抹一般逝去,人生如秋露一样倏忽,当年"知我""识我"者早已长眠地下,想到这里,词人的心不禁如冷月一般沉至波底!

但是,就在这些对于人生感到苦闷、无味甚至是灰心失望的词中,我们不正可以从这种感情的"反面"看到他那原先深怀着的热烈感情吗?而就是从这些失意时作的词中,我们仍还可以深切地感受到他对生活所抱有的诚挚的执著和追求之情。

所以,东坡不愧是一个"情深"的人。从这种人格、人品出发,他就造就了一种"情性之外不知有文字"、情真意深而不加假饰的词风。

词人的本心是"热"的,然而现实却常是冷酷无情的。由"热"到"冷",这就使作者不由得对生活做出一番认真和痛苦的思索。他不能久久地耐受这种"冷意",他要求得自我的慰藉和解脱,在消沉中求以自振,在失意中处以"泰然",这样,他的词中就出现了某种"哲理"的色彩。

> 暮云收尽溢清寒,银汉无声转玉盘。此身此夜不长好,明月明年何

处看？（《阳关曲》）

在万籁皆寂、月轮转空之夜，词人敏锐地感触到了“人生无常”这个千古志士无不为之烦恼的大问题。

起来携素手，庭户无声，时见疏星渡河汉。试问夜如何？夜已三更，金波淡、玉绳低转。但屈指西风几时来？又不道流年暗中偷换。（《洞仙歌》）

夜景的深沉，人心的悄愁，对于“流年偷换”的恐惧心理，无不与前首相似。

但是如果光是沉溺于此种消极的感情中不能解脱而出，那就不成其为人所熟知的东坡了。东坡之所以成为读者所钦佩、所喜爱的东坡，更在于他能够处逆境而不消沉、于苦闷中能自振。请读这样的词：

莫听穿林打叶声，何妨吟啸且徐行？竹杖芒鞋轻胜马，谁怕？一蓑烟雨任平生。　料峭春风吹酒醒，微冷，山头斜照却相迎。回首向来萧瑟处，归去，也无风雨也无晴。（《定风波》）

自然界充满风雨晴暖，人生又何尝不是如此？但不管是“风雨”还是“天晴”，不管是“穷”还是“通”，一切最终都会成为“过去”。东坡于“沙湖道中遇雨”的一番经历中悟到了人生不妨“任天而动”、穷通不必拘窒于心的“真谛”；东坡于日常生活中极为普通的一件“凡事”中，写出了极为深刻的不凡哲理。他的词就是具有着如此“思（思致也，哲理也）深”的特点的！当然，这种“思想的深度”又是打上时代和阶级的烙印的。

东坡真是一位“真正的诗人”——一般的诗人，仅仅向人们诉说着他们的“感情”，而真正的诗人却能在感情之外再给读者以“思想”。他具有着一种只有“真正的诗人”才具有的特异素质和本领。他善于从“一滴水中见太阳”“一草一木中见精神”，他能够深入到社会和自然界的各类事物的“内核”中去，倾听着它们内心的喁喁独白，了解着它们的神秘奥妙，接收着它们发出的各种“信息”和“密码”，然而，又能够用为人们所通晓和共用的语言，把它们“翻译”出来。这种素质和本领就使他在“月有阴晴圆缺”中悟见“人有悲欢离合”也是一种永恒的规律，使他在“门前流水尚能西”的现象中获得了“谁道人生无再少”（《浣溪沙》）的乐观信念。所以，别的词人只是用自己的“感情”去“拥抱”宇宙和人生，而东坡却还能用“理智”去“思考”着它们。所以，在“情深”的基础上，东坡的词又向着“思深”的方向发展着。“情深”，使他能够“入于其中”地深入到生活之中，而“思深”却又使他能够“出乎其外”地反省、体察着生活。前者使他的词风

"沉着",后者又使他的词风"飘逸"。这两种趋向就"合成"为他"情深"又兼"思深"的风格特色。

除上二者外,苏词还有着"真率"的特色。这种特色,又是与他的"为人"的风格相一致的。《悦生随钞》记载着这样一段话:

> 苏子瞻泛爱天下士,无贤不肖欢如也。尝言:"上可陪玉皇大帝,下可以陪卑田院乞儿。"子由晦默少许可,尝戒子瞻择友。子瞻曰:"眼前见天下无一个不好人,此乃一病。"①

"择友",是封建时代中十分慎重的问题。然而东坡却"泛爱天下士",在他眼中凡人皆是"好人",因此他的吃亏也往往在于此。"以口舌惹祸",这又是他弟弟再三警告于他的(同上),但他却屡改屡犯。从此二端,即可知他为人的"真率"了。

从这种为人的真率出发,他的文学理论与文学风格也表现出"辞达而已"和"行云流水"的倾向说。他"辞至于能达,则文不可胜用矣",又赞友人之文"大略如行云流水,初无定质,但常行于所当行,常止于不可不止,文理自然,姿态横生"②。这些议论就集中代表着他的论文宗旨,也正说明了他自己的诗文风格。"词为诗裔"(东坡《祭张子野文》云:"微词宛转,盖诗之裔。"③),在苏轼看来,"词"本是"诗"之"后裔",因此他的词作中自然也充满了他诗文中那种"姿态横生"和"随物赋形"(其《文说》谓:"吾文如万斛泉源,不择地而出。在平地,滔滔汩汩,虽一日千里无难,及其与山石曲折,随物赋形,而不可知。")的特色;他的词随着处境和心境的不同就表现出了多种风格:

比如,他的词中有着"恐屯田缘情绮靡,未必能过"④的"天涯何处无芳草"(《蝶恋花》)式的婉约词。

有着"我也逢场作戏莫相疑"(《南歌子》)式的"戏词"。

有着"十年生死两茫茫,不思量,自难忘"(《江城子》)的情真意挚的悼亡词。

有着当由铜琵琶、铁绰板奏唱的"大江东去"(《念奴娇》)词。

有着"从太白仙心脱化"(郑文焯《评东坡乐府》)的"明月几时有"(《水调歌头》)词。

① 丁传靖:《宋人轶事汇编》卷一二,中华书局,1981 年,第 604 页。
② 苏轼:《答谢师民书》,《苏东坡全集》上,中国书店,1986 年,第 621 页。
③ 苏轼:《祭张子野文》,《苏东坡全集》上,中国书店,1986 年,第 415 页。
④ 王士禛:《花草蒙拾》,唐圭璋编《词话丛编》,中华书局,1986 年,第 680 页。

有着“旌旆满江湖，诏发楼船万舳舻。投笔将军因笑我，迂儒，帕首腰刀是丈夫”（《南乡子》）式的“壮词”。

有着“有情风万里卷潮来，无情送潮归”（《八声甘州》）这样“突兀雪山，卷地而来”式（郑文焯评《八声甘州》语）的“豪词”。

有着《哨遍》（为米折腰）、《满庭芳》（蜗角虚名）、《无愁可解》等“理词”。

……

总之，这些词都反映了作为一个“完整”的士大夫文人的苏轼的精神世界的各个侧面，而它们的“总和”，也就构成了作者的精神世界的总貌（由于词的反映面终究不如诗那么广阔，所以严格地说，它还只能是“总貌”的主要部分），反映出了作者丰厚深广的襟怀和人格。

我们可不要小看了这种“词如其人”的词风，它来得是很不容易的。试看苏轼之前的多少词人，他们在词中所反映的，只是他们感情中的很窄小的（虽然就其反映的深度来说是很深的）部分。他们的词，“虽好却小”；即使是柳永的慢词，体制上是变“大”了，题材内容上也有一定的拓宽，但仍然只是小范围里的感情，只有到了苏轼开始，词的风格才和人的“风格”对上了号。所以，我们可以说，苏轼词的风格就是他的为人的“风格”。苏轼的为人，有多少种“风格”，那么他的词也（接近于）有多种风格——而在这些风格之中，又都贯注着“情深”“思深”和“真率”的总特色。这样，我们既可统一了前人“豪放”“韶秀”“清雄”等形容词的不同评价（因为它们都是苏词艺术风格中的某一侧面），又可以回到“以诗为词”的问题上来——苏轼的诗，“其境界皆开辟古今之所未有，天地万物，嬉笑怒骂，无不鼓舞于笔端”①；“有汗漫者，有谨严者，有丽缛者，有简淡者，翕然开阖，千变万态”②；苏轼的词当然比不上他的诗那样宽广多姿，但毕竟与他的诗有着很多的“相通”之处了。比较起前代的词人来，他的词显出了为“主体风格”所远不能囊括的“多”和“大”的品格来。所以，温、韦、晏、柳只能是“名家”，而苏轼才是“大家”。他之所以为“大”，是与他把诗中那股生活的“源头活水”引进到词中分不开的。

三、苏轼词——开辟了宋词的新天地

苏轼拓宽词题、变革词风的创新活动，具有某种划时代的重要意义。早在

① 叶燮：《原诗·内篇》，人民文学出版社，1979年，第9页。

② 刘克庄：《后村诗话·前集》卷二，中华书局，1983年，第25页。

苏轼死后不久,王灼就指出:"东坡先生非心醉于音律者,偶尔作歌,指出向上一路,新天下耳目,弄笔者始知自振。"①确实,在那倚红偎翠、搓粉滴酥的词坛上,苏词是具有"新天下耳目"之感的。它为后来的宋词开出了一个宽广的新天地。

从苏词中"豪放"一路的作品来看,它开出了南宋爱国词的先河。"西北望,射天狼"(《江城子》),"帕首腰刀是丈夫"(《南乡子》),以及"恨君不取契丹首,金甲牙旗归故乡"(《阳关曲》)之类抒发报国热情的慷慨豪迈之词,在南宋的历史土壤上便演变为"待从头收拾旧山河,朝天阙"(岳飞《满江红》)和"正好长驱,不须反顾,寻取中流誓"(陈亮《念奴娇》)式的豪壮词。

苏轼那些抒写遭受打击的抑郁心情的词,又演变为辛弃疾等壮志难酬、报国无门的悲愤词作。"上党从来天下脊,先生原是古之儒,时平不用鲁连书"(《浣溪沙》)、"故国神游,多情应笑我、早生华发"(《念奴娇》),苏词中的这种政治感慨到了辛弃疾"凭谁问,廉颇老矣,尚能饭否"(《永遇乐》)、"追往事,叹今吾,春风不染白髭须"(《鹧鸪天》)的词中,就变得更为深沉和愤慨了。

而苏词中那些咏发"人生如梦"的喟叹的词,那些以禅理入词的词,更在南宋的许多词人(包括辛弃疾等爱国词人)的作品中,得到了继承和发扬。

上面这些影响,是显而易见的。

但是,除此之外,还有一种比较隐蔽而更为深广的影响存在。那就是,苏词以它所代表的士大夫文人的艺术情趣——"雅",深刻而广泛地影响到了南宋词坛。苏轼的前边,柳词以它的"俗"而风行于社会,达到了"凡有井水饮处即能歌柳词"②的地步。苏轼出现之后,柳词的力量大为收敛,所以胡寅竟至于说自苏氏出而"'花间'为皂隶而柳氏为舆台矣"③。这话当然是夸张的,因为就在苏门学士中,秦观和黄庭坚就写了不少侧艳俚俗的词。但又正如徐度所说:"柳屯田其词虽极工致,然多杂以鄙语,故流俗人尤喜道之。其后欧、苏诸公继出,文格一变,至为歌词,体制高雅。柳氏之作,殆不复称于文士之口。"④柳词的"俗"的影响在苏词的排挤之下(当然还有其他方面的因素)终于渐渐地退缩了。所以汪莘说"余于词所爱者三人焉",这三人即是苏轼、朱敦儒、辛弃疾,他的着眼点即

① 王灼:《碧鸡漫志》卷二,唐圭璋编《词话丛编》,中华书局,1986年,第85页。

② 叶梦得:《避暑录话》卷下,《四库全书》第863册,上海古籍出版社,1987年,第674页。

③ 胡寅:《酒边集序》,吴讷编《百家词》,商务印书馆,1940年,第595页。

④ 徐度:《却扫编》卷下,《四库全书》第863册,上海古籍出版社,1987年,第788页。

在于三人的“雅”(反“淫”戒“俗”)上①。

从南宋词坛上歌咏山水之趣和隐逸之乐的词作大量滋生的事实中,我们便可清楚地看到苏词的“雅”所生发出来的深厚影响。这些词,往往以其“气体”之“妙”、风格之“清”而在宋词营垒中别树一帜,其源也不能不上溯到苏词头上。

① 汪莘:《方壶诗余自序》,朱孝臧辑校《彊村丛书》,上海书店,1989年,第900页。

第十一章 “以文为词”

——对“主体风格”的进一步变革

苏轼变革词的“主体风格”,初步地具有了“开宗立派”的意义。但是更大的变革还在后面,那就是词坛的“巨龙”辛弃疾终于以他“以文为词”的豪放风格狂飙突进地卷入词的溪流,使它出现了前所未有的壮波奇澜。南宋的爱国词人刘辰翁,一反前人重“婉约”的词论传统,高度赞美了这种变革;“词至东坡,倾荡磊落,如诗如文,如天地奇观,岂与群儿雌声学语较工拙;然犹未至用经用史、牵雅颂入郑卫也。自辛稼轩前,用一语如此者必且掩口。及稼轩横竖烂漫,乃如禅宗棒喝,头头皆是;又如悲笳万鼓,平生不平事并卮酒,但觉宾主酣畅,谈不暇顾,词至此亦足矣。”①“横竖烂漫”“谈不暇顾”的风格,正是我们要说的“以文为词”。

一、“以文为词”——词体的一种“适应性调整”

清人赵翼《论诗》诗有云:“诗文随世运,无日不趋新。”词中继苏轼的“以诗为词”后,到辛弃疾手里出现了“以文为词”的现象,实在是它适应于时代和作者的需要的一种“调整”——不做这种调整,词就不能担当起历史赋予它的使命,也就适应不了某些作者抒情言志的需要。

我们先看下面这两首词:

枕霞红,钗燕坠,花露殢云髻。粉淡香残,犹带宿酲睡。画檐红日三竿,慵窥鸾镒,长是倚、春风无力。　　又经岁,玉腕条脱轻松,羞郎见憔悴。何事秋来,容易又分袂?可堪疏雨梧桐,空阶络纬,背人处、偷弹珠泪。(《祝英台近》)

梦绕神州路。怅秋风、连营画角,故宫离黍。底事昆仑倾砥柱,九地黄流乱注?聚万落千村狐兔。天意从来高难问,况人情老易悲难诉!

① 刘辰翁:《辛稼轩词序》,邓广铭笺注《稼轩词编年笺注》,上海古籍出版社,1978年,第564页。

更南浦、送君去。　凉生岸柳催残暑。耿斜河，疏星淡月，断云微度。万里江山知何处？回首对床夜语。雁不到，书成谁与？目尽青天怀今古，肯儿曹恩怨相尔汝？举大白，听金缕。(《贺新郎》)

前一首词，体现着典型的“婉约”词风；而后一首，则明显地带有着“以文为词”的特色。要不是我们已经知道它们是同出于张元干之手，简直不会相信这两首词是一个人的手笔！这里就有一个问题存在着——那就是，当词体面临着抒情言志的不同需要时，是会发挥自己的“弹性”作用而做某些适应性的调整的。词体本是一种“纯粹”的抒情文体，但为适应时代和作者的某些需要，它也可以出现“以文为词”的现象，以提高自己的表达功能。这种情况在辛词中尤为明显。下面先来说“时代”对辛词的影响：

“夜半狂歌悲风起，听铮铮、阵马檐间铁。南共北，正分裂！”(《贺新郎》)辛弃疾生活在一个风云变幻、国事多艰的年代里。在他诞生(1140)的13年前，金人攻占汴京，“东及沂、密，西至曹、洮、兖、郓，南至陈、蔡、汝、颖，北至河朔，皆被其害。杀人如刈麻，臭闻数百里。淮、泗之间亦荡然矣”①。在他22岁时，金主完颜亮大举南侵，“四十三年，望中犹记，烽火扬州路”(《永遇乐》)。直到晚年，辛弃疾还对这次战役记忆犹新；1204年至1205年，辛弃疾以六十五岁的高龄出任镇江知府，在几年之后就发生了“开禧北伐”。可以说，辛弃疾的一生是在民族矛盾十分尖锐、战火硝烟不断燃漫的年代中度过的。随着对外矛盾的激化，南宋统治集团内主战与主和、爱国与投降的斗争也连绵不断。这样的时代，是充满着铁和血、泪和恨的时代，是交织着勇敢和怯懦、反抗和屈服、正义和无耻、高洁和肮脏的斗争的时代。这是一个“有着多少话要说”的时代！

再看“作者”的需要。辛弃疾是一个有个性、有才气、有雄心、有韬略的人才。但是，他虽有报国抱负，却终于壮志难酬，一生多遭讪谤，两度被迫隐居。他有满腹的牢骚，满腹的辛酸和一肚皮的“不合时宜”。这些愤慨犹如骨鲠在喉，不得不吐；而吐出来的，却又是一堆滋味十分复杂的东西。他在戏以“辛”字为题的一首《永遇乐》词中说：“得姓何年？细参‘辛’字，一笑君听取：艰辛做就，悲辛滋味，总是辛酸辛苦。更十分、向人辛辣，椒桂捣残堪吐。”这里的一大堆“辛”字(“艰辛”“悲辛”“辛酸”“辛苦”“辛辣”)，正是他的身世经历和性格脾气的“夫子自道”。刘熙载曾说：

辛稼轩风节建竖，卓绝一时，惜每有成功，辄为议者所沮。观其

① 李心传：《建炎以来系年要录》卷四，中华书局，1988年，第87页。

《踏莎行》(和赵兴国)有云:"吾道悠悠,忧心悄悄。"其志与遇概可知矣。《宋史》本传称其"雅善长短句,悲壮激烈",又称"谢校勘过其墓旁,有疾声大呼于堂上,若鸣其不平"。然则其长短句之作,固莫非假之鸣者哉?①

词正是处于大时代中的这一位爱国志士"假之鸣者"的工具,它怎么还能囿于"主体风格"的圈子里呢?它必得变革——而且是更大程度上的变革(比起苏轼的变革而言),否则,它就跟不上时代的步伐,满足不了作者的需求。

请看一词为例:

刚者不坚牢,柔底难摧挫。不信张开口角看,舌在牙先堕。　　已阙两边厢,又豁中间个。说与儿曹莫笑翁,狗窦从君过。(《卜算子》)

从牙齿的掉落,说出个"刚易摧,柔难挫"的道理来,暗寓了他在《淳熙己亥论盗贼札子》一文中所说的"生平刚拙自信,年来不为众人所容,顾恐言未脱口而祸不旋踵"②的无穷感慨,这种词既是"词",又是"论"——论文也。所以潘牥说:"东坡为词诗,稼轩为词论。"③此类以词写"论"的功能,岂是以前的"主体风格"所能胜任的!

再如:

卮酒向人时,和气先倾倒。最要然然可可,万事称好。滑稽坐上,更对鸱夷笑。寒与热,总随人,甘国老。　　少年使酒,出口人嫌拗。此个和合道理,近日方晓:学人言语,未会十分巧。看他们,得人怜,秦吉了。(《千年调》)

借给小阁取名为"卮言",巧妙发挥,勾勒了那辈"应声虫"(附和当局主和政策者)们的可憎可厌的嘴脸,嬉笑怒骂,皆含鞭挞。这种"漫画"式的笔法,也是以前词中所见不到而只有在东方朔的"滑稽"文字中才依稀可见的。

刘熙载曾把苏轼的词比作"无意不可入,无事不可言"④的老杜诗,我们说过此话难免有夸张之处——但若移作对辛词的评价,那就比较恰切了。你看,辛弃疾上面的那些词中所写的,非但是之前的词中所未见到过的,即使是"诗"中

① 刘熙载:《艺概》卷四,上海古籍出版社,1978年,第110页。

② 邓广铭辑校:《辛稼轩诗文钞存》,古典文学出版社,1957年,第50页。

③ 陈模:《论稼轩词》,邓广铭笺注《稼轩词编年笺注》,上海古籍出版社,1978年,第563页。

④ 同①,第108页。

又岂多见，只有在散文中才有此等“境界”！所以，辛词中那种“用经用史，牵雅颂入郑卫”（刘辰翁《辛稼轩词序》）的写法，不仅仅是一种语言技巧方面的变革，而首先是由广阔、复杂的生活内容（时代的风云，个人的际遇）所要求于它的。文学如同一曲清溪一样，它是能够“随物赋形”的（当然是有限度的）；在这样的环境中，它就不得不相应地发生变化而呈现出与传统的“主体风格”大不相同的形态继续前进了。

二、“以文为词”——苏轼词风的光大与发扬

刘辰翁《辛稼轩词序》还说过：“嗟乎，以稼轩为坡公少子，岂不痛快灵杰可爱哉。”①这个以辛比为苏之“少子”的比喻相当有趣，它说明了辛弃疾对于苏轼词风的继承与发展。

说起来，辛词对苏词的继承似乎是走过了一条“之”字形的道路的。具体地说，苏轼词风先由南而北，然后再由辛自北而南地“带”了回来。经过两番“移植”，苏轼的“以诗为词”就进一步发展成为了“以文为词”。

辛弃疾最早的作品，据邓广铭先生《稼轩词编年笺注》考证，是他的《水调歌头·寿赵漕介庵》②。此词作于他南归后六年，从词中“要挽银河仙浪，西北洗胡沙”等句子来看，已是相当成熟的“豪放”之作了。由此可以推测，他的这种词风不是南归后突然形成的，而是早在归宋以前就开始萌发的。陈模《论稼轩词》中说：“蔡光工于词，靖康间陷于虏中。辛幼安尝以诗词参请之，蔡曰：‘子之诗则未也，他日当以词名家’。”③蔡光为何人，已无可考。但从他“靖康间陷于虏中”及辛弃疾曾以诗词求教于他来看，定是由北宋入金的文人。其时辛即能诗词，可见他在金国已经从事过词的创作。而金源的词坛上盛行的却正是苏轼的词风，这观之于金代作家元好问编的《中州乐府》就可明白。金国本是一个文化落后的国家，它的文坛盟主最初都是由北宋入金的文人所担任的。像当时号称“吴蔡”的吴激、蔡松年，都与苏轼有着亲属、门生、故旧之谊。吴激为苏轼好友米芾之婿，而蔡松年作《念奴娇》（《离骚》痛饮），就是步的东坡原韵。这些文人，由于由南入北，身遭伤乱，内心自多嵚崎磊落、郁塞不平之情，所以便把“苏学”带到了金国。而苏轼词风在北方土壤上也就演变为“深裘大马”的豪壮词

① 邓广铭笺注：《稼轩词编年笺注》，上海古籍出版社，1978 年，第 564 页。
② 同①，第 8 页。
③ 同①，第 563 页。

风。比如，拿蔡松年和东坡韵的名作《念奴娇》来看：

> 《离骚》痛饮，笑人生佳处，能消何物？夷甫当年成底事？空想岩岩玉壁。五亩苍烟，一邱寒碧，岁晚忧风雪。西州扶病，至今悲感前杰。
>
> 我梦卜筑萧闲，觉来岩桂，十里幽香发。嵬隗胸中冰与炭，一酌春风都灭。胜日神交，悠然得意，遗恨无毫发。古今同致，永和徒记年月。

况周颐曾说："南宋佳词能浑，至金源佳词近刚方。宋词深致能入骨，如清真、梦窗是。金词清劲能树骨，如萧闲、遁庵是。南人得江山之秀，北人以冰霜为清。"①蔡松年（萧闲老人）此词就确实显现出了"清劲"的特色，而它正是苏轼词风在北方土地上的发扬。

再如金主完颜亮的《鹊桥仙·待月》：

> 停杯不举，停歌不发，等候银蟾出海。不知何处片云来，做许大通天障碍。　虬髯撚断，星眸睁裂，唯恨剑锋不快。一挥截断紫云腰，仔细看嫦娥体态！

《词苑丛谈》卷三评此词"出语崛强，真是咄咄逼人"②，它体现了北方词坛上的一股霸蛮之气。

辛弃疾在金国的土壤上度过了他的幼年并进入了青年。他在这一段时间内所接受的文化教育，为他一生的创作打下了深厚的基础。所以金源豪壮词风的熏染，肯定是造就他日后的"以文为词"的重要原因。这里不妨也举他一首咏月的词作来看：

> 一轮秋影转金波，飞镜又重磨。把酒问姮娥，被白发欺人奈何？
>
> 乘风好去，长空万里，直下看山河。斫去桂婆娑，人道是清光更多！（《太常引》）

你看，完颜亮要拔剑斩云，而辛弃疾要执斧斫桂，二者的豪气壮情有多相似！

刘辰翁说："斯人（指辛）北来，喑呜鸷悍，欲何为者？而谗摈销沮，白发横生，亦如刘越石。陷绝失望，花时中酒，托之陶写，淋漓慷慨，此意何可复道？而或者以流连光景、志业之终恨之，岂可向痴人说梦哉？"③如果说，苏轼的"以诗

① 况周颐：《蕙风词话》卷三，《蕙风词话　人间词话》，人民文学出版社，1960年，第57页。

② 徐釚：《词苑丛谈》卷三，上海古籍出版社，1981年，第59页。

③ 刘辰翁：《辛稼轩词序》，邓广铭笺注《稼轩词编年笺注》，上海古籍出版社，1978年，第564页。

为词”本身仅开创了“豪放”风格之始(因为苏词中真称得上是“豪放”的作品仅几首)的话,那么它到了金国的土地上才真正演为“深裘大马”①之风;而辛弃疾自北入南,一腔忠愤无处发泄,尽于词中“托之陶写”,其词风就比之苏轼的“以诗为词”更加来得“淋漓慷慨”了。这样,词体中一种更为解放、更为自由的风格——“以文为词”的作风就在苏轼词风的基础上发展起来了。

而正在南宋时期,词乐已渐散失,词就更少了音乐这一层束缚。辛弃疾“果何意于歌词哉,直陶写之具耳。故其词之为体,如张乐洞庭之野,无首无尾,不主故常;又如春云浮空,卷舒起灭,随所变态,无非可观。无他,意不在于作词,而其气之所充,蓄之所发,词自不能不尔也。”②范开《稼轩词序》的这一段话,很中肯地说出了他老师的词学观点(不以之为“歌词”,而以之为陶写情志的文学工具)、词的风格(“不主故常”“随所变态”,意即不拘一格,但求“辞能达意”)。除了这两点之外,他又进一步推究其源:“器大者声必闳,志高者意必远。知夫声与意之本原,则知歌词之所自出,是盖不容有意于作为”,“世言稼轩居士辛公之词似东坡,非有意于学坡也,自其发于所蓄者言之,则不能不坡若也”——也就是说,辛之似苏,并非仅仅是一个“学”的问题,实乃两人都是“器大”“志高”之人,所以发而为词,必然都会“声闳”“意远”。这就更深入地触着了辛弃疾进一步解放词体的本质所在了;归根到底,苏轼的“以诗为词”和辛弃疾的“以文为词”,都是由词的思想内容所决定的。而原先那种诞生于、适应于“小天地”的“主体风格”自然容纳不了这种“器大”“志高”的内容了,它的被进一步突破和变革就成了带有必然性的事了。

三、“以文为词”——对于“主体风格”的进一步变革

“以文为词”,并不能概括辛弃疾的全部风格(这正如“以诗为词”并不能概括苏词的全部风格一样)。但是,我们在这里想做的,并不在于讨论辛词的全部风格,而在于着重研究辛词提供给词苑的“新东西”。这种“以文为词”的作风无疑正是他能在传统的“主体风格”之外独树一帜的新特色。

辛词中有诸多的风格特色。他有委婉含蓄之作,也有轻快流利之作,这些,都构成了他之所以成为比苏轼更“大”的“大家”的各个侧面。但这些风格,我们

① 况周颐:《蕙风词话》卷三,《蕙风词话　人间词话》,人民文学出版社,1960 年,第 57 页。
② 范开:《稼轩词序》,邓广铭笺注《稼轩词编年笺注》,上海古籍出版社,1978 年,第 561 页。

都在前人词中见到(或依稀见到)过,故不去谈它。我们要谈的是他对“主体风格”发动进一步变革的“以文为词”。这种“以文为词”的特色,归结起来,就在于进一步地解放了词体。

首先,它大大地改变了“词为艳科”的“艳”字。

《词苑丛谈》卷四载周梨庄语云:“辛稼轩当弱宋末造,负管乐之才,不能尽展其用,一腔忠愤,无处发泄,观其与陈同父抵掌谈论,是何等人物!故其悲歌慷慨抑郁无聊之气,一寄之于词。今乃欲与搔头傅粉者比,是岂知稼轩者!”①试观辛词:

> 老大那堪说。似而今,元龙臭味,孟公瓜葛。我病君来高歌饮,惊散楼头飞雪。笑富贵,千钧如发。硬语盘空谁来听?记当时,只有西窗月。重进酒,换鸣瑟。　　事无两样人心别。问渠侬,神州毕竟,几番离合?汗血盐车无人顾,千里空收骏骨。正目断,关河路绝。我最怜君中宵舞,道“男儿到死心如铁”。看试手,补天裂。(《贺新郎》)

其中有的是“硬语盘空”,有的是慷慨悲歌,何尝有一点儿“妮子态”②,有一点儿妖艳气?

又如:

> 甚矣吾衰矣!怅平生,交游零落,只今余几?白发空垂三千丈,一笑人间万事,问何物、能令公喜?我见青山多妩媚,料青山、见我应如是。情与貌,略相似。　　一尊搔首东窗里,想渊明,停云诗就,此时风味。江左沉酣求名者,岂识浊醪妙理?回首叫、云飞风起。不恨古人吾不见,恨古人不见吾狂耳。知我者,二三子。(《贺新郎》)

这是稼轩平时引以为得意之作(岳珂《桯史》记其招待宾客,“必命侍妓歌其所作,特好歌《贺新郎》一词”)③。看他之与青山对语,其意气是何等豪爽,胸襟是何等阔大,“岂与群儿雌声学语较工拙”(刘辰翁《辛稼轩词序》)?

甚至于像下面的题材,辛弃疾都可以把它写入词中:

> 几个相知可喜,才厮见、说山说水。颠倒烂熟只这是。怎奈向,一回说,一回美。　　有个尖新底,说底话,非名即利。说得口干罪过你,

① 徐钪:《词苑丛谈》卷四,上海古籍出版社,1981年,第79页。
② 毛晋:《稼轩词跋》,《宋六十名家词》,上海古籍出版社,1989年,第175页。
③ 岳珂:《桯史》,《笔记小说大观》第8册,江苏广陵古籍刻印社,1983年,第314页。

且不罪；俺略起，去洗耳。(《夜游宫》)

吾衰矣，须富贵何时。富贵是危机。暂忘设醴抽身去，未曾得米弃官归。穆先生，陶县令，是吾师。　　待葺个，园儿名“佚老”。更作个，亭儿名“亦好”，闲饮酒，醉吟诗。千年田换八百主，一人口插几张匙。便休休，更说甚，是和非。(《最高楼》)

一是讨厌俗客的谈名说利，一是斥责犬子的欲置田产而反对归隐，都是借题发挥地批判着时代的“不正之风”。

所以，“词家争斗秾纤，而稼轩率多抚时感事之作，磊砟英多”①，多的是时代的风云之气和作者的豪杰之志；“艳”字已降到了甚为次要的部位。

其次，辛弃疾在词中灌注入了一股“沉着痛快”之“气”，改变了传统的“风情婉娈”的风格。

陈模《论稼轩词》曾把辛词和周邦彦、姜夔的词做过一番比较：“近时作词者只说周美成、姜尧章等，而以稼轩词为豪迈，非词家本色。潘紫岩牥云：‘东坡为词诗，稼轩为词论’，此说固当。盖曲者，‘曲’也，固当以委曲为体；然徒狃于风情婉娈，则亦不足以启人意。回视稼轩所作，岂非万古一清风也哉！”②周、姜词“委曲”“婉娈”而辛词“豪迈”，这是二者在外观上的风格差别；而究其内在原因则在于：辛词改变了传统词的以“情”作“宛转回互”之势(《乐府指迷》云：“又有直为情赋曲者，尤宜宛转回互可也。”③)的写法，而以一股“沉着痛快”(周济《宋四家词选目录序论》④评辛词之语)之“气”灌注于词内，这就显出了“以文为词”的特色。

“文以气为主”，这是中国古代散文的一个显著特点。而这种“以气为主”的特点，正是婉约柔软的词中所缺乏的，如胡仔曾批评秦观词“虽婉美，然格力失之弱”⑤，即可证此点。而苏轼的“以诗为词”，就开始了以“气”入词，胡寅即称之为“逸怀浩气，超然乎尘垢之外”⑥；但苏词的一些追随者们，由于襟怀、才力方面的原因，却都未能在“气”和“力”(它是随“气”而来的)上跟上东坡(如《碧

① 毛晋：《稼轩词跋》，《宋六十名家词》，上海古籍出版社，1989 年，第 175 页。

② 陈模：《论稼轩词》，邓广铭笺注《稼轩词编年笺注》，上海古籍出版社，1978 年，第 563 页。

③ 张炎著、夏承焘校注，沈义父著、蔡嵩云笺释：《词源注　乐府指迷笺释》，人民文学出版社，1963 年，第 71 页。

④ 周济：《宋四家词选》，古典文学出版社，1958 年，第 2 页。

⑤ 胡仔：《苕溪渔隐丛话·后集》卷三三，人民文学出版社，1962 年，第 253 页。

⑥ 胡寅：《酒边集序》，吴讷编《百家词》，商务印书馆，1940 年，第 595 页。

鸡漫志》卷二说:“苏在庭、石耆翁入东坡之门矣,短气局步,不能进也”,“谢无逸字字求工,不敢辄下一语,如刻削通草人,都无筋骨,要是力不足”①),唯有晁补之稍能继之(《艺概》卷四谓:“东坡词,在当时鲜与同调,不独秦七、黄九,别成两派也。晁无咎坦易之怀,磊落之气,差堪骖靳。”②)。到了南宋烽火遍野的土壤上诞生的爱国词篇中,才开始勃涌出凛然的“浩然正气”。如张元干词,“慷慨悲凉,数百年后尚想其抑塞磊落之气”③。张孝祥词,其“自在如神之笔,迈往凌云之气,犹可以想见也”④。而辛弃疾词中那般龙腾虎跃之气、慷慨排奡之气、悲凉抑郁之气和沉着痛快之气,则既是他的人品在词中的反映,又是继承和发扬了苏轼及前代爱国词人的豪放之“气”的结果。

辛弃疾平生以气节自负、功业自许,是一个虎虎有生气的人物。他的好友陈亮描绘他的形象是:“眼光有棱,足以照映一世之豪。背胛有负,足以荷载四国之重。”⑤刘过则说他:“精神此老健于虎,红颊白须双眼青。未可瓢泉便归去,要将九鼎重朝廷。”⑥连素少许可人的理学先生们都赞叹他有“果毅之资,刚大之气,真一世之雄也”⑦。这种人品襟怀方面的“刚大之气”,翻于中而彪于外,这就使他的词显得精力弥满、气势排宕(这也就是范开《稼轩词序》所说的“器大者声必闳”)。如果我们细细体会他那些富有“以文为词”特色的词作,便明显会感到其中流溢着一股充然、沛然的气势。正是在这股“气”的鼓动之下,它的意象就出现了活力,使得静物能动、死物能生:

> 青山欲共高人语,联翩万马来无数。(《菩萨蛮》)
> 青山意气峥嵘,似为我归来妩媚生。(《沁园春》)
> 昨夜松边醉倒,问松:“我醉何如?”只疑松动要来扶,以手推松曰:“去!”(《西江月》)

在这股“气”的鼓动之下,它就能像熔炉一样,熔解千语万汇来铸成不同色彩,不同“硬度”的词境:

① 王灼:《碧鸡漫志》卷二,唐圭璋编《词话丛编》,中华书局,1986年,第83页。
② 刘熙载:《艺概》,上海古籍出版社,1978年,第109页。
③ 永瑢,等:《四库全书总目》卷一九八,中华书局,1965年,第1814页。
④ 陈应行:《于湖词序》,《景刊宋金元明本词》,上海古籍出版社,1989年,第728页。
⑤ 陈亮:《辛稼轩画像赞》,《陈亮集》卷一〇,中华书局,1974年,第111页。
⑥ 刘过:《呈稼轩》,邓广铭辑校《辛稼轩诗文钞存》,古典文学出版社,1957年,第98页。
⑦ 黄干:《与稼轩侍郎书》,《勉斋集》卷四,《四库全书》第1168册,上海古籍出版社,1987年,第53页。

蜗角斗争，左触右蛮，一战连千里。君试思，方寸此心微。总虚空并包无际。喻此理，何言泰山毫末，从来天地一稊米。嗟小大相形，鸠鹏自乐，之二虫又何知？记跖行仁义孔丘非；更殇乐长年老彭悲。火鼠论寒，冰蚕语热，定谁同异……（《哨遍》）

……佳人重约还轻别。怅清江、天寒不渡，水深冰合。路断车轮生四角，此地行人销骨。问谁使君来愁绝？铸就而今相思错，料当初费尽人间铁。长夜笛，莫吹裂。（《贺新郎》）

……争先见面重重，看爽气朝来三数峰。似谢家子弟，衣冠磊落；相如庭户，车骑雍容。我觉其间，雄深雅健，如对文章太史公。新堤路，问偃湖何日，烟水濛濛。（《沁园春》）

吴衡照说："辛稼轩别开天地，横绝古今，论、孟、诗小序、左氏春秋、南华、离骚、史、汉、世说、选学、李杜诗，拉杂运用，弥见其笔力之峭。"①而在此之前，"用一语如此者必且掩口"②；如今靠了这股"气"的"运化"，却能镕解经史、陶冶万卷，使来源于多方面的语汇统统"为我所用"，在拉杂斑驳中显出"统一"之妙。

在这股"气"的鼓动之下，词不仅能抒情、写景，而且能叙事、议论：

醉里挑灯看剑，梦回吹角连营。八百里分麾下炙，五十弦翻塞外声，沙场秋点兵。　　马作的卢飞快，弓如霹雳弦惊。了却君王天下事，赢得生前身后名——可怜白发生！（《破阵子》）

况怨无小大，生于所爱；物无美恶，过则为灾。（《沁园春》）

盗跖倘名丘，孔子还名跖。跖圣丘愚直到今，美恶无真实。（《卜算子》）

前已说过，词的"主体风格"的表现之一即是它的"纯情性"，它专以抒情（并且是"纯粹"的情）作为自己的"专业"。而这种"纯情性"现在却在辛词中被很大程度地冲决掉了。

在这股"气"的鼓动之下，它可以把散文的章法、散文的句式运化入词中（亦即陈模《论稼轩词》所说的"把古文手段寓之于词"）。试观：

凤尾龙香拨。自开元霓裳曲罢，几番风月？最苦浔阳江头客，画舸

① 吴衡照：《莲子居词话》卷一，唐圭璋编《词话丛编》，中华书局，1986年，第2408页。

② 刘辰翁：《辛稼轩词序》，邓广铭笺注《稼轩词编年笺注》，上海古籍出版社，1978年，第564页。

亭亭待发。记出塞、黄云堆雪。马上离愁三万里，望昭阳、宫殿孤鸿没。弦解语，恨难说。　　辽阳驿使音尘绝。琐窗寒、轻拢慢撚，泪珠盈睫。推手含情还却手，一抹凉州哀彻。千古事，云飞烟灭。贺老定场无消息，想沉香亭北繁华歇。弹到此，为呜咽。（《贺新郎》）

梁启超评此词云："琵琶故事，网罗胪列，乱杂无章，殆如一团野草；惟其大气足以包举之，故不觉粗率。非其人，勿学步也。"①再如：

带湖吾甚爱，千丈翠奁开。先生杖屦无事，一日走千回。凡我同盟鸥鹭，今日既盟之后，来往莫相猜。白鹤在何处？尝试与偕来。　　破青萍，排翠藻，立苍苔。窥鱼笑汝痴计，不解举吾杯。废沼荒丘畴昔，明月清风此夜，人世几欢哀？东岸绿阴少，杨柳更须栽。（《水调歌头》）

陈鹄评曰："近日辛幼安作长短句，有用经语者，《水调歌头》云：'凡我同盟鸥鹭，今日既盟之后，来往莫相猜'，亦为新奇。"②

总之，辛弃疾的词中，呈现出一种与传统的"主体风格"大不相同的风貌，这是与他的"运气入词"分不开的。所以，如果要概括辛弃疾这一类作品的风格时，可以用"真气内充""以文为词"八个字来描述，而后四个字又正是前四个字的必然产物。谈到这里，我们不妨简单回顾一下我国古代文论中的"养气说"。早在战国时代，孟子就提出了"我善养吾浩然之气"的著名论点（《孟子·公孙丑上》）。后来，曹丕又把它引入到文论中来，说："文以气为主。"（《典论·论文》）这种以"气"论文的理论发展到了后代，就大致形成了两方面的内容。一是认为作者本身在人格修养方面应当"养气""蓄气"或"移气"，而这又会深刻影响到他作品的"文气"。如苏辙《上枢密韩太尉书》中所说"太史公行天下，周览四海名山大川，与燕、赵豪俊交游，故其文疏荡，颇有奇气"③，即是一例。二是认为作品内部的气势和语言之间也存在着"水与浮物"一样的关系，如韩愈就说过："气，水也；言，浮物也。水大而物之浮者大小毕浮。气之与言犹是也，气盛则言之短长与声之高下者皆宜。"④拿这两种情况来看辛弃疾和他的词，颇有可类比

① 梁令娴：《艺蘅馆词选》，中华书局，1935年，第91页。

② 陈鹄：《耆旧续闻》卷八，周光培编《宋代笔记小说》第14册，河北教育出版社，1995年，第385页。

③ 苏辙：《上枢密韩太尉书》，《栾城集》卷二二，《四库全书》第1112册，上海古籍出版社，1987年，第236页。

④ 韩愈：《答李翊书》，马其昶校注《韩昌黎文集校注》，上海古籍出版社，1986年，第169页。

之处。首先,辛弃疾本身就是一个"豪俊"之士,他一生阅历深厚,气概非凡。举凡他词中赞道过的"豪气"(元龙豪气)、"才气"(刘郎才气),以及猛将斗士所具有的"如虎生气"("气吞万里如虎"),他本人都兼而有之。身之所蓄,就不能不贯注、充溢到其作品中去。所以范开就说:"(辛词)随所变态,无非可观。无他,意不在于作词,而其气之所充、蓄之所发,词自不能不尔也。"①其次,由于词中的气势足、气势强,所以它能够载得起千种语汇、百种典故,所以它能打破传统的句式和章法,所以它能呈现出豪放的风格和遒劲的力度——张炎曾贬低它为"豪气词也"(《词源》),这恰巧说出了它富有气势的特色。照一般人看来,词当以婉约为正宗,因而这个"气"字乃是词家之大忌。(即如刘克庄这样的爱国词人,也在《跋刘澜乐府》中说过:"词当叶律,使雪儿、春莺辈可歌,不可以气为色。"②)而辛词,却大胆地打破了这个戒律,运气入词,从而连带出现了"以文为词"的风格特色。如欲究其本源,"以文为词"还属"第二性"的东西,它乃是"第一性"的"运气入词""真气内充"所带来的必然结果。只有从这样的认识出发,我们才会较深地理解"以文为词"的带有本质性的内涵,否则就易流入皮相之谈。

词的发展,到了辛弃疾时,出现了前所未有的奇观。刘克庄极高地评价辛词:"世之知公者,诵其诗词,而以前辈谓有井水处皆倡柳词,余谓耆卿直留连光景、歌咏太平尔。公所作,大声鞺鞳,小声铿鍧,横绝六合,扫空万古,自有苍生以来所无。"③这虽是主要评其思想价值,然而从其"大声鞺鞳、小声铿鍧"来看,也同时道出了它在艺术风格上"以文为词"的特色——这种"掷地有金石声"的清脆巨大之音,是只有在散文中才能听到的。词的"主体风格"至此,自然遭到了更大程度上的变革。

辛弃疾的身边和身后,出现了一个可以称作"辛派词人"的作家群。他们的词中,有着相同的爱国感情的内容,也有着与辛词"以文为词"相近似的艺术风格。其中较为突出的可以举出陈亮来。

陈亮,是一个有"血性"的爱国之士,史书称他"才气超迈,喜谈兵,议论风

① 范开:《稼轩词序》,邓广铭笺注《稼轩词编年笺注》,上海古籍出版社,1978 年,第 561 页。

② 刘克庄:《跋刘澜乐府》,金启华,等编《唐宋词集序跋汇编》,江苏教育出版社,1990 年,第 281 页。

③ 刘克庄:《辛稼轩集序》,金启华,等编《唐宋词集序跋汇编》,江苏教育出版社,1990 年,第 173 页。

生，下笔数千言立就”①。他的《上孝宗皇帝三书》，大气磅礴，义正词严，是南宋爱国文献中的著名篇章。同样地，在他的一些爱国词中，也贯穿了他散文中的这股爱国激情和刚正之气。如《水调歌头·送章德茂大卿使虏》：

不见南师久，谩说北群空。当场只手，毕竟还我万夫雄。自笑堂堂汉使，得似洋洋河水，依旧只流东。且复穹庐拜，会向藁街逢。　尧之都，舜之壤，禹之封，于中应有，一个半个耻臣戎。万里腥膻如许，千古英灵安在？磅礴几时通？胡运何须问，赫日自当中！

姜书阁先生《陈亮龙川词笺注》即曾以其上孝宗皇帝的三书对其加以笺释。如“不见南师久”和“尧之都……于中应有，一个半个耻臣戎”几句，引其书笺曰：“南师之不出，于今几年矣。河洛腥膻，而天地之正气郁而不得泄。岂以堂堂中国，而五十年之间无一豪杰之能自奋哉！其势必有时而发泄矣。”如“万里腥膻如许”，引其书笺曰：“天地之正气郁遏于腥膻而久不得骋，必将有所发泄，而天命人心固非偏方之所可久系也。”如“胡运何须问，赫日自当中”，引其书笺曰：“刘渊、石勒、石虎、苻坚，皆夷虏之雄，曾不能以终其世。而阿骨打之兴，于今仅八十年，中原涂炭又六十年，父子相夷之祸具在眼中，而方畏其为南方之患，岂不误哉！”（又引：“长江大河，一泻千里，苟得非常之人以共之，则电扫六合，非难致之事也。”）②所以陈廷焯曾说陈亮此词“精警奇肆，几于握拳透爪，可作中兴露布读；就词论，则非高调”③。其论“可作中兴露布（按：露布为古时军事檄文）读”，明白地说出了它的“以文为词”的特色；而其论非词中“高调”则又指出了它的背离词的“主体风格”之远（对于这一点，我们应该表示“有保留的同意”）。

陈亮的好朋友叶适有记载陈亮的一句话——每当陈亮作一长短句（当然是指那些有爱国抱负的词），就辄自叹曰：“平生经济之怀，略已陈矣。”④从这件事来看，词的“地位”到了辛派爱国词人眼中，已经“大尊”了。词由原先的“小技”变成了政治斗争的一种文学工具，它的功能和风格、技巧怎能还囿于旧传统内而不变呢？

① 脱脱，等：《宋史》卷四三六，中华书局，1985 年，第 12925 页。
② 姜书阁：《陈亮龙川词笺注》，人民文学出版社，1980 年，第 29－32 页。
③ 陈廷焯：《白雨斋词话》卷一，人民文学出版社，1959 年，第 21 页。
④ 叶适：《书龙川集后》，《水心集》卷二九，姜书阁《陈亮龙川词笺注》，人民文学出版社，1980 年，第 172 页。

四、宋亡前后的“政治批判词”——“以文为词”的新发展

辛词乃“词中之龙也,气魄极雄大”①;和传统的“翡翠兰苕”式的作品来比,它是一种“碧海鲸鱼”式的巨制,无论从其思想内容还是艺术风格来看,都呈现出一种“大”的特征。司空图《诗品》评论唐诗中有一种“雄浑”的风格:“大用外腓,真体内充。返虚入浑,积健为雄。具备万物,横绝太空。荒荒油云,寥寥长风……”②这种风格在唐宋词坛上,只有辛弃疾的那些“以文为词”的作品才能与之相符。如果说,晚唐五代的“主体风格”属于“小而好”的类型的话,那么,它就属于“大而好”的类型了。这表明,词的发展终于走出了“小词”的胡同而来到了一条有阳光、有巨响的大道上来了。

“词至南宋始极其工,至宋季而始极其变。”③在时代的激荡推动下,体现“主体风格”的“雅词”不得不朝着隐晦曲折、暗寓寄托的方向发展;而体现“以文为词”的爱国词作却又朝着更加直露、更加雄肆的方向发展,这也可以说是宋亡前后词风的“两极分化”吧。

一方面,宋末的“雅词”变得雅而又雅,隐约吞吐,如周密、王沂孙、张炎等人愤于元僧杨琏真伽发宋陵而作的《乐府补题》诸作,寄托遥深却又晦涩难懂。另一方面,宋亡前后的“政治批判词”变得锋芒毕露、嬉笑怒骂。如刘克庄词云:

> 时事只今堪痛哭,未可徐徐俟驾!(《贺新郎》)
>
> 两河萧瑟惟狐兔,问当年祖生去后,有人来否?多少新亭挥泪客,谁梦中原块土?算事业须由人做!(《贺新郎》)
>
> 豁峒事,听侬说:龚遂外,无长策。便献俘非勇,纳降非怯。帐下健儿休尽锐,草间赤子俱求活。(《满江红》)

这些词,不讲含蓄(也不必讲含蓄),全都直陈政见,以论入词。

又如冯取洽“感时”而作的《贺新郎》:

> 知彼须知此。问筹边,攻守规模,云何则是?景色愔愔犹日暮,壮士无由吐气。又安得,将如廉李?燕坐江沱甘自蹙,笑腐儒,枉楦朝家紫。用与舍,徒为耳。　黄芦白苇迷千里。叹长淮,篱落空疏,仅余

① 陈廷焯:《白雨斋词话》卷一,人民文学出版社,1959 年,第 20 页。

② 司空图:《二十四诗品》,何文焕辑《历代诗话》,中华书局,1981 年,第 38 页。

③ 朱彝尊:《词综》,中华书局,1975 年,第 5 页。

> 残垒。读父兵书宁足恃，击楫谁盟江水？有识者知其庸矣。多少英雄沉草野，岂堂堂吾国无君子？起诸葛，总戎事！

整首词可以说是一首“词论”，尖锐锋利，直刺朝政，可谓是辛词“以文为词”的更加“没遮拦”的发挥。

再如青年词人陈人杰共存的31首《沁园春》，几乎全是这种“以文为词”、直抒感叹的作品。兹举一例：

> 谁使神州，百年陆沉，青毡未还？怅晨星残月，北州豪杰；西风斜日，东帝江山。刘表坐谈，深源轻进，机会失之弹指间。伤心事，是年年冰合，在在风寒。　　说和说战都难，算未必江沱堪宴安。叹封侯心在，鳣鲸失水；平戎策就，虎豹当关。渠自无谋，事犹可做，更剔银灯抽剑看。麒麟阁，岂中兴人物，不画儒冠？

此词为感1236年蒙古兵攻破成都、襄阳之事而作。“说和说战都难，算未必江沱堪宴安”，活画出了南宋统治集团的窘迫境况和享乐如故的嘴脸；“虎豹当关”“渠自无谋”，则是对贾似道辈奸贼的直接抨击了。词到这种地步，已经成为“干预”时政、批评时政的文学工具了（所以我们把它们称作“政治批判词”），岂止是“以文为词”，简直是“以词为文（政论文）”了！

由于抒发感叹、直陈政见的需要，这类作品中的散文化、议论化、直露化，以及好用政治典故的风气便大大发展了。这种风气，虽则是出于“言志”的需要，但终究是有损于词的音乐性、形象性、抒情性和含蓄性的，因此连刘克庄自己都意识到了这些缺点。他说：“词当叶律，使雪儿、春莺辈可歌，不可以气为色。君所作未知协律否？前辈惟耆卿、美成尤工，君其往问之”（《跋刘澜乐府》），又曾批评陆游、辛弃疾“一扫纤绝，不事斧凿”“但时时掉书袋，要是一癖”。① 但是他们自己却仍无法纠正这些毛病。这就使他们的不少词中出现了粗犷、叫嚣、偾张、散漫的不良倾向，远离了词的“主体风格”。婉约派词论家对此颇多微词，如吴文英谓“用字不可太露，露则直突而无深长之味；发意不可太高，高则狂怪而失柔婉之意”②，就是对这种词风的婉转批评。至于此派末流——无爱国词人之性情怀抱而徒学此种“以文为词”“以气为色”者，他们“猛超奋末，分言析字，诙

① 刘克庄：《跋刘叔安感秋八词》，《后村题跋》卷二，《丛书集成初编》本，商务印书馆，1936年，第113页。

② 张炎著、夏承焘校注，沈义父著、蔡嵩云笺释：《词源注　乐府指迷笺释》，人民文学出版社，1963年，第43页。

嘲则俳优之末流，叫啸则市侩之盛气，此犹巴人振喉以和《阳春》，黾蜮怒嗌以调疏越，是谓‘鄙词’”①，那就是扬其不良倾向之波的不善学者。辛弃疾这一位“以文为词”的“开山祖师”对此是不应负主要责任的。

清人况周颐论词提出“重、拙、大”三字，他说：“作词有三要，曰：重、拙、大。南渡诸贤不可及处在是。”②他的所谓“重、拙、大”自有其特定的内涵，我们暂且不论。我们在这里却想“偷省力”地借这三字来形容那些“以文为词”式作品（当然又是指其比较优秀的作品）的风格——和“主体风格”的“轻”“巧”“小”等种种特质比较起来，它们确实是显得“重”“拙”“大”的。尽管王国维说过：“境界有大小，不以是而分优劣”③，但我们是不尽同意他的这个说法的。试比较：

春梦正关情，镜中蝉鬓轻。（温庭筠《菩萨蛮》）
落花人独立，微雨燕双飞。（晏几道《临江仙》）
我最怜君中宵舞，道“男儿到死心如铁”！（辛弃疾《贺新郎》）
男儿西北有神州，莫滴水西桥畔泪！（刘克庄《玉楼春》）

这两组词的“境界”所给予人的感受，我不相信是会一样的。“美”既然不能脱离“真”“善”等思想和道德方面的因素之制约而独立、孤立的存在，那么在唐宋词的不同风格的美感中存在有不同的“思想价值”，这也是不必讳言的。从此点看，苏、辛（特别是辛派词人）词的词境所体现出来的思想价值，无疑是超出于“正宗”词派的。谢章铤说：“读苏、辛词，知词中有人，词中有品，不敢自为菲薄。然辛以毕生精力注之，比苏尤为横出。”④这种“溶解”着作者“人品”于其中的作品，再不是“小词”矣。

① 金应珪：《词选后序》，张惠言《词选》，中华书局，1957年。
② 况周颐：《蕙风词话》卷一，《蕙风词话　人间词话》，人民文学出版社，1960年，第4页。
③ 王国维：《人间词话》，《蕙风词话　人间词话》，人民文学出版社，1960年，第193页。
④ 谢章铤：《赌棋山庄词话》卷九，唐圭璋编《词话丛编》，中华书局，1986年，第3444页。

第十二章　不同风格之间的并存和交融

前面,我们把唐宋词中的“主体风格”和“变革型”风格分别做了论述。但是,在丰富多姿的唐宋词苑中,并不仅仅限于上述的两种风格,此其一;即使在一个时期、一个流派乃至一个作家身上,也并不只单纯地存在着一种风格,此其二;有些作品,一身兼融着不同的风格特色,此其三。所以我们不应该把风格问题看得太简单化。康有为说:“吾尝游词之世界:幽嫮灵眇,水云曲曲,灯火重重,林谷奥郁;山海苍琅,波涛相撞;天龙神鬼,洲岛渺茫。吐滂沛于寸心,既华严以芬芳;忽感入于神思,彻八极乎彷徨。信哀乐之移人,欲揽涕乎大荒。惟情深而文明者,能依声而厉长。”①他用优美的语言道出了“词之世界”的风格多变、风致多样。正是这种风格上的千姿百态,才造成了唐宋词挹之不尽的无穷美感。下面,再让我们重点谈一谈不同风格在一位作家身上的兼存和不同风格在一件作品中的交融这两个问题,以见风格的“多样性”“复杂性”。

一、“才人伎俩,真不可测”

在两宋词人中间,有一位风格颇显奇特的作家——贺铸(方回),他就是一位兼有“婉约”与“豪放”两种风格的词人。张耒评他的《东山词》为“盛丽如游金、张之堂,而妖冶如揽嫱、施之袪,幽洁如屈、宋,悲壮如苏、李”②,其言甚确。他有着极为婉丽的作品,如那首有名的《横塘路》(《青玉案》):

> 凌波不过横塘路,但目送,芳尘去。锦瑟华年谁与度?月桥花院,琐窗朱户,只有春知处。　　飞云冉冉蘅皋暮,彩笔新题断肠句。若问闲情都几许?一川烟草,满城风絮,梅子黄时雨。

也有豪放悲壮如苏(武)、李(陵)诗和苏(轼)、辛(弃疾)词的作品,如《行路难》

① 康有为:《味梨集序》,施蛰存主编《词籍序跋萃编》,中国社会科学出版社,1994年,第606页。

② 张耒:《东山词序》,朱孝臧辑校《彊村丛书》,上海书店,1989年,第353页。

(《小梅花》):

缚虎手,悬河口,车如鸡栖马如狗。白纶巾,扑黄尘,不知我辈,可是蓬蒿人?衰兰送客咸阳道,天若有情天亦老。作雷颠,不论钱,谁问旗亭,美酒斗十千?　　酌大斗,更为寿,青鬓常青古无有。笑嫣然,舞翩然,当垆秦女,十五语如弦。遗音能记秋风曲,事去千年犹恨促。揽流光,系扶桑,争奈愁来,一日却为长!

这就说明,"婉约"与"豪放"并不是决然对立的,它们可以同时存在于一个作家身上。这种现象在一些"大家"身上尤其明显。沈谦评辛弃疾《祝英台近》("宝钗分,桃叶渡,烟柳暗南浦。怕上层楼,十日九风雨。断肠片片飞红,都无人管,倩谁唤流莺声住?　　鬓边觑,试把花卜心期,才簪又重数。罗帐灯昏,呜咽梦中语:是他春带愁来,春归何处,却不解将愁归去")道:"稼轩词以激扬奋厉为工,至'宝钗分,桃叶渡'一曲,昵狎温柔,魂销意尽。才人伎俩,真不可测。"①此话甚当。但是,又岂止辛弃疾是这样,其他的很多词人又何尝不是如此!例如苏轼词,前人尝谓有"天风海雨"之势②,他的"大江东去"词当由"关西大汉、铜琵琶、铁绰板"来歌唱③,从此可见它的"豪放"。但同是一个苏轼,却又写出了被王士禛称为"恐屯田缘情绮靡未必能过"④的《蝶恋花》:

花褪残红青杏小。燕子飞时,绿水人家绕。枝上柳绵吹又少,天涯何处无芳草?　　墙里秋千墙外道。墙外行人,墙里佳人笑。笑渐不闻声渐悄,多情却被无情恼。

而分别被张綖、王士禛称为"婉约"词人之首的秦观和李清照却也写出了下列风格或苍凉或豪迈的作品:

红蓼花繁,黄芦叶乱,夜深玉露初零。霁天空阔,云淡楚江清。独棹孤蓬小艇,悠悠过,烟渚沙汀。金钩细,丝纶慢卷,牵动一潭星。　　时时横短笛,清风皓月,相与忘形。任人笑生涯,泛梗飘萍。饮罢不妨醉卧,尘劳事、有耳谁听?江风静,日高未起,枕上酒微醒。(秦观《满庭芳》)

① 沈谦:《填词杂说》,唐圭璋编《词话丛编》,中华书局,1986年,第630页。
② 沈辰垣:《历代诗余》卷一一五,上海书店,1985年,第1363页。
③ 俞文豹:《吹剑续录》,《说郛》卷二四,涵芬楼本,第9页。
④ 王士禛:《花草蒙拾》,唐圭璋编《词话丛编》,中华书局,1986年,第689页。

天接云涛连晓雾，星河欲转千帆舞。仿佛梦魂归帝所，闻天语，殷勤问我归何处？　　我报路长嗟日暮，学诗谩有惊人句。九万里风鹏正举，风休住，蓬舟吹取三山去。（李清照《渔家傲》）

这种现象说明，同一位作家，由于其处境、心情和触发感情的人事不同，又由于他（她）的文学修养来自于多种渠道的积累，所以在不同的创作环境中，是能够写出不同风貌的作品来的。大作家犹如大山，“造化钟神秀，阴阳割昏晓”，它既有向阳的一面，又有背阴的一面；既有拔地异峰，又有曲溪小涧；既有古松苍柏，又有幽谷弱兰……要之，都是得之于“造化”的“钟秀”，无一不美，无一不可资人观赏游览。所以，越是那种风格多样化的作家，就越能显出他们“兼收并蓄”的“大家”风度来。这不仅是一个“伎俩”问题，更是一个关系到作者的气度襟怀和文化修养的问题。

二、“摧刚为柔”和“刚柔交融”

中国古代文论中，素有“阳刚”之美与“阴柔”之美之说。如《文心雕龙》多处刚柔并举：“才有庸俊，气有刚柔”，“文之任势，势有刚柔”，“刚柔以立本，变通以趋时”……而清代姚鼐《复鲁絜非书》则用形象化的语言对“阳刚”与“阴柔”之美做了生动的描绘：“其得于阳与刚之美者，则其文如霆，如电，如长风之出谷，如崇山峻崖，如决大川，如奔骐骥”；“其得于阴与柔之美者，则其文如升初日，如清风，如云，如霞，如烟，如幽林曲涧，如沦，如漾，如珠玉之辉，如鸿鹄之鸣而入寥廓”①（西方文论中也有“刚性美”与“柔性美”之说②）。

如果拿这种“刚柔”之论来看唐宋词的风格的话，那么，“主体风格”可谓是属于“阴柔之美”，而苏、辛那种“变革型”的风格则是属于“阳刚之美”。但是，我们又注意到，“刚”与“柔”之间不仅可以并存，而且可以转化和交融。所谓的“摧刚为柔”和“刚柔交融”即指此二点而言。

例如，辛弃疾本是一位刚而直的豪杰之士。他的这种刚直之气发而为词，就形成为悲歌慷慨之音。但是，在某种特殊的政治环境中，他又不得不“摧刚为柔”（就像他自己的《水调歌头》词所说的“百炼都成绕指”那样），把满腔忠愤悲慨化作缠绵悲郁的哀怨出之，如著名的《摸鱼儿》：

① 姚鼐：《复鲁絜非书》，郭绍虞主编《中国历代文论选》第4册，上海古籍出版社，1979年，第510页。

② 朱光潜：《文艺心理学》第15章，安徽教育出版社，1996年。

更能消几番风雨，匆匆春又归去。惜春长恨花开早，何况落红无数。春且住。见说道，天涯芳草无归路。怨春不语，算只有殷勤，画檐蛛网，尽日惹飞絮。　　长门事，准拟佳期又误。蛾眉曾有人妒。千金纵买相如赋，脉脉此情谁诉？君莫舞，君不见，玉环飞燕皆尘土。闲愁最苦。休去倚危栏，斜阳正在，烟柳断肠处。

从“长门事，准拟佳期又误。蛾眉曾有人妒”来看，此词的笔锋所向就不仅是“玉环、飞燕”之类的受宠之人，而是刺到了最高统治者——皇帝的头上（即《离骚》斥楚王改变初衷之意）。但这是绝不能“直说”的，因此只能采用“敛雄心，抗高调，变温婉，成悲凉”①的“摧刚为柔”“外圆内方”的写法。据说孝宗皇帝读后，很因词意的“殊怨”而不悦，但终未加罪②，这就说明他是很能体会此词的“柔中有刚”的。

又如陆游的《卜算子》：

驿外断桥边，寂寞开无主。已是黄昏独自愁，更著风和雨。　　无意苦争春，一任群芳妒。零落成泥碾作尘，只有香如故。

卓人月评曰：“末句想见劲节。”（《词统》）全词于委婉凄清之中，暗藏倔强刚劲之气。

再如岳飞的《小重山》：

昨夜寒蛩不住鸣。惊回千里梦，已三更。起来独自绕阶行。人悄悄，帘外月胧明。　　白首为功名。旧山松竹老，阻归程。欲将心事付瑶筝，知音少，弦断有谁听？

把“怒发冲冠”的激烈壮怀，化为弦断无知音的幽怨，正如燃极了的熊熊火焰反变作了柔和无色的跳动一样，就是一种“百炼钢化作绕指柔”的风格。

上面说的是“摧刚为柔”。下面再来谈“刚柔交融”。

谈到“刚柔交融”，我们自然便会想到姜夔的“以硬笔写柔情”。这里且举一类“豪放”中有“沉咽”“豪酣”中有“怅惘”的作品来说。

一般来说，“儿女情”与“英雄气”往往是对举的。但是正如鲁迅诗“无情未必真豪杰”（《答客诮》）所说的那样，许多“英雄气多”的人往往并非就“儿女情短”。因此，他们的某些作品中，既有豪气又有柔情，这就出现了“刚柔交融”的

① 周济：《宋四家词选》，古典文学出版社，1958 年，第 2 页。
② 罗大经：《鹤林玉露》卷一，中华书局，1983 年，第 12 页。

特色。如苏轼的"大江东去"词,可谓是"豪放"词的代表作,但它却在"乱石崩云,惊涛裂岸"的壮丽图景中插入了一句"小乔初嫁了",因而使得全词在雄奇中添上一点风流旖旎的色调,由"壮美"中生出"优美"。这里不妨再举张舜民和辛弃疾的两首词为例:

木叶下君山,空水漫漫。十分斟酒敛芳颜。不是渭城西去客,休唱《阳关》。　醉袖抚危栏,天淡云闲。何人此路得生还?回首夕阳红尽处,应是长安。(张舜民《卖花声》)

楚天千里清秋,水随天去秋无际。遥岑远目,献愁供恨,玉簪螺髻。落日楼头,断鸿声里,江南游子。把吴钩看了,栏干拍遍,无人会,登临意。　休说鲈鱼堪脍,尽西风、季鹰归未?求田问舍,怕应羞见,刘郎才气。可惜流年,忧愁风雨,树犹如此!倩何人唤取,红巾翠袖,揾英雄泪?(辛弃疾《水龙吟》)

张舜民的这首《卖花声》,饱含着他不甘贬谪的牢骚,麦孺博说它"声可裂石"①,格调无疑是"刚"的。但它在中间插入一句"十分斟酒敛芳颜",以歌伎紧皱双眉的哀楚形象来反衬这位不得意的士大夫的满腹不平,显得刚中有柔、柔刚交济。辛弃疾的《水龙吟》以大量的篇幅抒写他"英雄失路,托足无门"的悲感,特别是其中"落日楼头,断鸿声里,江南游子。把吴钩看了,栏干拍遍,无人会,登临意"几句,声情悲壮,令人几欲击碎唾壶。而在结尾,它却用了"倩何人唤取,红巾翠袖,揾英雄泪",使豪气折入柔情,显出奇情丽语一齐飞动的效果来,不能不谓是"刚柔交融"的妙用②。

再如陈与义与刘过的两首词:

忆昔午桥桥上饮,坐中都是豪英。长沟流月去无声。杏花疏影里,吹笛到天明。　二十余年成一梦,此身虽在堪惊。闲登小阁看新晴。古今多少事,渔唱起三更。(陈与义《临江仙》)

芦叶满汀洲,寒沙带浅流。二十年重过南楼。柳下系船犹未稳,能几日,又中秋。　黄鹤断矶头,故人曾到否?旧江山浑是新愁。欲买桂花同载酒,终不似,少年游。(刘过《唐多令》)

写的都是"怀旧"的怅触。照例,这个题材是婉约派词人的拿手好戏。但由于这

① 梁令娴:《艺蘅馆词选》乙卷,中华书局,1933 年,第 61 页。
② 唐圭璋:《唐宋词简释》,上海古籍出版社,1981 年,第 174 页。

两位作者性格豪爽,又兼写的是少年英俊的“胜事”(而不是“情事”)和今日的“英雄悲怆”,所以大抵是采用健笔刚调来写的。但在这种刚调硬笔之中,又夹进了“杏花疏影”和“少年”心情,所以又寓有几分柔情。正如刘熙载评陈词的“不觉豪酣,转成怅悒”①和评刘词的“狂逸之中,自饶俊致”②那样,显出了“刚柔交融”的特色。

所以,唐宋词坛上,“婉约”和“豪放”的风格,只是两大基本类型而已。且不说它们的内部各有多种形态,就是从这两大基本类型而言,也是可以交集于一个作者身上,或交融于一件作品之中的。如不同的植物之间可以进行“嫁接”一样,它们之间的相互作用、相互融会是可以产生出许多“新品种”的。以上所说的只是其中的几个例子而已。至于唐宋词苑中,还有许多不能用这两大类基本风格所简单包囊的其他风格,我们还可变换着新角度来对它们进行进一步的分析和评述。这留待下编再说。

① 刘熙载:《艺概》卷四,上海古籍出版社,1978 年,第 115 页。
② 同①,第 111 页。

下编 杂 论

第十三章 雅与俗

一、宋人的“雅”“俗”之辨

宋末元初的陆辅之作《词旨》，开宗明义便提出：“凡观词，须先识古今体制雅俗。”①陆氏是张炎的门生。他的这一意见具有代表性，反映出宋代（特别是南宋）词坛上一个相当普遍的看法，即重视词的“雅”“俗”之辨。（这种看法，又一直延绵到晚清词坛。如陈廷焯《白雨斋词话》卷七说：“入门之始，先辨雅俗。”②可见它一直被词论家所重视。）它反映出了文人词风和民间词风的分野，以及文人词坛内部的雅、俗风格之分。

宋人的雅俗之辨，首先是针对民间词而发的。

词曲原是民间之物。即使到了文人作者大盛的宋代，民间词仍是不绝如缕地在底层社会流行。这些民间词，大多继承了前代民歌“缘事而发”的传统，密切地反映着社会的现实生活；而在语言方面，又大多采用着俚辞俗语，嬉笑怒骂，俏皮风趣。然而，它的这种俚俗风格则是不被文人作者所看得上眼的；另一方面，又因在它中间，确也存在着一些糟粕性的东西，加之由于市民的某种庸俗意识而带来的粗鄙、油滑作风未能剔尽，所以就更易受到正统词论家们的指责。如张炎《词源》于高倡“雅正”之论的同时就说过：“若邻乎郑、卫，与缠令何异也。”③沈义父《乐府指迷》引述吴文英的作词四标准，其中之一是“下字欲其雅”，因为“不雅则近乎缠令之体”——显然他们都是把民间的“缠令”归之于

① 陆辅之：《词旨》，唐圭璋编《词话丛编》，中华书局，1986年，第302页。

② 陈廷焯：《白雨斋词话》卷七，人民文学出版社，1959年，第186页。

③ 张炎著、夏承焘校注，沈义父著、蔡嵩云笺释：《词源注 乐府指迷笺释》，人民文学出版社，1963年，第23页。

“不雅”的营垒中去的。沈义父还说：“吾辈只当以古雅为主，如有嘌唱之腔，不必作。”“如秦楼楚馆所歌之词，多是教坊乐工及市井做赚人（唱赚人）所作……求其下语用字，全不可读。”①这里所说的“嘌唱”“唱赚”，也都是指的民间词曲。他们这种说法，不可否认地是有着一定的道理的，但那种一概否定的态度却又是不足为训的。事实上，民间“俗词”中也自有它的好东西（详见下文）——特别是它们那种缘事而发、讽刺弊政的现实主义精神，便正是一般的文人词所欠缺的。而另一方面，民间“俗词”的某些艺术风格，却也早已影响到了文人词（特别是那些“以文为词”的作品），这点，又正是正统词论家们所不能否认掉的。

宋人的雅俗之辨，除了贬低、抹杀民间词风之外，还针对着文人作者所受到的民间词“俗”“俚”作风的影响。这一点，集中反映在对“艳而俚”“谑而俗”的两种词风的批判上。

先说“艳而俚”。

《东京梦华录》描写过北宋民间词的流行情况：“新声巧笑于柳陌花衢，按管调弦于茶坊酒肆。”（孟元老自序）②在这种社会风气的熏染之下，文人作者自不能“免俗”。柳永且不必说了，即使连欧阳修、黄庭坚、秦观这样的文人，也不免沾染此风气。请读下面这些词就可知一二了：

> 有个人人牵系，泪成痕，滴尽罗衣。问海约山盟何时？镇教人，目断魂飞。　　梦里似偎人睡，肌肤依旧骨香腻。觉来但堆鸳被，想忡忡、那里怎知？（欧阳修《解仙佩》）
>
> 对景还销瘦，被个人，把人调戏，我也心儿有。忆我又唤我，见我嗔我，天甚教人怎生受？　　看承幸厮勾，又是尊前眉峰皱。是人惊怪，冤我忒撋就。拚了又舍了，定是这回休了，及至相逢又依旧。（黄庭坚《归田乐引》）
>
> 掉又惧，天然个品格，于中压一。帘儿下时把鞋儿踢，语低低，笑咭咭。　　每每秦楼相见，见了无限怜惜。人前强不欲相沾识，把不定，脸儿赤。（秦观《品令》）

这种词风，当然是一种不良词风，所以它们受到批评自是应该的。不过，宋人的这种批评，却主要集中在柳永、曹组、康与之等人身上，而对于欧阳修等人则多方

① 张炎著、夏承焘校注，沈义父著、蔡嵩云笺释：《词源注　乐府指迷笺释》，人民文学出版社，1963年，第69、80页。

② 孟元老著，邓之诚注：《东京梦华录注》，中华书局，1982年，第4页。

加以辩解和回护;倒是黄庭坚还有点儿“自我批评”的勇气,他肯承认自己所作的“艳歌小词”诚如法云秀大师所说的那样是“荡人淫心”的“邪言”①。而追究他们写出此类词作的原因,不能不说是与他们的放荡生活有关的(《碧鸡漫志》卷二记载,黄、秦都曾有过“放于狭邪”的经历,而欧阳修也有过很多挟伎冶游的“艳事”),并不能全怪罪于民间词风——如果定要怪罪于它们的话,那就应该说是文人作者吸收了它的糟粕部分。

再说“谑而俗”。

前已谈到过,民间词的风格多俏皮风趣,甚至滑稽嬉笑。《碧鸡漫志》卷二说:“长短句中作滑稽无赖语,起于至和(仁宗朝)。嘉祐(仁宗朝)之前,犹未盛也。熙(宁)、丰(元丰)、元祐(神宗朝)间,兖州张山人以诙谐独步京师,时出一两解。”张山人估计即是一个“山里人”。而由这位民间艺人开创的“谑词”风气就很快影响到了文人作者。同书记载:“元祐间王齐叟(彦龄),政和(徽宗朝)间曹组(元宠)皆能文,每出长短句,脍炙人口。彦龄以滑稽语噪河朔。(曹)组潦倒无成,作《红窗迥》及杂曲数百解,闻者绝倒,滑稽无赖之魁也。”②从中即可见“戏谑”词风在文人词中的流行。甚至连苏轼这样的大词人,也集中不少此类作品:

> 师唱谁家曲,宗风嗣阿谁?借君拍板与门槌。我也逢场作戏,莫相疑。　　溪女方偷眼,山僧莫皱眉。却嫌弥勒下生迟,不见阿婆三五、少年时。

这是他携伎谒和尚而戏作的《南歌子》。

> 这个秃奴,修行忒煞。云山顶上持斋戒。一从迷恋玉楼人,鹑衣百结浑无奈。　　毒手伤人,花容粉碎,空空色色今何在?臂间刺道苦相思,这回还了相思债。

这是他判处一个因奸情杀人的僧人而戏作的《踏莎行》。

观此两例,即可知此风之盛。所以曾慥编选《乐府雅词》,一则摒弃过分侧艳的词,另一则更不选“谐谑”的词(见其自序)。它的选辑标准,就反映了“雅词”论者对“俗词”词风的不满即主要在此二者。这种不满,拿我们今天的观点来看,还是具有一定的积极意义和进步之处的。清人金应珪《词选后序》指出,

① 胡仔:《苕溪渔隐丛话·前集》卷五七,人民文学出版社,1962年,第390页。
② 王灼:《碧鸡漫志》卷二,唐圭璋编《词话丛编》,中华书局,1986年,第84页。

作词有“三敝”,其中一为“淫词”(即“义非宋玉而独赋蓬发,谏谢淳于而唯陈屡舄,揣摩床第污秽中冓”),二为“鄙词”(即“猛起奋末,分言析字,诙嘲则俳优之末流,叫啸则市侩之盛气”)①。这种“淫词”和“鄙词”,就是上述那两类“艳而俚”“谑而俗”的“俗词”,理应属于遭到摒弃之列。所以,对于俗词词风中通俗可读的一面,我们应予肯定,而对它的庸俗(特别是染上了市井小市民的低级、情色的趣味)的一面,我们又应加以抵制和反对。宋人的“雅俗之辨”,能够针对当时的这种“文化污染”提出不满和针砭之言,是有其纠偏补弊的作用的。另外,它又引导词作者们在艺术方面要多加锤炼、多下工夫,这也是应当充分加以肯定的。

但如从另一个角度来看问题,则宋代词论家的“纠俗”主张就带着明显的局限性了。那突出地表现在他们(主要是南宋后期的“雅词”论者)对辛派爱国词所持的排斥态度上。张炎说:“辛稼轩、刘改之作豪气词,非雅词也,于文章余暇戏弄笔墨为长短句之诗耳。”②仇远在《山中白云词序》中说:“又怪陋邦腐儒,穷乡村叟,每以词为易事,酒边兴豪,即引纸挥笔,动以东坡、稼轩、龙洲自况,极其至四字《沁园春》,五字《水调》,七字《鹧鸪天》、《步蟾宫》,拊几击缶,同声附和,如梵呗,如步虚,不知宫调为何物,令老伶俊娼面称好而背窃笑,是岂足与言词哉!”③他们瞧不起辛、刘一派的爱国词,甚至把后代“不善学者”所导致的一些缺点也挂到苏、辛、刘的头上,这就不太应该了。同样的,以“志雅”命堂的周密在其《绝妙好词》中仅收辛词三首,而竟一首都不录刘辰翁的词,则亦以觇其较为狭隘的艺术上的门户之见了。南宋时代,是民族矛盾十分尖锐的时代。反映着这个时代的“强音”,正是以辛派词为代表的爱国词作。把这一派词人的豪放之作“开除”出了“雅词”“好词”的队伍,那么,这个“雅词”阵营内部的空虚(主要就其思想内容看)也就可以想见了。所以,此种过分重“雅”的主张,不免有悖于时代要求,显得保守而不足深取。

二、戏谑词——“俗词”的一种代表作品

前已谈过,宋人的雅俗之辨,其矛头所向主要是“艳而俚”“谑而俗”两种词

① 金应珪:《词选后序》,张惠言编选《词选》,中华书局,1957年,第2页。

② 张炎著、夏承焘校注,沈义父著、蔡嵩云笺释:《词源注　乐府指迷笺释》,人民文学出版社,1963年,第32页。

③ 张炎:《山中白云词》,吴则虞校辑,中华书局,1983年,第164页。

风。对于前者,我们没有什么话可讲,因为“艳而俚”的作品几已堕入了一种恶道,无甚思想和艺术方面的可取之处;而对于“谑而俗”的作品,我们却不可轻易地一笔抹杀。

首先看一下民间的“谑词”。在这中间,不乏有许多可读的作品。比如宋徽宗即位之初,曾下诏求“直言”。及至真的有臣子上书谏言,徽宗却赐之以“釜柱击齿”,所以汴京城里马上就流传了一首《滴滴金》谑词:“当初亲下求言诏,引得都来胡道。人人招是骆宾王,并洛阳年少。　　自讼监宫并岳庙,都一时闲了。(中脱一句)误人多是误人多,误了人多少!”(见《中吴纪闻》卷五)这种立即反映“时事”、敢于笑骂皇帝的精神是何等的勇敢可贵!

比如:宋末奸相贾似道借“经量”之名行搜刮之实,闹得民间骚动,有人即作《一剪梅》谑词讽刺道:“宰相巍巍坐庙堂,说着经量,便要经量。那个臣僚上一章,头说经量,尾说经量。　　轻狂太守在吾邦,闻说经量,星夜经量。山东河北久抛荒,好去经量,胡不经量?”(见《花草粹编》卷七)词中写贾相的“作威作福”、臣僚的“摇首摆尾”、太守的“闻风而动”,以及他们向外邦的屈膝和对人民的暴虐,是多么的深刻犀利!

再如,云间(今上海松江)地方,奸商卖酒掺假,物价暗涨,有人作谑词《行香子》道:“浙右华亭,物价廉平,一道会,买个三升。打开瓶后,滑辣光馨,教君霎时饮,霎时醉,霎时醒。　　听得渊明,说与刘伶:这一瓶,约迭三斤。君还不信,把秤来称,有一斤酒,一斤水,一斤瓶。”(见《随隐漫录》卷二)真是寓怒骂于嬉笑之中,风趣而又辛辣!

再如,穷苦士人赴考,监司者如临大敌,有人作谑词《青玉案》云:“钉鞋踏破祥符路,似白鹭,纷纷去。试盏幞头谁与度?八厢儿事,两员直殿,怀挟无藏处。　　时辰报尽天将暮,把笔胡填备员句,试问闲愁知几许?两条脂烛,半盂馊饭,一阵黄昏雨。”(见《夷坚三志》己卷七)词韵全依贺铸那首有名的“凌波不过横塘路”,而末尾把贺的“试问闲愁都几许?一川烟草,满城风絮,梅子黄时雨”改为“两条脂烛,半盂馊饭,一阵黄昏雨”,活画出了贫士的寒酸穷窘,于戏笑之外又含有眼泪。

所以,举凡现实生活中的政治、经济、文化及日常生活中的可笑可憎的现象,民间谑词皆能及之。这在一般的文人词中是很少见到的。这种题材上的宽广性,正部分地弥补着文人词的狭窄性,具有一定的思想价值和社会效果。而从艺术风格而言,它们体现着人民群众乐观的天性和讽刺的才智,在戏笑中含怒骂,于俏皮中寓机智,不可不谓“别具一格”。

在民间词的影响下,文人词中也有不少“戏体”。当然这中间有许多是糟粕之作，宣扬了色情和游戏人生的态度，这里不去举它。我们现在要谈的是不少借戏谑之口而抒发着真情的作品。这种“戏体”在辛弃疾词中尤多，如我们以前在谈“以文为词”时举过的“戏赋‘辛’字”词、“齿亡唇存”词、“苦俗客”词、“斥儿”词，等等，都是用戏谑的形式表达他内心的真实感受。这里再举两首：

> 少年不识愁滋味，爱上层楼。爱上层楼，为赋新词强说愁。　而今识尽愁滋味，欲说还休。欲说还休，却道“天凉好个秋”！（《丑奴儿》）

借末句的戏言，道出了“欲说还休”的无限愁闷，跌宕有致，耐人寻味，于诙谐中饱含辛酸滋味。

> 记得瓢泉快活时，长年耽酒更吟诗。蓦地捉将来断送，老头皮。　绕屋人扶行不得，闲窗学得鹧鸪啼。却有杜鹃能劝道：不如归！（《添字浣溪沙》）

这首“三山戏作”用风趣的口吻追写他上年（1192）的被召出山，又写他身在福建任上“行不得”（鹧鸪啼声为“行不得也，哥哥”）的郁闷之感，以及对于罢任的敏锐预感（“不如归”），通首以戏体出之，显出了一付“苦笑”的神态。

宋末贾似道当政，陈郁作《念奴娇》谑词讽刺之：

> 没巴没鼻，霎时间、做出漫天漫地。不论高低并上下，平白都教一例。鼓动滕六，招邀巽二，一恁张威势。识他不破，至今道是祥瑞。　却恨鹅鸭池边，三更半夜，误了吴元济。东郭先生都不管，关上门儿稳睡。一夜东风，三竿红日，万事随流水。东皇笑道，山河原是我底。

他把贾氏的滔天权势比作一时“漫天漫地”的大雪，预示不久便当日出雪消，化为乌有。“词语虽粗，然不平而鸣也。”（《古杭杂记诗集》卷一评语）

戏谑的作风，本是宋人的一种特色。我们不妨翻一下任二北先生所辑的《优语录》，其中所收优人（伶人）的滑稽笑谈，自周朝至唐五代共 68 条，而宋朝一代却有 80 条之多！这种“优语”都是游伶在宴席上陪皇帝贵戚及士大夫们“寻开心”时所讲的笑话。从宋代的优语特多，我们就可以想知宋代文人的好以戏谑取乐了。另一方面，在宋代勃兴的市民的“俗文学”中，也浓厚地充满着滑稽戏谑的作风，如勾栏瓦舍中盛行的“杂剧”，就以滑稽作为主要的特色（《梦粱录》卷二〇“妓乐”条谓杂剧“大抵全以故事，务在滑稽唱念，应对通遍”

可证)①。在这种朝野共同嗜好戏谑的社会风气影响之下,词自然不能不受到波及。赵万里先生曾说:“谑词见于小说平话者居多,当时与雅词相对称。宋世诸帝如徽宗、高宗均喜其体。《宣和遗事》《岁时广记》载之。此外尚有俳词(按:此亦为谑体之一),亦两宋词体之一,与当时戏剧实相互为用。此谈艺者所当知也。”(《校辑宋金元人词 · 箕颍词》)所以我们在详谈过词的“主体风格”后,还有必要列举这类戏谑词,以见唐宋词的风格多样。下面再举三首文人所作的戏谑词,以见此种风气在唐宋词坛上的“一贯性”:

回波尔时栲栳,怕妇也是大好。外边只有裴谈,内里无过李老。(《回波乐》)

这是裴谈和唐中宗以“怕老婆”为题的相互谑乐之作。“李老”即指中宗。可知在词的最初阶段,就有此等戏谑之作存在。(另按:此词一作“优人”作,见《本事诗》)

春闱期近也。望帝乡迢迢,犹在天际。懊恨这一双脚底,一日厮赶上五六十里。　　争气,扶持我去,转得官归,恁时赏你,穿对朝靴,安排你在轿儿里。更选个,宫样鞋,夜间伴你。(《红窗迥》)

这是曹豳为“慰劳”自己的双脚而作的戏词。曹豳千里赶考,步行良苦,以词来自慰其足,说等到得官之日,定当买一双朝靴穿穿,再娶个脚穿“宫样鞋”的女人做老婆,风趣而俏皮。《碧鸡漫志》卷二说曹组“潦倒无成,作《红窗迥》及杂曲数百解,闻者绝倒,滑稽无赖之魁也”②。曹组的《红窗迥》现已不可睹,而从曹豳的这首《红窗迥》中,我们就可以想见这类词的风味了。

斗酒彘肩,风雨渡江,岂不快哉?被香山居士,约林和靖,与坡仙老,驾勒吾回。坡谓:“西湖正如西子,浓抹淡妆临照台。”二公者,皆掉头不顾,只管传杯。　　白言:“天竺去来,图画里峥嵘楼阁开。爱纵横双涧,东西水绕;两峰南北,高下云堆。”逋曰:“不然。暗香浮动,争似孤山先访梅?须晴去,访稼轩未晚,且此徘徊。”(《沁园春》)

① 吴自牧:《梦粱录》卷二〇,《笔记小说大观》第7册,江苏广陵古籍刻印社,1983年,第4页。

② 王灼:《碧鸡漫志》卷二,唐圭璋编《词话丛编》,中华书局,1986年,第84页。

刘过的这首词曾被岳珂戏称为"白日见鬼"①。它引用了三位古人的诗语，风趣盎然地向辛弃疾"请假"（词有小序云："寄辛承旨。时承旨召，不赴"），深得稼轩的首肯和欣赏。从这首"不妨有一，不必有二"的戏谑体豪放词作中，我们又看到了在词的诸多作者中，要算"以文为词"者最易于吸收此类"以词为戏"的作风了，原因即在于此类狂放不羁的作者素来敢于打破传统、进行变革，而"戏谑"体的写法本来即流行于散文之中（如东方朔的《答客难》、扬雄的《解嘲》、班固的《答宾戏》、韩愈的《送穷文》等），所以很容易被引入"以文为词"风格的词中来。

三、隐逸词——"雅词"的另一类代表作品

"雅词"一词所含的意义本来比较广泛——它原先是和俚俗词相对举的。到了南宋的"雅词"派词论家那里，则主要指那一类风格"典雅"的婉约作品（现在还有南宋书棚传下来的《典雅词》可睹）。对于这类作品，我们已在上编谈过。这里要谈的则是另一类"雅词"，那就是专以抒写士大夫文人"隐逸""出世"情怀，歌咏士大夫文人"山林""归隐"雅趣的作品。这一类型的作品，照"雅词"论者看来，也属"雅词"范围无疑。如张炎这一位倡言"雅词"最力的作者，就有十首抒写隐逸情趣的《渔歌子》词。其小序谓："张志和与余同姓，而意趣亦不相远。庚戌春，自阳羡牧溪放舟过罨画溪，作《渔歌子》十解，述古调也。"词中有云：

□□□□□溪流，紧系篱边一叶舟。沽酒去，闭门休，从此清闲不属鸥。

□□□年酒半酣，知鱼知我静中参。峰六六，径三三，此怀难与俗人谈。

它所讴歌的就是那一番"难与俗人谈"的"清闲雅趣"。为此，张炎特地还把他的词集取名为《山中白云》（取陶弘景《诏问山中何所有赋诗以答》中"山中何所有？岭上多白云"的隐逸之意），这也充分显示出他对此类作品的高度看重之情。而观之舒岳祥评此类词有"骚姿雅骨之语"（《赠玉田序》）②，即亦可知他们同是把"隐逸"词归入于"雅词"之中的。

① 岳珂：《桯史》卷二，《笔记小说大观》第 8 册，江苏广陵古籍刻印社，1983 年，第 311 页。

② 张炎：《山中白云词》，吴则虞校辑，中华书局，1983 年，第 165 页。

事实也正是这样：到了晚宋时期，“雅词”的创作除了继承（并“修正”）着周邦彦词风而向“雅正”一路继续发展外，却又另向着“隐逸”的一路行进着。综观其时的词坛，“艳情”“忧国”和“隐逸”，正形成了题材上的鼎足而立的局面。

下面就让我们回顾一下两宋词苑中隐逸词的发展简况。

隐逸题材之作，最早当推张志和的《渔父》词。《花间集》中，也有李珣、孙光宪的几首类似之作，不过数量尚不很多。这是因为，晚唐五代的词人，大多沉溺于酒色享乐之中而无暇深思“身外之事”，所以那时的词坛上，写隐逸的作品甚少而写艳情的作品极多。但是到了宋代，一些有“思想”的士大夫文人就开始以词来言他们的“出世”之思、“归隐”之志了。如王安石有词云：

> 平岸小桥千嶂抱，揉蓝一水萦花草。茅屋数间窗窈窕，尘不到，时时自有春风扫。　　午枕觉来闻语鸟，欹眠似听朝鸡早。忽忆故人今总老，贪梦好，茫然忘了邯郸道。（《渔家傲》）

它和另外几首抒写隐逸雅趣的词，开启了宋人写“出世”“归隐”之作的先路。

苏轼是一位开宗立派的大家。在描写隐逸情趣方面，他也具有不可低估的意义。他檃栝陶渊明的《归去来辞》而作的《哨遍》词，被张炎称为“更是精妙，周、秦诸人所不能到”①——这样一首再典型不过的“以诗（文）为词”的作品，竟受到“雅词”派词论家如此的赞赏，这就可见它的那种“雅趣”所受到的普遍欢迎了。所以黄庭坚曾特意和东坡《水调歌头》原韵，作了一首抒写归隐之思的长词：

> 瑶草一何碧？春入武陵溪。溪上桃花无数，花上有黄鹂。我欲穿花寻路，直入白云深处，浩气展虹霓。只恐花深里，红露湿人衣。坐玉石，倚玉枕，拂金徽。谪仙何处？无人伴我白螺杯。我为灵芝仙草，不为朱唇丹脸，长啸亦何为？醉舞下山去，明月逐人归。

在东坡“老仙”的影响之下，他竟也舍弃了“朱唇丹脸”（美女）而去求觅“灵芝仙草”（成仙）了。

黄庭坚之外，苏门词人中最能继承东坡咏写这一题材的词学传统者，当数晁补之。晁补之因宦途困踬，曾在家乡长期退隐，葺“归去来园”闲居，因而词多隐逸之志，如：

① 张炎著、夏承焘校注，沈义父著、蔡嵩云笺释：《词源注　乐府指迷笺释》，人民文学出版社，1963 年，第 30 页。

南园佳致偏宜暑。两两三三,修篁新笋出初齐,猗猗过檐侵户。听乱飐芰荷风,细洒梧桐雨。午余帘影参差,远林蝉声,幽梦残处。凝伫,既往尽成空,暂遇何曾住?算人间事,岂足追思,依依梦中情绪。观数点茗浮花,一缕香萦炷。怪来人道:陶潜做得羲皇侣。(《黄莺儿》)

他的这类词作,对后来的辛弃疾影响甚大。比如他此词中以陶渊明与羲皇上人相比,而辛词也曾以陶渊明与诸葛亮相比(《玉蝴蝶》:"往日曾论,渊明似胜卧龙些"),即是一例。至于他那些在隐逸之中含有愤慨的词,对辛弃疾的影响自然就更大了。

南宋初年,宋高宗带头大写其《渔父》词,被臣子们称为"清新简远","虽古之骚人词客,老于江湖、擅名一时者,不能企及"①。甚至连不大知书的大将韩世忠都写了两首"看破红尘"的"山林之作"②。这说明:隐逸词作在南宋的勃兴是有其社会原因的。一方面,在偏安的形势下,最高统治者有意地"引导"臣子们把注意力转向湖山清赏之中(而江南山明水秀的美丽景色也确有"勾引"他们生出归隐之思的魅力);另一方面,政治上的受压抑又驱使一些本来颇欲有所作为的士大夫文人被迫转向"归隐"。这两方面的原因就促使南宋词坛上出现了为传统的"言情"和新兴的爱国之作以外的另一股潮流——"出世""隐逸"词。

当然,同是抒写"出世""隐逸"的题材,各位词人的"词心""词境"还是有所不同的。请比较下面这几位词人的作品:

问讯湖边春色,重来又是三年。东风吹我过湖船,杨柳丝丝拂面。世路如今已惯,此心到处悠然。寒光亭下水如天,飞起沙鸥一片。(张孝祥《西江月》)

看似"悠然",心中实有"世路已惯"的不平之块垒;看似"泠然、洒然",后边却隐藏着作者"迈往凌云之气"③;看似已经磨平了棱角的"和光同尘",实际上却包含着愤世嫉俗之慨。这是"出世""隐逸"词的其中一种类型。另一类型的则可以举出下面这首:

摇首出红尘,醒醉更无时节。活计绿蓑青笠,惯披霜冲雪。 晚来风定钓丝闲,上下是新月。千里水天一色,看孤鸿明灭。(朱敦儒

① 廖莹中:《江行杂录》,《丛书集成初编》本,商务印书馆,1937年,第8页。
② 费衮:《梁溪漫志》卷八,《四库全书》第864册,上海古籍出版社,1987年,第747页。
③ 陈应行:《于湖词序》,《景刊宋金元明本词》,上海古籍出版社,1989年,第728页。

《好事近》)

这才是一首“真正”的“出世”“隐逸”词。作者本是一位“天资旷远，有神仙风致”①的文人。南渡之初，他仓皇南逃，也曾写出一些悲天悯人的忧世之作来。但后来被贬隐居，垂钓吴兴，他便真的要学做起“隐士”来了。据陆游记载：“朱希真居嘉禾。吾尝与朋侪诣之，闻笛声自烟波间起……顷之，棹小舟而至，则与俱归……室中壁间悬琴、筑、阮咸之类……檐间有珍禽，皆目所未睹。室中篮缶贮果实、脯醢。客至，挑取以奉客。”②真是好一派“神仙”式的生活风致！在这种优裕而又“超旷”的生活基础上，自然就会产生着这类“不食烟火”式的“樵歌渔唱”（朱敦儒词集名为《樵歌》）了。而究其词心的“内核”，只是一种消极逃世的人生态度而已！

再拿辛派词人所写的“隐逸”词和“雅词”派词人所写的“隐逸”词来比较，二者的词境也是大不一样的。稼轩词素以生气饱满而著称，因此即使是写闲居农村的平凡生活，其中也跳跃着一股动荡的气势，如《沁园春》：

> 叠嶂西驰，万马回旋，众山欲东。正惊湍直下，跳珠倒溅；小桥横截，缺月初弓。老合投闲，天教多事，检校长身十万松。吾庐小，在龙蛇影外，风雨声中。　　争先见面重重，看爽气朝来三数峰。似谢家子弟，衣冠磊落；相如庭户，车骑雍容。我觉其间，雄深雅健，如对文章太史公。新堤路，问偃湖何日，烟水濛濛？

他说灵山（在今江西上饶）如同司马迁的文章一般，深藏“雄深雅健”的气度。其实他自己的词风，又何尝不充满着一般“爽气”！令人读后，生出无限清豪之感。

到了宋亡之后的张炎词中，隐逸词中又不免抹上了一层“改朝换代”的衰飒气氛，如他的《扫花游》：

> 烟霞万壑，记曲径幽寻，霁痕初晓。绿窗窈窕。看随花甃石，就泉通沼。几日不来，一片苍云未扫。自长啸，怅乔木荒凉，都是残照。　　碧天秋浩渺。听虚籁泠泠，飞下孤峭。山空翠老，步仙风怕有，采芝人到。野色闲门，芳草不除更好。境深悄。比斜川，又清多少？

“境”比斜川固然“深悄”得多，但气氛却又显得“荒凉”得多，这就反映出了作者亡国之后的黯然神思。

① 黄昇：《中兴以来绝妙词选》卷一，《四部丛刊初编》本，上海书店，1989 年，第 13 页。
② 周密：《澄怀录》，《续修四库全书》第 1188 册，上海古籍出版社，1995 年，第 104 页。

所以，综观唐宋词坛上的隐逸词作，实际上是包含了不同的思想内容和感情色彩的。但由于它们之间抒写了一个共同的主题，所以在咏发词人的“雅趣”这一点上，却又具有了某种程度的一致性，故而可以归为同一大类。

下面再让我们来看一下这类抒写隐逸情趣和“出世”思想的词作在风格上的共同处。

首先，它们都以写景（特别是山水清景）作为自己的特长。读一读这些词作，祖国美好河山（特别是南方山水）的面貌历历如在画中，令人生出无限的美感。比如前举的“晚来风定钓丝闲，上下是新月。千里水天一色，看孤鸿明灭”（朱敦儒《好事近》），本身就是一幅多么优美的风景画！

其次，它们大多具有“情景交融”“神与物游”的特点。审美的主体（意识）和审美的客体（物体）在这些词中，达到了高度的统一；而在这种统一体中另又寓有着一定的“思想深度”——亦即对于人生的某些哲理的思考——因此又使这些词在一般的“情景交融”外显出“情中有思”（“思致”）的特色，比起普通的言情词来，格外具有一种耐人寻味的“深远感”。比如张孝祥那首著名的《念奴娇》：

> 洞庭青草，近中秋、更无一点风色。玉鉴琼田三万顷，着我扁舟一叶。素月分辉，明河共影，表里俱澄澈。悠然心会，妙处难与君说……

尽管张孝祥此时并未“归隐”，然而他在洞庭湖中秋之夜的水天一色中，此心早已“净化”得“澄澈”一片了。“玉鉴琼田三万顷”的清景，“悠然心会”的情怀，与飘然出世的思致，统一得多么浑然无间！

最后，这类隐逸词作的词笔一般都是“雅健”的。它既不同于言情词的缠绵悱恻，又不同于爱国词的慷慨悲歌，而表现为恬淡、静雅又清豪。这里就举一首朱敦儒的“过垂虹亭”的《念奴娇》词为例：

> 放船纵棹，趁吴江风露，平分秋色。帆卷垂虹波面冷，初落萧萧枫叶。万顷琉璃，一轮金镜，与我成三客。碧空寥廓，瑞星银汉争白。
> 深夜悄悄鱼龙，灵旗收暮霭，天光相接。莹澈乾坤，全放出、叠玉层冰宫阙。洗尽凡心，相忘尘世，梦想都销歇。胸中云海，浩然犹浸明月。

它就集恬淡、静雅和清豪于一身。

所以，尽管某些隐逸词的笔风很近于“豪放”风格，但在“雅词”派词论家看来，由于它们反映的生活情趣是士大夫文人所向往的那一类“山林雅趣”，又由于它们的用字下语、抒情写景都显得文笔优美、不同凡俗（不像某些言情词的侧艳软媚），所以仍然很高兴地把它们归之于“雅词”阵营之中。而拿我们今天的认识来看，隐逸词中的一些优秀作品，讴歌着祖国美好的河山，表现了人类想要“回归”大自然母亲的朴素、真挚的愿望，比之那些一味沉浸于艳情之作的词来，它另具有一种“澡雪精神”“陶冶情操”的作用（再从艺术角度看，它也具有很高的美学价值），所以还是值得重视的；当然，对于它在表现了厌恶龌龊的官场生活之情外又流露出的消极的“出世”思想，则又是必须加以警惕的。总的来讲，唐宋词中描写隐逸之趣的“雅词”，是唐宋文人比较宽广的生活兴趣和艺术情趣的反映，在词苑中也不失为一种较新、较美的“品种”，具有一定的思想、艺术价值。

第十四章　刚与柔

一、“诗刚词柔”

唐宋词苑中，分别有着体现“刚性美”和“柔性美”的作品。而照宋代词论家看来，这种刚柔之别又是从诗风与词风之间的“刚柔有别”引申过来的。所以在论述词中的刚柔之别时，有必要先简单地谈一下诗与词的“刚柔有别”。

同属金属类，金银铜铁各有自己的“硬度”。而同属韵文类，照宋人看来，诗和词之间也存在着不同的“硬度”。

不妨先看几则诗话、词话：

《后山诗话》云：“（退之以文为诗），子瞻以诗为词，如教坊雷大使之舞，虽极天下之工，要非本色。”①雷大使是一位男性，所以在陈师道看来，他的舞姿总比不上“长袖善舞”的女性来得柔婉。此话中间已隐有“诗刚词柔”之意在。

《尧山堂外记》云：张文潜17岁作《函关赋》，从东坡游。元祐中在秘阁，上巳日集西池，张咏云“翠浪有声黄伞动，春风无力彩旌垂”，少游云“帘幕千家锦绣垂”，同人笑曰：“又将入《小石调》也。”②另《苕溪渔隐丛话》前集卷五一引《王直方诗话》则谓少游尝和王仲至诗，仲至读而笑曰：“此语又待入《小石调》也。”③与上述记载大体相同。

这两段话说得很风趣。它们从反面告诉我们：诗应该“刚”而词应该“柔”。此话怎讲？据元人周德清《中原音韵》记载，在宋代28宫调中，《小石调》是“旖旎妩媚”的一种曲调。取笑秦观的诗要入《小石调》，即是戏言他的诗近乎“曲子”（词）。这话是有道理的。元好问《论诗绝句》中，就曾称他的诗为“女郎诗”。清人吴景旭也说：“少游乃填词当家。其于诗场，未免踏入软红尘去。故

① 陈师道：《后山诗话》，何文焕辑《历代诗话》，中华书局，1981年，第309页。
② 沈辰垣：《历代诗余》卷一一五，上海书店，1985年，第1368页。
③ 胡仔：《苕溪渔隐丛话·前集》卷五一，人民文学出版社，1962年，第349页。

遗山所咏,切中其弊。”①而我们又注意到,这个“女郎”式的柔媚风格,又正是秦观词的显著特色——李清照不就称他的词“譬如贫家美女”吗?所以,从上述这两席话中,我们可以推绎出一个看法来,那就是,宋代人一般认为:诗应该“刚”而不该“柔”,只有词才是应该“旖旎妩媚”似“女郎”般的。

另外,我们以前所引过的一些材料(如《词源》所谓的“词婉于诗”,如《梦粱录》所谓的“须是声音软美”,如林景熙《胡汲古乐府序》所反对的“毁刚毁直,然后宛转合宫商,妩媚中绳尺”,等等),也无不说明了词须要具有一种“柔性美”的特质。

那么,宋人的这些看法,是否有道理呢?应该说是有的。我们早在分析词的“主体风格”的形成原因时,就曾对词的“婉”的特征做过专门论述。这个“婉”字也就有些近乎这里的“柔”字,所以我们不再多说。我们在这里只想举出事实来证明这种看法之具有一定的道理。

请看被人称为“欧阳今与韩(愈)相似,海水浩浩山嵬嵬”(梅尧臣《依韵和永叔澄心堂纸答刘原甫》诗)的欧阳修,他的诗风确是比较“刚”的——可是他的词呢?“月上柳梢头,人约黄昏后”(《生查子》),要不是有人出来辨明,有很多人还认为它是出于“断肠”女词人朱淑真之手呢,这就可知其风格之“柔”了。

再看,柳永的《煮海歌》、周邦彦的《薛侯马》,写得多么大气磅礴,而他们的词呢,却又何等婉转柔软。“彩线慵拈伴伊坐”,“天便教人霎时厮见何妨”,柳、周的这些词句,就连婉约派词人,都认为它们是“失于软媚”。

最典型的例子可以举出那位标举词乃“别是一家”的李清照来。这一位被王士禛誉为“婉约之宗”的女词人,她的诗风却是笔锋森严、刚不可犯的。小诗如:

> 生当作人杰,死亦为鬼雄。至今思项羽,不肯过江东。(《乌江》)
> 南来尚怯吴江冷,北狩应悲易水寒。(《失题》)

长诗如《上枢密韩肖胄诗》:

> ……灵光虽在应萧萧,草中翁仲今何若?遗氓岂尚种桑麻,残虏如闻保城郭。嫠家父祖生齐鲁,位下名高人比数。当年稷下纵谈时,犹记人挥汗成雨。子孙南渡今几年?飘流遂与流人伍。欲将血泪寄山河,去洒东山一抔土!

① 吴景旭:《历代诗话》卷六四,中华书局,1958年,第967页。

明人陈宏绪曾经这样比较过李清照的词与诗、文的风格差异:“李易安诗余,脍炙千秋,当在《金荃》《兰畹》之上;古文如《金石录后序》,自是大家举止,绝不作闺阁妮妮语。《打马图序》,亦复磊落不凡”;“独其诗歌无传,仅见《和张文潜浯溪中兴碑》二篇……二诗奇气横溢,尝鼎一脔,已知为驼峰、麟脯矣”。① 诗(文)刚词柔,风格迥别,从这些大量的例子可知,“诗刚词柔”的说法确实是有众多的文学现象作为其事实根据的。和诗的“刚”比较,词的“婉”“柔”也就构成为它的“主体风格”的显著特色之一了。所以,从占据词坛的“正宗”和主流地位的婉约词看,它们的“质地”是偏于软柔一路的;而那种“以诗(文)为词”的变革型词风,因为引入了诗或文的某些特质到词中,所以“硬度”就有所加强了。这就是我们在下文要论述的问题了。

二、“以诗(文)为词”——词中的“刚性美”

词的以“柔”为自己的主要“质地”,已见上文。但是,随着词中出现“以诗为词”和“以文为词”的变革型风格之后,也就出现了“刚”性的“质地”。这在宋人的一些词话中即可见出:

> 东坡在玉堂日,有幕士善歌,因问:“我词何如柳七?”对曰:“柳郎中词,只合十七八女郎,执红牙板,歌‘杨柳岸、晓风残月’。学士词,须关西大汉,执铁板,唱‘大江东去’。”东坡为之绝倒。②

“关西大汉,执铁板”之风,不就是“刚”的风格吗?

辛弃疾的词,被刘克庄赞之为:“大声鞺鞳,小声铿锵,横绝六合,扫空万古,自有苍生以来所未见。”③这也是一种十分典型的“刚性美”。

素以“婉约”为自己特色、以“柔媚”为自己“本色”的词,何以发展到苏、辛手里,会发生这种变化呢?

这种风格特色上的变化,首先与题材内容上的拓宽、加深有关。

不妨以《菩萨蛮》词调为例。自温庭筠以《菩萨蛮》大写女子的服饰、神情、容态以来,此调素以写“闺情”“艳思”作为自己的主要题材,因此作风一向是偏软的。如陈克的两首:

① 王仲闻:《李清照集校注》,人民文学出版社,1979年,第108页。

② 俞文豹:《吹剑续录》,《说郛》卷二四,涵芬楼本,第9页。

③ 刘克庄:《辛稼轩词序》,金启华,等编《唐宋词集序跋汇编》,江苏教育出版社,1990年,第173页。

赤栏桥尽香街直，笼街细柳娇无力。金碧上青空，花晴帘影红。黄衫飞白马，日日青楼下。醉眼不逢人，午香吹暗尘。

绿芜墙绕青苔院，中庭日淡芭蕉卷。蝴蝶上阶飞，烘帘自在垂。玉钩双语燕，宝甃杨花转。几处簸钱声，绿窗春睡轻。

风格端的是香茜轻约，柔婉软媚。而同一词调，由于辛弃疾在里面放进了不同的题材内容，风格就明显不同了，如以下两首：

郁孤台下清江水，中间多少行人泪！西北望长安，可怜无数山。青山遮不住，毕竟东流去。江晚正愁予，山深闻鹧鸪。

功名饱听儿童说，看公两眼明如月。万里勒燕然，老人书一编。玉阶方寸地，好趁风云会。他日赤松游，依然万户侯。

前者写国仇深恨，愤慨悲怆，被梁启超称为："《菩萨蛮》如此大声镗鞳，未曾有也。"①后者写虽闲居而仍怀"万里勒燕然"的雄心，风格也是刚健的。

从上述例子即可以看出，题材对于风格而言，是有相当重要的制约意义的。如果我们拿同一作家所写的同一词调来看，这种制约作用就看得更清楚了：

十年生死两茫茫，不思量，自难忘。千里孤坟，无处话凄凉。纵使相逢应不识，尘满面，鬓如霜。　　夜来幽梦忽还乡，小轩窗，正梳妆。相顾无言，惟有泪千行。料得年年肠断处，明月夜，短松冈。

老夫聊发少年狂，左牵黄，右擎苍。锦帽貂裘，千骑卷平冈。为报倾城随太守，亲射虎，看孙郎。　　酒酣胸胆尚开张，鬓微霜，又何妨！持节云中，何日遣冯唐？会挽雕弓如满月，西北望，射天狼。

苏轼的这两首《江城子》，一柔一刚，主要就由于它们所写的题材不同——而后者的题材内容，又是从"诗"中引进来的。

其次，苏、辛词中之所以会出现"刚性美"，还与他们写词的手法和所运用的语言有关。

缪钺先生《论词》一文，曾把词的抒情方式归纳为四端："其文小，其质轻，其径狭，其境隐。"②这四方面的特点就形成了词有异于诗（文）的"柔婉"的风格特征。但是，到了出现着"以诗为词"和"以文为词"的情况时，这四方面的特点就有所改变，词的柔婉风格就有所解体了。譬如从词所选用的"意象"（亦即缪先

① 梁令娴：《艺蘅馆词选》丙集，中华书局，1935 年，第 96 页。
② 缪钺：《论词》，《诗词散论》，上海古籍出版社，1982 年，第 56－60 页。

生所云的“其文小”之“文”)来看,一般取其轻灵细巧者,如陆辅之《词旨》中就标举出“花影吹笙,满地淡黄月”“灯花结,片时春梦,江南天阔”“海棠影下,子规声里,立尽黄昏”“帘半卷,带黄花,人在小楼”等“警句”作为写词之典范①。然而,在苏词中却出现了“乱石崩云,惊涛裂岸,卷起千堆雪”的雄伟壮阔的意境,辛词中更出现了“马作的卢飞快,弓如霹雳弦惊”的险奇豪壮的意境,这怎么不使这些词显出英雄豪杰的刚健气概呢?再拿词的语言来看,一般也都选取华美、轻约、雅净的词汇。张镃论史达祖词时说它的语言有“织绡泉底,去尘眼中”之妙②,就意味着这种语言是一种纯而又纯、美而又美的“高级”语言(它容不得半点“杂质”,就好比眼中容不得灰尘一样)。而苏、辛词中却把黄犬、苍鹰、刀枪、旌旗、银胡簶、金仆姑……都写入了词里,龙腾虎掷,奔腾纸上,自有一股刚硬的“大气”飞动于字里行间。再譬如在表情手法方面,苏、辛词也有所变革。这里试举辛弃疾《贺新郎》为例:

绿树听鹈鴂。更那堪、鹧鸪声住,杜鹃声切。啼到春归无寻处,苦恨芳菲都歇。算未抵人间离别。马上琵琶关塞黑,更长门翠辇辞金阙。看燕燕,送归妾。　　将军百战身名裂,向河梁、回头万里,故人长绝。易水萧萧西风冷,满座衣冠似雪。正壮士悲歌未彻。啼鸟还知如许恨,料不啼清泪长啼血。谁共我,醉明月?

刘永济先生说:此诗与李商隐咏“泪”之七律尤复相似。李诗列举古人挥泪六事,句各一事,不相连续,至结二句方表送别之意,打破前人律诗起承转合之成规。(按:李诗《泪》曰:“永巷长年怨罗绮,离情终日思风波。湘江竹上痕无限,岘首碑前洒几多!人去紫台秋入塞,兵残楚帐夜闻歌。朝来灞水桥边过,未抵青袍送玉珂。”)稼轩此词列举别恨数事,打破前人前后二阕成规,与之正复相似③。这就充分说明了辛弃疾此词打破词的(甚至是诗的)传统写法,敢于突破、创新的大胆变革。由于它所抒写的题材内容,不只是“永巷长年怨罗绮,离情终日思风波”的闺怨别泪,而是包括壮士悲歌、杜鹃啼泣的苦恨血泪,因而在表情的手法方面,也是大胆突破、“以诗(文)为词”的。题材和手法、语言方面的引进诗、文的某些特点,就使苏、辛的这类词出现了前所少见的“刚性美”。《四库全书总目提要》谓辛词“慷慨纵横,有不可一世之概,于倚声家为变调;而异军

① 陆辅之:《词旨》,唐圭璋编《词话丛编》,中华书局,1986年,第318页。
② 张镃:《梅溪词序》,《宋六十名家词》,上海古籍出版社,1989年,第196页。
③ 邓广铭笺注:《稼轩词编年笺注》卷四,上海古籍出版社,1978年。

突起，能于剪翠刻红之外，屹然别立一宗”①，这个“异军突起”之说，便说着了它不同于“主体风格”的“刚性美”特质。

三、以“硬笔”写“柔情”的姜夔词

谈到“以诗为词”，人们往往会马上联想到东坡。其实，把“诗”的某些质素运用到词中的，并不止苏轼一人。如晏几道词，黄庭坚就称之为：“寓以诗人之句法，清壮顿挫，能动摇人心。”②黄庭坚词，晁补之称其为“自是著腔子唱好诗”③；贺铸词，张耒称其有“幽洁如屈、宋，悲壮如苏、李”的地方④……这说明，他们的词，在某些方面都与“诗”有着相通之处（其实，诗词本是“同源”的艺术，“相通”也本该是很自然的事）——不过，比起苏轼的大刀阔斧式的举动来，他们的这些“以诗为词”，就显得相形而逊色了。当然，话又要反过来说，苏轼（乃至辛弃疾）的“以诗为词”，正因为其步子比较大，所以在外表上留下来的形迹也就比较明显。譬如苏词：“念寓形宇内复几时？不自觉皇皇欲何之？委吾心、去留谁计？神仙知在何处？”（《哨遍》）此类句子便十足是散文诗式的句子了，可见在苏、辛的变革词风时，“以诗为词”所留下来的痕迹还相当突出。而到了姜夔以“硬笔”写“柔情”的“雅词”中，同样是“引诗入词”，但是就较多地抹去了外表上的痕迹而深入到“内核”的“风神”中去了。

姜夔是诗词兼擅的文人。他学诗从江西派入，又以晚唐风味出。他的作词，却又“调和”了二者，是以江西派的瘦硬诗风来匡救着温、韦（晚唐词风）和柳、周词风之失的⑤。关于这点，我们就不再多说。这里想要补充谈的是：如果“就词论词”地看，姜词是很懂得以苏、辛词风的刚美来“救济”婉约之作的软媚之美的。这也就是所谓的以“硬笔”来写“柔情”的问题。

试以他的《长亭怨慢》为例：

> 渐吹尽枝头香絮，是处人家，绿深门户。远浦萦回，暮帆零乱向何许？阅人多矣，谁得似、长亭树？树若有情时，不会得青青如此！
> 日暮，望高城不见，只见乱山无数。韦郎去也，怎忘得玉环分付？第一

① 永瑢，等：《四库全书总目》卷一九八，中华书局，1965年，第1816页。
② 黄庭坚：《小山词序》，朱孝臧辑校《彊村丛书》，上海书店，1989年，第168页。
③ 胡仔：《苕溪渔隐丛话·后集》卷三三，人民文学出版社，1962年，第253页。
④ 张耒：《东山词序》，朱孝臧辑校《彊村丛书》，上海书店，1989年，第353页。
⑤ 夏承焘：《姜白石词编年笺注·代序》，《姜白石词编年笺注》，上海古籍出版社，1981年。

是早早归来，怕红萼、无人为主。算空有并刀，难剪离愁千缕。

这一首词和秦观的《满庭芳》，写的是同一个主题（离愁），词中同样化用了唐人欧阳詹诗句“高城已不见，况复城中人”（《初发太原途中寄太原所思》），但在风格上却显有刚柔之别。苏轼曾戏云：“山抹微云秦学士，露花倒影柳屯田。”①“山抹微云”即秦观《满庭芳》词的首句，由此即可见它的“气格”软媚，有类同于柳词之处。而姜词则与此不同。如果我们细读全词，首先便觉有一种“浑灏流转”②的气势拂面而来。它用看似“率意”而发实则中含法度的参差不齐的长短句，造成了一种既觉缠绵悱恻、又觉跌宕有致的特殊声情，一气贯注，几经顿挫，使人读后生出无限“摇曳”之感。譬如下片之“日暮，望高城不见，只见乱山无数。韦郎去也，怎忘得玉环分付？第一是早早归来，怕红萼、无人为主”，就真有着“抽刀断水”而“水更流”之妙。这种“气势”之妙就源于它的“以文（气）为词”。其次，此词的炼句、炼字亦有“瘦”“硬”之味。如“阅人多矣，谁得似、长亭树？树若有情时，不会得青青如此”，就是从《左传》“妾阅人多矣，未有如公子者”和《世说新语》中桓温“树犹如此，人何以堪”中化出，其中既含有如水一般柔软的温情，又有骚人失意的悲怆，语势柔婉而兼刚脆。又如在许多长短句的领头处，大多冠以拗怒有力的去声字（如“渐”“是”“树”“望”“第”“算”等），这就使全词增添了无限波峭挺拔的“力感”。再者，从姜词所运用的词藻和意象来看，也不大同于秦词。秦词全用了“销魂”“伤情”“香囊”“罗带”“襟袖”“啼痕”之类的“软性”字面，姜词却在此类词藻（如“香絮”“红萼”）之外，又插入了“乱山无数”“暮帆零乱”的凄怆意象，使它在软绵绵的离愁别绪外，又隐现出怀才不遇、嗟世伤时（观其小序中引用桓温语即知此意）的复杂况味。凡此种种，都表示出它的风格已是“柔中有刚”，与苏、辛词风有着某些暗通之处了（麦孺博即评此词为“夺胎稼轩”）③。

那么姜词在继承前代婉约词风的同时何以又会向苏、辛那种“以诗为词”的词风靠拢？这可以从三方面来看其原因：

一是“人品”方面的原因。前已论述过，姜词善以“雅笔”写“艳情”，这实际就关系到一个“人品”的问题。姜夔虽以布衣终生，但他品格狷介高洁，范成大

① 叶梦得：《避暑录话》卷下，《四库全书》第863册，上海古籍出版社，1987年，第674页。

② 梁令娴：《艺蘅馆词选》丙卷，中华书局，1935年，第119页。

③ 同②。

称其“翰墨人品皆似晋宋之雅士”①,陈郁称他“襟期洒落如晋宋间人”(《藏一话腴》),是何等“高雅”!因此发而为词,虽是写艳情,其风格也就不同于柳、周的软媚烂熟,而显得“体制高雅”,中含清刚之气。试读《庆宫春》词:

双桨莼波,一蓑松雨,暮愁渐满空阔。呼我盟鸥,翩翩欲下,背人还过木末。那回归去,荡云雪、孤舟夜发。伤心重见,依约眉山,黛痕低压。　　采香径里春寒,老子婆娑,自歌谁答?垂虹西望,飘然引去,此兴平生难遏。酒醒波远,正凝想、明珰素袜。如今安在?唯有阑干,伴人一霎。

此词实为缅怀情人之作②。然而,它以云雪低压下的青山比拟情人的黛眉,以山寒波远来反衬“明珰素袜”的不见,这种高迥清刚的境界实是以前的言情词中所少见到的。

二是文学理论方面的原因。苏轼论文,以“辞达”“自然”为主旨,主张作文“如行云流水”(《与谢民师推官书》)。而白石说诗,就近似于这种观点。他说“诗”这个东西,“其来如风,其止如雨,如印印泥,如水在器,其苏子所谓‘不能不为者乎’?”③这与苏轼的“夫昔之为文者,非能为之为工,乃不能不为之为工也。山川之有云雾,草木之有华实,充满勃郁而见于外,夫虽欲无有,其可得耶”④的观点是一脉相承的。所以姜夔作词,也力求以“辞达”而主,而不去“毁刚毁直,然后宛转合宫商,妩媚中绳尺”⑤。他的《长亭怨慢》自序“予颇喜自制曲,初率意为长短句,然后协以律,故前后阕多不同”,就说明了他的“以意为主”而不以宛转合律为主。因而他词中常很自然地运用一些口语式的句子,以畅快地表达情意,如:

长记曾携手处,千树压、西湖寒碧。又片片吹尽也,几时见得?(《暗香》)

满汀芳草不成归,日暮,更移舟向甚处?(《杏花天影》)

旧游在否?想如今翠凋红落。漫写羊裙,等新雁来时系著。怕匆

① 周密:《齐东野语》卷一二,上海书店,1996年,影印涵芬楼旧版,第1页。
② 夏承焘:《姜白石词编年笺注》,上海古籍出版社,1981年,第360页。
③ 姜夔:《白石道人诗集自序》,《白石诗词集》,人民文学出版社,1959年。
④ 苏轼:《江行唱和集序》,郭绍虞主编《中国历代文论选》第2册,上海古籍出版社,1979年,第271页。
⑤ 林景熙:《胡汲古乐府序》,《霁山文集》卷五,《四库全书》第1188册,上海古籍出版社,1987年,第747页。

匆不肯寄与，误后约。(《凄凉犯》)

这种力求辞达的文学宗尚及因此而采用的瘦硬的笔调，自然会使本来偏于软媚风格的词中出现某些刚硬质地。

三是时代的原因。姜夔与辛弃疾是属于同一时代的人。他目睹过兵乱十余年后犹举目荒凉的扬州城惨况，“黍离”之慨横陈胸中。在他后期，又曾与辛弃疾交往唱酬，词风上很受辛词的影响。比如下面这首次稼轩韵的《汉宫春》：

一顾倾吴，苎萝人不见，烟杳重湖。当时事如对弈，此亦天乎？大夫仙去，笑人间、千古须臾。有倦客扁舟夜泛，犹疑水鸟相呼。　　秦山对楼自绿，怕越王故垒，时下樵苏。只今倚阑一笑，然则非欤？小丛解唱，倩松风、为我吹竽。更坐待千岩月落，城头眇眇啼乌。

它的“吐属气味”，就与辛弃疾“若秘响相通”①。

由于上述诸方面的原因，姜夔的词（包括那些描写柔情的词）就比温、韦、柳、周词多出了一种偏于刚性的美感。张炎称其有“古雅峭拔”之致②，沈义父说他“未免有生硬”之处③，周济更深入一层地揭示了他“脱胎稼轩，变雄健为清刚，变驰骤为疏宕”④，这些话都不同程度地触及了这个“济刚入柔”的问题。而这实际上也还是由“以诗为词”中“打通”过来的。

姜夔词中的“刚性美”，除了在艺术趣味方面（即以“雅笔”写“艳情”，不同于柳、周的陷于软媚侧艳之中）的反映外，还表现在它的笔调方面。大致来讲有如下两点：

一是笔力峭健，深得“提空”之妙。

柳、周写柔情词，往往喜欢大段铺叙，反复渲染，极尽其缠绵往复之致。但是由于过分就实，就事写事，所以不免有软熟之病。姜词却不这样，它往往采用“化实力虚”的“提空”手法，把“实事”仅用一两笔概括，然后却用大段笔墨写其虚空之惆怅。从这里，我们便看到了它笔力的峭健和风格的“清空”。试看下面两首词：

绿丝低拂鸳鸯浦，想桃叶当时唤渡。又将愁眼与春风，待去，倚兰

① 刘熙载：《艺概》卷四，上海古籍出版社，1978 年，第 110 页。

② 张炎著、夏承焘校注，沈义父著、蔡嵩云笺释：《词源注　乐府指迷笺释》，人民文学出版社，1963 年，第 16 页。

③ 同②，第 48 页。

④ 周济：《宋四家词选》，上海古籍出版社，1958 年，第 3 页。

桡更少驻。　　金陵路，莺吟燕舞，算潮水知人最苦。满汀芳草不成归，日暮，更移舟向甚处？（《杏花天影》）

空城晓角，吹入垂杨陌。马上单衣寒恻恻。看尽鹅黄嫩绿，都是江南旧相识。　　正岑寂，明朝又寒食。强携酒，小桥宅。怕梨花落尽成秋色。燕燕飞来，问春何在？唯有池塘自碧。（《淡黄柳》）

上首写旧事，仅用了一句“想桃叶当时唤渡”；下首写旧事，更是隐隐约约，化去“实事”的痕迹。因此，通读全词唯觉一片清空的枨触。陈锐《袌碧斋词话》谓姜词“拟稼轩之豪快，而结体于虚”①，就深体其“提空”之妙。这里我们还可以举出东坡的《永遇乐》来与之比较：

明月如霜，好风如水，清景无限。曲港跳鱼，圆荷泻露，寂寞无人见。紞如三鼓，铿然一叶，黯黯梦云惊断。夜茫茫，重寻无处，觉来小园行遍。　　天涯倦客，山中归路，望断故园心眼。燕子楼空，佳人何在？空锁楼中燕。古今如梦，何曾梦觉？但有旧欢新怨。异时对、黄楼夜景，为余浩叹。

此词是苏轼夜宿彭城燕子楼，梦盼盼而作。照理这是个可以大写其艳情、柔情（张建封与侍妾盼盼之艳事）的题材，然而他仅用“燕子楼空，佳人何在？空锁楼中燕”三句，便“说尽张建封事”（晁补之语），这与秦观“十三个字，只说得一个人骑马楼前过”②的啴缓软熟的柳永式笔调，是大异其趣的——东坡的笔调，实际上也是一种“提空”的写法。而姜夔写柔情的不少词，也往往采用这种笔法。这种“提空”法，乃使词风不陷于软媚烂熟的陈旧习套之中，而别显出一种清空峭硬的味道来。

二是“高格响调”，听来有“敲金戛玉”（杨万里赞姜夔七绝诗语）③之声。

姜词素以“高格响调”著称。“高格”指其“雅”，而“响调”则指其“硬”——唯“硬”始能“掷地作金石之声”也。

张炎《词源》谓：词的用字下语“须是深加锻炼，字字敲打得响……方为本色语”④。陆辅之《词旨》也说：“炼字贵响。”姜词的用字铸语就深得“响”“亮”、

① 陈锐：《袌碧斋词话》，唐圭璋编《词话丛编》，中华书局，1986 年，第 4200 页。

② 王弈清：《历代词话》卷五，唐圭璋编《词话丛编》，中华书局，1986 年，第 1186－1187 页。

③ 夏承焘校辑：《白石诗词集》，人民文学出版社，1959 年，第 163 页。

④ 张炎著、夏承焘校注，沈义父著、蔡嵩云笺释：《词源注　乐府指迷笺释》，人民文学出版社，1963 年，第 15 页。

"硬"之妙。他善于自铸新语(不全同于周邦彦的善于融化唐人诗语入词),如:

嫣然摇动,冷香飞上诗句。(《念奴娇》)
波心荡、冷月无声。(《扬州慢》)
数峰清苦,商略黄昏雨。(《点绛唇》)
西山外,晚来还卷,一帘秋霁。(《翠楼吟》)

这种创铸新语的本领,一方面得力于江西诗派的嗜好"自作语"作风(黄庭坚《答洪驹父书》云:"自作语最难。"①);另一方面,也接受过苏、辛的驱使经史子集语为我所用的影响。这类自铸语,最能显出姜词炼字瘦硬响亮的特色。

姜夔又善于运用去声字。《乐府指迷》曾说过:"句中用去声字最为紧要。"②清万树《词律》也说:词中去声字最为重要,因为"名词转折跌宕处多用去声"③。去声字在字声中最响亮有力,用在词的紧要处便会使它生出跌宕飞动、波峭刚折之美。如前举的《长亭怨慢》,它领首的"渐"字,中间的"树"字、"望"字、"第"字,以及结尾句用的"算"字,都是去声,使人读后有"一山放出一山拦"的山峦起伏之感。柔情本是如"水"一样软绵婉转的东西,然而在姜夔写来,这股水波不像温、韦笔下那样,多的是涟漪微沦之美,而是有着"一波三折"、跌宕顿挫之妙。

以上谈的是姜夔运"硬笔"写"柔情"的问题。这种"硬笔"主要是与传统的婉约词相比较而言的,它与辛派词人的"硬语盘空"(辛弃疾《贺新郎》有云:"硬语盘空谁来听")自然是不好比的。但拿传统的"主体风格"来比,姜夔的词风毕竟是要"硬"得多了。试读温庭筠的这些词:

万枝香雪开已遍,细雨双燕。钿蝉筝,金雀扇,画梁相见。雁门消息不归来,又飞回。(《蕃女怨》)

凭绣槛,解罗帏,未得君书,断肠潇湘春雁飞。不知征马几时归?海棠花谢也,雨霏霏。(《遐方怨》)

细雨晓莺春晚,人似玉,柳如眉,正相思。　罗幕翠帘初卷,镜中花一枝。肠断塞门消息。雁来稀。(《定西蕃》)

① 黄庭坚:《答洪驹父书》,郭绍虞主编《中国历代文论选》第2册,上海古籍出版社,1979年,第316页。

② 张炎著、夏承焘校注,沈义父著、蔡嵩云笺释:《词源注　乐府指迷笺释》,人民文学出版社,1963年,第67页。

③ 万树:《词律·发凡》,《词律》,上海古籍出版社,1984年,第15页。

《蕃女怨》《遐方怨》《定西蕃》这些词调,从其曲名和内容来讲,应是描写边塞题材之作(如敦煌曲子词中的《定西蕃》,每首都以“谁人敢去定西蕃”作结)。然而,边塞题材的内容,在温氏笔下却变得如此哀怨低回,真可说是以“软笔”写“健情”了。姜夔词一和它做比较,其以“硬笔”写“柔情”的差异也就越发明显了。

第十五章　疏与密

一、温、韦词的疏、密比较

前人论词,除了有“雅”“俗”之辨和“刚”“柔”之分外,还有“疏”“密”之说。如果拿“疏”“密”的角度来看问题的话,那么,温、韦词风的差异倒很合适用这两个字来概括。况周颐谓:“韦文靖(庄)词,与温方城(庭筠)齐名,熏香掬艳,眩目醉心,尤能运密入疏,寓浓于淡,《花间》群贤,殆鲜其匹。”①他说的“运密入疏,寓浓于淡”,就指出了韦庄的变化温氏词风及二者的差异。

所谓的“疏”“密”,实在是一个比较复杂的概念。从温、韦词的实际情况来看,它大致可以从两个方面来做比较:一是组织词藻的浓丽与清淡,前者为“密”而后者为“疏”;二是抒情的“隐”和“显”,前者为“密”而后者为“疏”。

先说组织词藻的疏、密。

温庭筠词,素以词藻的浓丽著称。胡仔称为:“庭筠工于造语,极为绮靡。”②此论甚是。譬如下面这些词里的下字用语就是何等的浓丽:

> 水精帘里颇黎枕,暖香惹梦鸳鸯锦。江上柳如烟,雁飞残月天。
> 藕丝秋色浅,人胜参差剪。双鬓隔香红,玉钗头上风。(《菩萨蛮》)
>
> 花半坼,雨初晴。未卷珠帘,梦残,惆怅闻晓莺。宿妆眉浅粉山横,约鬟鸾镜里,绣罗轻。(《遐方怨》)
>
> 霞帔云发,钿镜仙容似雪,画愁眉。遮语回轻扇,含羞下绣帏。
> 玉楼相望久,花洞恨来迟。早晚乘鸾去,莫相遗。(《女冠子》)

由于温氏所写,都是宫嫔、仙女、名妓、贵妇人等一类上层妇女的形象,所以她们的豪华奢侈的衣着服饰、起居陈设必然会反映在词的色泽中,从而形成一种华靡浓丽的语言风格。同时,由于温氏诗风近于李商隐(世以“温李”并称),所以在

① 龙榆生编选:《唐宋名家词选》,上海古籍出版社,1980 年,第 21 页。
② 胡仔:《苕溪渔隐丛话·后集》卷一七,人民文学出版社,1962 年,第 125 页。

审美趣味上宗尚那种“密而丽”的风格,它不避金玉富贵和脂粉之气,这又使其词形成了“镂玉雕琼”“裁花剪叶”(《花间集序》)的绮靡格调。而韦庄却有所不同,他所抒写的除了一般的艳情之外,较多的是自己个人的情志;又因他的诗风近似于白居易,所以他的词就不像温词那样“浓得化不开”。譬如:

四月十七,正是去年今日,别君时。忍泪佯低面,含羞半敛眉。不知魂已断,空有梦相随。除却天边月,没人知。(《女冠子》)

洛阳城里春光好,洛阳才子他乡老。柳暗魏王堤,此时心转迷。桃花春水绿,水上鸳鸯浴。凝恨对残晖,忆君君不知。(《菩萨蛮》)

这种词就写得比较清疏,没有过分华丽的词藻和浓艳的色泽。

次说抒情的“隐”和“显”。

温庭筠词,所喜欢和擅长的是一种“暗示”的抒情方式。它不喜欢直说(顶多只用一两个词语来“挑明”一下),而喜欢用“隐而不露”或“微露消息”的办法透露出一点儿感情的“苗头”来,让读者去联想、去引申。如:

小山重叠金明灭,鬓云欲度香腮雪。懒起画蛾眉,弄妆梳洗迟。照花前后镜,花面交相映。新贴绣罗襦,双双金鹧鸪。(《菩萨蛮》)

全词极力写“物象”,而仅以一“懒”字点明心情。而此“懒”字的根源,又是到结尾始暗示出来的:“新贴绣罗襦,双双金鹧鸪”,在这个“双双”上才反衬出女主人公的孤单、无聊。真可以说是“蛇灰蚓线”,脉络暗伏。

又如:

柳丝长,春雨细,花外漏声迢递。惊塞雁,起城乌,画屏金鹧鸪。香雾薄,透帘幕,惆怅谢家池阁。红烛背,绣帘垂,梦长君不知。(《更漏子》)

此词上阕是一片极细极微的听觉的“境界”,这一切都是由一双十分敏感的“耳朵”所感知着的;下阕是一片朦胧的视觉的“境界”,它又是由一双惆怅失神的“眼睛”所感知着的。只是到最后,方才出现了它们的“主人”的形象——她背着烛光,独卧在床,绣帘低垂着,正痴痴迷迷地萦念着远去不归的丈夫。全词的意象由最后一个“梦”字连贯起来,而女主角的复杂的内心世界全可由读者凭借这些意象去联想。张惠言称:飞卿之词,“深美闳约”①,这个“深”字,也就是周济

① 张惠言编选:《词选》,中华书局,1957 年,第 7 页。

所说的“酝酿最深”①的“深”字。这种“深”主要就表观在意境的深、抒情脉络的深上。

而韦庄词，就与此大不同了。它喜欢用一种直抒胸臆的“显露”的手法来表达自己的内心世界。例如：

昨夜夜半，枕上分明梦见，语多时。依旧桃花面，频低柳叶眉。半羞还半喜，欲去又依依。觉来知是梦，不胜悲。（《女冠子》）

这首词和前引的“四月十七，正是去年今日”一首一样，都是基于实事而发的真情实感，并不做隐晦的掩饰。

再如：

绝代佳人难得，倾国，花下见无期。一双愁黛远山眉，不忍更思惟。

闲掩翠屏金凤，残梦，罗幕画堂空。碧天无路信难通，惆怅旧房栊。（《荷叶杯》）

记得那年花下，深夜，初识谢娘时。水堂西面画帘垂，携手暗相期。

惆怅晓莺残月，相别，从此隔音尘。如今俱是异乡人，相见更无因！（《荷叶杯》）

这两首词写得有时间、有地点、有实在的“人”，因此杨湜的《古今词话》还特为之杜撰过一个韦庄的“内人”被蜀主王建强行夺去的“本事”来②。从这里就可以看出他抒情的不求“隐”而求“显”。而也正因为这种抒情的“显”，就使他的词具有清疏好读的特点。

当然，上面所说的温、韦词之间的疏、密之分又不能看得过分绝对。这是因为，韦庄词中也有着浓密的作品而温庭筠词中却也并不乏清疏之作；而且归根到底，这两家又都共属于同一种“花间”词风。但是，我们毕竟已经看到，在相近似的作家群中，虽然彼此间具有同一种“类型风格”，然而却又存在着各自的“个性风格”。周济说：“毛嫱、西施，天下美妇人也，严妆佳，淡妆亦佳，粗服乱头，不掩国色。飞卿，严妆也；端己，淡妆也；后主则粗服乱头矣。”③温、韦词都如美妇人一样美，这说的是“类型风格”；温是“严妆”（浓妆），韦是“淡妆”，则又说的是“个性风格”了。

① 周济：《介存斋论词杂著》，人民文学出版社，1959 年，第 5 页。
② 杨湜：《古今词话》，唐圭璋编《词话丛编》，中华书局，1986 年，第 20 页。
③ 同①，第 7 页。

二、姜夔—吴文英—张炎：疏—密—疏

与温、韦同属“花间”作家而词风有疏、密之分一样，姜、吴、张同属南宋“雅词”作家而词风也有疏、密之分。他们之间的这种风格差异，可以从张炎的《词源》和沈义父的《乐府指迷》中见出。

南宋“雅词”派所共同祖祧的词宗，自然是北宋末年的周邦彦。而从对于周邦彦的评价中，我们就可以见到姜夔和吴文英两家对他的继承与革新是各有所侧重和不同的。

沈义父说：“凡作词，当以清真为主。”“梦窗深得清真之妙，其失在用事下语太晦处，人不可晓。”①

张炎说：“美成负一代词名，所作之词，浑厚和雅，善于融化诗句……作词者多效其体制，失之软媚而无所取。此惟美成为然，不能学也。所可仿效之词，岂一美成而已！”②又说：“美成词只当看他浑成处，于软媚中有气魄，采唐诗融化如自己者，乃其所长；惜乎意趣却不高远。所以出奇之语，以白石骚雅句法润色之，真天机云锦也。”③

沈义父的话说明了：吴文英词“深得清真之妙”却又比周词更加浓丽绵密，甚者竟至于走到了晦涩的地步。

张炎在这里谈的虽主要是姜的以“骚雅”救周的“软媚”，但从他称姜词为“天机云锦”，以及另外地方称它如“野云孤飞，去留无迹”来看，也是触及姜的“疏快”“清空”特色的。换言之，在张炎看来，周词绵丽缜密有余而清空不足，唯姜词始能“以疏济密”。所以，“所可仿效之词，岂一美成而已”！言外之意，即以姜词为作词的圭臬（因而张炎自己也是踵步姜词词风的后尘的）。从这些话中，我们便可看到，姜词的风格比之周词的风格，明显地由密转向了疏。

联系起来看，在周—姜—吴—张之间，确实存在着一种疏密的递变关系。张祥龄尝言：“词至白石，疏宕极矣，梦窗辈起以密丽争之；至梦窗而密丽又尽矣，白云以疏宕争之。三王之道若循环，皆图自树之方，非有优劣；况人之才质限于

① 张炎著、夏承焘校注，沈义父著、蔡嵩云笺释：《词源注　乐府指迷笺释》，人民文学出版社，1963年，第44、50页。

② 同①，第9页。

③ 同①，第30页。

天，能疏宕者不能密丽，能密丽者不能疏宕……”①此话是有见地的。关于周词的“密”，前已谈过。这里便来说姜词的“疏”。它主要表现在风格的“率”“空”“淡”三个字上。

邓牧曾说：“长短句……数百年来工者几人，美成、白石逮今脍炙人口。知者谓丽莫若周，赋情或近俚；骚莫若姜，放意或近率。”②姜夔自己也说过：“予颇喜自制曲，初率意为长短句，然后协以律。”（《长亭怨慢》小序）这个“率意”，就是前文所说的抒情的但求“自然”“辞达”，而不过分地追求曲折窈深。《白石道人诗说》又说过“诗有四种高妙”，其最高境界乃“自然高妙”。（何以为“自然高妙”？那就是：“非奇非怪，剥落文采，知其妙而不知其所以妙，曰自然高妙。”③）他既要“剥落文采”而求得表情达意的自然真率，那当然就会造成一种疏淡清直的风格。试读：

歌罢淮南春草赋，又萋萋。漂零客，泪满衣！（《江梅引》）

谁教岁岁红莲夜，两处沉吟各自知。（《鹧鸪天》）

无奈苕溪月，又照我扁舟东下。甚日归来？梅花零乱春夜。（《探春慢》）

这些词语，都是感情的自然发露，并不假词藻的堆垛和组织。“率”之形成“疏”，由此可以见出。

“空”者，张炎听说的“清空”“疏快”也。姜夔词，向以“气体之超妙”著称。（《白雨斋词话》卷二云：“顿挫之妙，理法之精，千古词宗，自属美成。而气体之超妙，则白石独有千古，美成亦不能至。”④）这种妙处主要体现在章法句法的飞动灵活上。前面我们曾经举过《长亭怨慢》，前人说它“浑灏流转，夺胎稼轩”⑤，这种“流转”之感，就是由一种空灵的章法结构所带来的。这里不妨再看一首：

芳莲坠粉，疏桐吹绿，庭院暗雨乍歇。无端抱影销魂处，还见篠墙萤暗，藓阶蛩切。送客重寻西去路，问水面琵琶谁拨？最可惜，一片江山，总付与啼鴂。　　长恨相从未款，而今何事，又对西风离别？渚寒烟淡，棹移人远，飘渺行舟如叶。想文君望久，倚竹愁生步罗袜。归来

① 张祥龄：《词论》，唐圭璋编《词话丛编》，中华书局，1986年，第4211页。

② 张炎：《山中白云词》，吴则虞校辑，中华书局，1983年，第165页。

③ 夏承焘校辑：《白石诗词集·白石道人诗说》，人民文学出版社，1959年，第68页。

④ 陈廷焯：《白雨斋词话》卷二，人民文学出版社，1959年，第29页。

⑤ 梁令娴：《艺蘅馆词选》丙卷，中华书局，1935年，第119页。

后，翠尊双饮，下了珠帘，玲珑闲看月。（《八归》）

麦孺博评此词曰："全首一气到底，刀挥不断。"①"刀挥不断"之妙，即源于它的气势，源于它的章法（朱承爵《存余堂诗话》所谓"曲折三致意而气自流贯"的章法结构）②。章法飞动灵巧，便造成了风格的疏宕有致。

姜词又很善用虚字。《词源》就说过：虚字若能"用之得其所"，就"句语自活，必不质实，观者无掩卷之诮"。试看《齐天乐》词，用了"先自""更""曾""正""又""为谁""更"等一叠串的虚字来衔接词意，全词就有"舒筋活脉"的灵动之感而不显得凝滞呆板了。

又如：

> 凝伫，曾游处。但系马垂杨，认郎鹦鹉。扬州梦觉，彩云飞过何许？多情须倩梁间燕，问吟袖、弓腰在否？怎知道，误了人、年少自恁虚度。（《月下笛》下片）

短短的一片中，接连用了"但""须""否""怎知道""自恁"等好几个虚词，既使词情层层转接推进，又使吟诵者读后生出一种"疏快"的听觉之感。

至于姜词的"淡"，主要反映在它的词藻的淡雅上。姜词好用"冷色"字面，如他的名句"二十四桥仍在，波心荡、冷月无声"（《扬州慢》）、"一春幽事有谁知？东风冷，香远茜裙归"（《小重山令》）、"淮南皓月冷千山，冥冥归去无人管"（《踏莎行》），其中都浸透着一种"冷意"。大自然和社会中的人、事、景、物，本是充满着缤纷的色彩和多种的音响的，但是，在词人那种偏冷、偏静的特种心理的"过滤"之后，出现在他词中的，却只剩下了这般清冷的色调了。甚至对一般婉约派词人看来是最热烈、最缠绵的艳情，在他那里，都经过了一种"冷处理"而显得"冷艳"了。如他的两首咏梅名作《暗香》《疏影》，就把与美人冶游的一段情事"嵌"在一个极冷的环境中来描写（"长记曾携手处，千树压西湖寒碧"），又把美人（昭君）的芳魂化作了幽独的梅影。凡此种种，就使他在遣词用语上趋向于清淡而避浓丽。譬如下面这些词：

> 肥水东流无尽期，当初不合种相思。梦中未比丹青见，暗里忽惊山鸟啼。　　春未绿，鬓先丝，人间别久不成悲。谁教岁岁红莲夜，两处沉吟各自知。（《鹧鸪天》）

① 梁令娴：《艺蘅馆词选》丙卷，中华书局，1935 年，第 121 页。
② 朱承爵：《存余堂诗话》，何文焕辑《历代诗话》，中华书局，1981 年，第 794 页。

"人间别久不成悲",语极朴素,情却极厚,好比那种上品的淡茶一样,于淡香中含有醇味,耐人品味无穷。

> 巷陌风光纵赏时,笼纱未出马先嘶。白头居士无呵殿,只有乘肩小女随。　　花满市,月侵衣,少年情事老来悲。沙河塘上春寒浅,看了游人缓缓归。(《鹧鸪天》)

况周颐评"笼纱未出马先嘶"曰:"七字写出华贵气象,却淡隽不涉俗。"①这就是一种"写富贵而不用金玉字面"的"淡笔"。那种"少年情事老来悲"的深浓悲感,只用"看了游人缓缓归"一语淡淡出之,实是大家手笔。

由于上述这些因素——抒情的求"率",章法、句法的"清空""疏快",以及遣词下语的不求浓艳而喜用冷淡字面,这几方面的因素综合起来,就形成了姜词"疏宕"的神貌。前人以"瘦石孤花"②"幽韵冷香"③比之,都是深揭其"疏淡"之致的妙喻。

与姜词的"率""空""淡"相比,吴文英的词就呈现出另一种"曲""实""丽"的"密"的特色来。

例如他的《琐窗寒》:

> 绀缕堆云,清腮润玉,汜人初见。蛮腥未洗,海客一怀凄惋。渺征槎,去乘阆风,占香上国幽心展。□遗芳掩色,真姿凝淡,返魂骚畹。　　一盼,千金换。又笑伴鸱夷,共归吴苑。离烟恨水,梦杳南天秋晚。比来时,瘦肌更销,冷薰沁骨悲乡远。最伤情、送客咸阳,佩结西风怨。

胡适曾加讥议说:"这一大串的套语与古典,堆砌起来,中间又没有什么'诗的情绪'或'诗的意境'作个纲领;我们只见他时而说人,时而说花,一会儿说蛮腥和吴苑,一会儿又在咸阳送客了。"④从表面上看,它确如胡氏所说,是有扑朔迷离、不辨东西之感的。但杨铁夫曾细加笺释道:"题标玉兰,实指去姬,诗之比体。上阕映合花,下阕直说人,又诗之兴体。"又说:"梦窗一生之心事全见。"⑤如照他的解释,则上阕用的是"比体",以人比花,而又以花绾合人;下阕则直写人,而又绾合到花。由于采用了亦花亦人、花人合一的写法,加上用典使事(如

① 况周颐:《蕙风词话》卷二,《蕙风词话　人间词话》,人民文学出版社,1960年,第36页。
② 郭麐:《灵芬馆词话》卷一,唐圭璋编《词话丛编》,中华书局,1986年,第1503页。
③ 刘熙载:《艺概》卷四,上海古籍出版社,1979年。
④ 胡适:《词选》,河北人民出版社,1999年,第297页。
⑤ 杨铁夫笺释:《梦窗词选笺释》,1932年铅印本,第2页。

以“蛮腥”“吴苑”暗写江南,“咸阳送客”暗写离思),使人不易摸到头绪。司空图《诗品》论“纤秾”的风格道:“采采流水,蓬蓬远春。窈窕深谷,时见美人。碧桃满树,风日水滨。柳阴路曲,流莺比邻……”①他词中所深悼的那位江南“去姬”,就像司空图所描绘的那样,是在“窈窕深谷”“柳阴路曲”的“深”“曲”的词境中才若隐若现地出现的,而不像姜词中那位“燕燕轻盈,莺莺娇软,分明又向华胥见”(《踏莎行》)的女子那样,显现得是如此的明晰。举此一例,即可知吴词在抒情方面的“深曲”。

在章法与句法方面,吴词有一种“逼塞”之感(周尔墉手批《绝妙好词笺》卷四语)②。在他所描绘的许多意象之间,常缺乏一种表面上的勾连,而好在深层下用“似断若续”的办法去串通着。因此,若光从外表看,它就显得有“质实”之感。譬如《花犯》(咏水仙花)开头四句:“小娉婷,清铅素靥,蜂黄暗偷晕,翠翘倚鬟。”“小娉婷”总言水仙之美;“清铅素靥”写其白瓣;“蜂黄暗偷晕”写其黄蕊;“翠翘倚鬟”写其绿叶。它分别从总貌、白瓣、黄蕊、绿叶来形容水仙花的神态(而又处处以美女的形象来作比拟),在这些意象的深处以一个“美”字贯通着,而在外表上则显得堆垛词藻、浓密逼塞了。另外,吴词又较少用虚词、连接词,这又使词中较多地显出一种凝重致密的特色。

在用词下语方面,吴文英好用丽字、代字,甚至是僻典、奥典。这又给他的词带来了繁缛丽密的色彩,以及某种晦涩难读之感。张炎即曾举出了他《声声慢》中的“檀栾金碧,婀娜蓬莱”,说此八字未免“太涩”。我们还不妨读他的《宴清都》上片:“绣幄鸳鸯柱,红情密,腻云低护秦树。芳根兼倚,花梢钿合,锦屏人妒。东风睡足交枝,正梦枕瑶钗燕股。障滟蜡、满照欢丛,嫠蟾冷落羞度。”它用了多少缛丽的字面来形容那株“连理海棠”,就可知他的秾挚绵密的语言风格了。

因此,对于这种密丽的词风,赞之者称其为“梦窗密处,能令无数丽字一一生动飞舞,如万花为春,非若雕琼蹙绣,毫无生气也”③。而不满者称之“如七宝楼台,眩人眼目,碎拆下来,不成片段”④。但无论是褒还是贬,吴词的“密”却是大家所公认的。

张炎对于吴文英的词,应该说,并非是一概不满的。例如他在《西子妆慢》小

① 司空图:《二十四诗品》,何文焕辑《历代诗话》,中华书局,1981年,第39页。

② 龙榆生编选:《唐宋名家词选》,上海古籍出版社,1980年,第293页。

③ 况周颐:《蕙风词话》卷二,《蕙风词话 人间词话》,人民文学出版社,1960年,第47页。

④ 张炎著、夏承焘校注,沈义父著、蔡嵩云笺释:《词源注 乐府指迷笺释》,人民文学出版社,1963,第16页。

序中说:“吴梦窗自制此曲,余喜其声调妍雅,久欲述之而未能。”又作《声声慢》词(题梦窗自度曲《霜花腴》卷后),备写对吴氏悼念钦佩之深情。但他却又不满意于吴的“质实”“凝涩”。因此在梦窗一派以“秾挚”来改变白石的“清泚”①之后,他又以新的“疏宕”风格来纠补吴词晦涩之失了。不过,张炎的“疏宕”比之姜夔的“疏宕”来,又有了一番新的风味。那就是:一方面,在他那些北游大都的词中,风格比之姜词的“古雅峭拔”来,更加健峭劲拔;另一方面,在他那类抒写隐逸情趣(又暗寓着亡国之感)的词中,“棱角”却又渐被磨平,显得清润疏朗。

前者如:

萧疏野柳,嘶寒马、芦花深见游猎。山势北来,甚时曾到,醉魂飞越。酸风自咽。拥吟鼻,征衣暗裂。正凄迷,天涯羁旅,不似灞桥雪。　　谁念而今老,懒赋《长杨》,倦怀休说。空怜断梗,梦依依,岁华轻别。待击歌壶,怕如意、和冰冻折。且行行,平沙万里尽是月。(《凄凉犯》)

后者如:

龟峰深处隐,岩壑静,万尘空。任一路白云,山童休扫,却似崆峒。只恐烂柯人到,怕光阴、不与世间同。旋采生枝带叶,微煎石鼎团龙。

从容,吟啸百年翁,行乐少扶筇。向镜水传心,柴桑袖手,门掩清风。如何晋人去后,好林泉、都在夕阳中?禅外更无今古,醉归明月千松。(《木兰花慢》)

前者是“劲笔”之“疏”,后者是“清笔”之“疏”。邓廷桢谓:“西泠词客,石帚(指姜夔)而外,首数玉田。论者以为堪与白石老仙相鼓吹,要其登堂拔帜,又自壁垒一新。”②同属“疏”“空”,张词还是和姜词有所差别的。

前人论词风的“疏”“密”,还有其他的不少说法。如朱祖谋说:“两宋词人,约可分为疏、密两派。清真介在疏、密之间,与东坡、梦窗分鼎三足。”(《评清真词》)③他以苏轼、吴文英为疏、密两派的代表。而周济又以北宋词为“疏”、南宋词为“密”(《介存斋论词杂著》谓:“针缕之密,南宋人始露痕迹”)④。这些见解,都是仁者见仁、智者见智,就不在这里多说了。

① 周济:《宋四家词选》,古典文学出版社,1958年,第2页。
② 邓廷桢:《双砚斋词话》,唐圭璋编《词话丛编》,中华书局,1986年,第532页。
③ 朱祖谋辑,唐圭璋笺注:《宋词三百首笺注》,上海古籍出版社,1979年,第86页。
④ 周济:《介存斋论词杂著》,人民文学出版社,1959年,第5页。

第十六章　自然与雕琢

前代词论家论词,除了上面所说的那些说法之外,还有一种“情”与“辞”孰占上风的看法。如蔡伯世曾评价说:“子野词胜乎情,耆卿情胜乎词;情词相称者,少游一人而已。”①对于他的评价是否恰当,我们且不去谈它;而从这种看法中,我们即可看到:在唐宋词苑中,确也存在着这样两种情况:一类作品,主要以它的“情”(感情内容的深厚)取胜,另一类作品则主要以它的“辞”(文辞技巧的高妙)取胜。前一类作品,因其感情特别深厚细腻,好像不必太多地依靠文辞技巧的雕琢加工就能感动读者似的,所以表现在艺术风格方面,就出现了一种直抒胸臆的“自然而工”的特色;后一类作品,当然也有一定的感情内容作为词的意境的基础,但似乎更多地依赖着文辞技巧的高超来吸引读者,所以表现在艺术风格方面,就出现了一种雕章琢句、炼字炼意的“雕琢而工”的特色。在这两类作品中,我们拟分别举出“二李”(李煜、李清照)和周邦彦作为代表作家来论述。

一、李煜、李清照——“自然而工”的圣手

李煜词,一向以它感情的沉挚深刻著称。王国维曾把它称之为“以血书者也”,甚至更推崇为“俨有释迦、基督担荷人类罪恶之意”②,由此就可知其“感情分量”的巨大与深厚。任凭此种充沛之情倾泻而出,便“自然”形成为绝妙好词,这似乎就成了后主词的特色。周济曰:“李后主词,如生马驹,不受控捉。”周又把李词比作“粗服乱头”的美妇人③。这些话,都说到了李煜词“情胜于辞”甚至是“情到词成”的特点和那种不假雕琢、“自然而工”的风格特征。这些特色和特征,表现在李煜的词中,突出地呈现为一种不可抑勒的感情气势,从而又自然而然地形成为词中的一股“文势”;后主词正是依靠了这股汹涌激荡的文势来冲击着读者的心的。请读:

① 沈雄:《古今词话》,唐圭璋编《词话丛编》,中华书局,1986年,第766页。
② 王国维:《人间词话》,《蕙风词话　人间词话》,人民文学出版社,1960年,第198页。
③ 周济:《介存斋论词杂著》,人民文学出版社,1959年,第7页。

林花谢了春红,太匆匆!无奈朝来寒雨晚来风!　　胭脂泪,留人醉,几时重?自是人生常恨水常东!(《乌夜啼》)

深院静,小庭空,断续寒砧断续风。无奈夜长人不寐,数声和月到帘栊!(《捣练子令》)

即使是这类感于"时序惊心"而并不直接触及政治事变的词中,都充满着如此喷薄欲出的人生感叹(所以如要用新式标点符号断句的话,常多用惊叹号和问号,这是他人的词中所少见的),因此他那类直接抒发亡国之痛的词中具有"惊心动魄"的气势,就更不令人惊异了:

春花秋月何时了?往事知多少!小楼昨夜又东风,故国不堪回首月明中!　　雕阑玉砌应犹在,只是朱颜改。问君能有几多愁?恰似一江春水向东流!(《虞美人》)

帘外雨潺潺,春意阑珊。罗衾不耐五更寒。梦里不知身是客,一晌贪欢。　　独自莫凭栏,无限江山,别时容易见时难。流水落花春去也,天上人间!(《浪淘沙》)

往事只堪哀!对景难排。秋风庭院藓侵阶。一行珠帘闲不卷,终日谁来?　　金锁已沉埋,壮气蒿莱。晚凉天净月华开。想得玉楼瑶殿影,空照秦淮!(《浪淘沙》)

身世遭遇的剧变,造成了思想感情上的强烈"对比";这种强烈的"对比",又造成了词中不可抑勒的"一江春水向东流"式的"文势"。李煜的词之所以具有强大的艺术感染力,其源不能不寻究到它的"情"上;而表现在艺术风格方面,则表现为那种不假雕琢、直抒胸臆的"自然而工"特色。司空图《诗品》论"自然"有云:"俯拾即是,不取诸邻。俱道适往,着手成春。"①在上述这些作品中就到处都呈现着"俯拾即是""着手成春"的妙处。

当然,说李煜词一点儿"不取诸邻"——这里的意思是不借文辞技巧之力——也是不尽恰当的。没有文辞,何来词情?词情总是靠一定的文字来表达的。准确一点说,李煜词的感动人心,主要是依仗其充沛沉挚的感情内容和表现技巧方面的"自然"风格来达到的。它当然也依靠技巧,也锤炼文字,但与后人那种讲典使事、雕章琢句而比,它的艺术美感便是属于一种朴素的、醇厚的、自然的美感的。譬如下面这首词:

① 司空图:《二十四诗品》,何文焕辑《历代诗话》,中华书局,1981 年,第 42 页。

> 无言独上西楼,月如钩。寂寞梧桐深院锁清秋。剪不断,理还乱,是离愁。别是一般滋味在心头!(《乌夜啼》)

开头“无言”二字,即活画出自己的满面愁容。“月如钩”,是抬头见月;“梧桐深院”,是低头望院;一仰一俯间,已写出其万感萦怀之满腹愁思。短短的几句,不假采饰,纯用白描。下片则直赋其难言的“心头滋味”——虽则用了“剪不断,理还乱”的比喻,但并不使人感到那是刻意求比,而只觉得是“非如此说不可”似的,原因就在此种纷繁复杂的情绪完全像是从心中涌出而不是用笔刻画出来的。

“言为心声”。李煜的词确实是从心中“流”出来的。周之琦称之为“天籁”(《词评》),陈廷焯称之为“词场本色”①。这些评语,都从不同的角度说出了李煜词的“自然而工”的风格特色。

至于李清照词的“自然而工”,我们不妨变换一个“角度”——从女性作家的“艺术感觉”来进行分析:李清照是一位“闺阁”身份的女性作家,这种身份决定了她的词不像后主词那样,具有鲜明的政治色彩和哲理色彩。但也正是这种狭窄而又窈深的闺阁生活环境,却助长了她无比敏锐和细腻的“艺术感觉”。打个并不太恰当的比方来说,好比失明者往往对声音有着出奇的敏感一样,她在寂寞闭塞的绣房生活中,却偏生造就了对于外界生活和内心世界的特别发达的“艺术感觉”。这种丰富而敏锐的艺术感觉“自然而然”地表现在词中,便形成了其词细腻深婉的“本色”。请读:

> 昨夜雨疏风骤,浓睡不消残酒。试问卷帘人,却道海棠依旧。知否?知否?应是绿肥红瘦。(《如梦令》)
>
> 薄雾浓云愁永昼,瑞脑消金兽。佳节又重阳,玉枕纱厨,半夜凉初透。　东篱把酒黄昏后,有暗香盈袖。莫道不消魂,帘卷西风,人比黄花瘦。(《醉花阴》)

对这两首词,胡仔曾说:“近时妇人能文词如李易安,颇多佳句。小词云:……‘绿肥红瘦’,此语甚新。又九日词云:‘帘卷西风,人比黄花瘦’,此语亦妇人所难到也。”②他把欣赏的重点放在语言的“新”上,故认为“此语亦妇人所难到也”。我们的看法却与他有些不同,这两首词的铸语用字固然新奇工巧,然而更可贵的地方则在于她的敏锐、细腻的艺术感受上,而这两点却又正是“男子所难到”而为“妇人所易到”的地方。试看,前人诗词中以巧妙工练的语言描摹花卉

① 陈廷焯:《白雨斋词话》,唐圭璋编《词话丛编》,中华书局,1986年,第3779页。
② 胡仔:《苕溪渔隐丛话·前集》卷六〇,人民文学出版社,1962年,第416页。

的神情的，又何止李清照"绿肥红瘦""人比黄花瘦"（亦反言菊花之瘦）这二句，然而它们却都并不能与李词齐名。例如，陈郁曾说："李易安工造语，故《如梦令》'绿肥红瘦'之句天下称之。余爱赵彦若《剪彩花》诗云：'花随红意发，叶就绿情新。''绿情''红意'，似尤胜于李云。"①许昂霄则以为"人比黄花瘦"是从无名氏《如梦令》中"人与绿杨俱瘦"化出②，而沈际飞又认为此词可与康与之"人瘦也，比梅花，瘦几分"③争美……但是，不管他们举出多少前人类似的诗词来，千载传诵的却是李词而不是其他！这说明，孤立地从语言技巧方面来评价李词的"美"，是不解决大问题的。问题还应该从大处的"意境"方面来着眼观察：造就李词这种优美深婉的意境的主要原因，就在于她的独特的艺术感觉。李清照以一个绝顶聪慧的女子，却被长期禁困在深闺之中，丈夫又或远去，其内心的寂寞哀怨是可想而知的。因此，即使在浓睡刚醒、宿醒未消的时候，她都会惦念着窗外的海棠是否已被夜来的风雨所摧残；而一阵西风过去，又会引起她人与黄花共"瘦"的难言惆怅。这种对于自然界花开花落、春去秋来的时序催促、流年如水之感，正是从女性作家特禀的丰厚艺术感觉中生发出来的。这一点，倒是《草堂诗余隽》（明人吴从先编）的评语中把它说了出来："语新意隽，更有丰情"，"写出妇人声口，可与朱淑真并擅词华"④。它在欣赏其"语新"的同时，指出着它的"丰情""隽意"——而这种丰富、细腻的感情，照评论者看来，又是李清照、朱淑真等一些"妇人"才有的。所以我们常说李清照是一个特别"多愁善感"的女词人；"多愁善感"四字如果换一个说法，那便是艺术感觉异常的敏锐！

这种艺术感觉的"触角"，一是伸向着自然界：

> 暖雨晴风破初冻，柳眼梅腮，已觉春心动。（《蝶恋花》）

残冻刚破，春的消息还在"柳眼梅腮"上透露出那么一点儿，词人的心头却已感到了春意的撩拨……

> 窗前谁种芭蕉树？阴满中庭。阴满中庭，叶叶心心，舒展有余情。
> 伤心枕上三更雨，点滴霖霪。点滴霖霪，愁损北人，不惯起来听。
> （《添字丑奴儿》）

三更天的时候，院中传来阵阵雨打芭蕉的淅沥雨声，这是"本不干卿"的事情，然

① 陈郁：《藏一话腴》，《宋代笔记小说》第22册，河北教育出版社，1995年，第47页。
② 许昂霄：《词综·偶评》，唐圭璋编《词话丛编》，中华书局，1986年，第1568页。
③ 王仲闻校注：《李清照集校注》，人民文学出版社，1979年，第38页。
④ 同③，第10页。

而飘泊江南的女词人，却偏偏听得越加清晰，好像那点点滴滴无不在敲打着自己的神经末梢，声声息息都在触动着自己的心弦……

其二，这种艺术感触的"触角"，又伸向着作者的内心世界：

> 寂寞深闺，柔肠一寸愁千缕。惜春春去，几点催花雨。　倚遍阑干，只是无情绪。人何处？连天芳草，望断归来路。(《点绛唇》)

草满长途，丈夫不归；身困深闺，举目寂寞。词人的注意力便转而"内向"了，她似乎觉得，"肠一日而九回"，其中装满着的全是寸寸柔情、缕缕愁绪。"无情绪"者，正是那百无聊赖、坐卧无味的深愁浓恨。

这里更应举出她的名句：

> 寻寻觅觅，冷冷清清，凄凄惨惨戚戚。(《声声慢》)

对于这 14 个叠字，古往今来，有多少人发出过赞叹。这一连串叠字之妙，自然是值得钦佩的。但是如果不从作者极细腻、极敏锐的艺术感觉出发而只来论它下字之工巧，那还是皮相之谈；这 14 个字的深厚功力，更应在于它的"向着抒情的深度进发"。人都有内心世界，而这个世界若没有"庖丁解牛"式的那把利刃，是深入不了它的内层中去的；这把"利刃"，李清照却有。在那极愁闷、极寂寞的环境中，李清照似乎有着超乎视、听、嗅、味、触觉之外的"第六感觉"。凭仗着这种"第六感觉"，词人得以深入到自己极为幽微的内心世界中做一番探索和反省。"寻寻觅觅"，便是这种探索和反省的形象性描写。词人在寻觅什么？没有明说，但它的结果是清楚的：只觅到了一片"冷冷清清"的恍惚感受，而且这种感受马上又转化为"凄凄惨惨戚戚"的悲绪。这 14 个字，描绘出了一片"心态"——从回忆、寻觅往事开始，到回归悲冷的现实中止。要是没有对于精神世界的那种精微深细的"第六感觉"而光靠几个叠字之妙，实在是办不到的。后人不是也有过"莺莺燕燕春春，花花柳柳真真，事事风风韵韵，娇娇嫩嫩，停停当当人人"的"效颦"(乔吉《天净沙》)之作吗？那又收到了什么艺术效果！

这里所说的艺术感觉，主要指其对于审美对象的真切感受和敏锐观察，它是一个真正的艺术家所不可缺少的素质。正因为具有这种艺术素质，所以他(她)才能发现一般人所发现不了的东西，感受到一般人所不能感受到的艺术境界。但是，只有这种深切的感受和敏锐的观察，还不能算是具有完全的艺术感觉力。除此以外，他(她)还必须具有对于语言文字的敏锐的感觉和驾驭能力。这就是说：一方面，对于生活的高度敏感；另一方面，对于语言的高度敏感，这二者结合起来，才构成为比较完全的艺术感觉。李清照就是这样一位兼而有之的艺术家。她有丰富细腻的感情内蕴，因此对于自然和人事的反应极为灵敏、真切和细腻

(已见前述);同时,她又有极高的语言才能,能够准确、鲜明、生动、传神地表达出这种细腻的感受。她所使用的语言是一种经过提炼而又“自然”的语言,而不同于周邦彦的雕炼型的语言,也不同于柳永那些不大加以整饰的俚词俗语。王士禛说:“前辈谓史梅溪之句法,吴梦窗之字面,固是确论。尤须雕组而不失天然。如‘绿肥红瘦’‘宠柳娇花’,人工天巧,可称绝唱。若‘柳腴花瘦’‘蝶凄蜂惨’(按:此二句为汤恢、杨缵之词句),即工亦巧匠琢山骨矣。”①这里所说的合“人工”与“天巧”于一身,以“人工”之力入而又以“天巧”之貌出的语言风格,正是李清照词的一个显著特色。请读:

花自飘零水自流,一种相思,两处闲愁。此情无计可消除,才下眉头,却上心头。(《一剪梅》)

小风疏雨萧萧地,又催下千行泪。吹箫人去玉楼空,肠断与谁同倚? 一枝折得,人间天上,没个人堪寄。(《孤雁儿》)

楼上几日春寒,帘垂四面,玉阑干慵倚。被冷香消新梦觉,不许愁人不起。清露晨流,新桐初引,多少游春意。日高烟敛,更看今日晴未?(《念奴娇》)

满地黄花堆积,憔悴损,如今有谁堪摘? 守着窗儿,独自怎生得黑? 梧桐更兼细雨,到黄昏,点点滴滴。这次第,怎一个愁字了得?(《声声慢》)

对于这些语言,张端义评为“以寻常语度入音律”②,彭孙遹评为“用浅俗之语,发清新之思”③,这就都说出了它的“自然”的风格特征。但我们自须对此还稍加补充:这种“自然”,不全同于李煜近乎“天籁”式的“自然”,而是经过锤炼之后抹去了“斧凿痕”式的“自然”。试看她“寻寻觅觅”的 14 个叠字,试看她以“肥”“瘦”入词(此之谓“化俗为雅”),试看她巧用《世说新语》的“清露晨流,新桐初引”入词,试看她换用范仲淹“都来此事,眉间心上,无计相回避”为“此情无计可消除,才下眉头,却上心头”,就可知她是如何经过锤炼而达“自然”的。所以王灼曾说:“易安居士……作长短句,能曲折尽人意,轻巧尖新,姿态百出。”④“曲折尽人意”是指她有丰富细腻、委婉深曲的“艺术感觉”,而“轻巧尖新”是说

① 王士禛:《花草蒙拾》,唐圭璋编《词话丛编》,中华书局,1986 年,第 683 页。
② 龙榆生编选:《唐宋名家词选》,上海古籍出版社,1980 年,第 207 页。
③ 彭孙遹:《金粟词话》,唐圭璋编《词话丛编》,中华书局,1986 年,第 721 页。
④ 王灼:《碧鸡漫志》卷二,唐圭璋编《词话丛编》,中华书局,1986 年,第 88 页。

她语言的工巧锤炼,最后所达到的“姿态百出”则又是言它的出之于“自然”之态。

总之,李清照词的特色,首先在于作者有着敏锐细腻的艺术感觉;其次则在于它选用了一种经过锤炼而又出之以自然的语言,把这种艺术感觉准确传神地表达了出来。由于妇女生活的狭隘禁锢,反过来助长了她对自然界和社会人事的极度敏感(这当然也与她本身的诗人气质以及艺术修养有关),因此微有“风吹草动”,她的艺术感觉便会发生反应;又由于她的文学造诣深厚高超,所以这种艺术感觉马上便会通过工练的语言文字“自然”地表达出来。这两重情况,便形成了一种“满心而发,肆口而成”①的“自然”风格。“满心而发”,指其感情之丰富和“感觉”之敏锐;“肆口而成”,指其语言之天成自然。李清照词,尽管在很多方面与李煜词有所不同,但在“满心而发,肆口而成”的“自然而然”方面,还是有不少相似之处的。所以沈谦以“二李”并称,说:“男中李后主,女中李易安,极是当行本色。”②这里的“当行本色”就可以理解为是指他们部分地保持或恢复了民间词直抒真情的自然风格。

二、周邦彦——“雕琢而工”的能人

和二李词的“自然而工”比较,周邦彦的词就显出“雕琢而工”的特色了。

周邦彦词之所以出现“雕琢而工”的特色,相当重要的一个原因在于它的合乐性。周邦彦是一个“御用文人”,他曾提举“大晟乐府”。据《词源》记载:“迄于崇宁(徽宗朝),立大晟府,命周美成诸人讨论古音,审定古调。沦落之后,少得存者,由此八十四调之声稍传。而美成诸人又复增演慢曲、引、近,或移宫换羽,为三犯、四犯之曲,按月律为之,其曲遂繁。”③从这些话便可见他的妙解音律。词的发展,到了苏轼阶段,本已显出了“诗词合流”的倾向,它已从音乐的“附庸”开始转为自由的新体诗歌。但是,周邦彦却又重新把它引入了音乐的束缚之中。这种“戴着脚镣跳舞”(闻一多《诗的格律》语)的作词法,就使周邦彦词必然会走向雕章琢句的方向去。

另一方面的原因则在于:婉约词在柳永慢词的阶段,经历了从小(原先以小

① 张耒:《东山词序》,朱孝臧辑校《彊村丛书》,上海书店,1989 年,第 353 页。

② 沈谦:《填词杂说》,唐圭璋编《词话丛编》,中华书局,1986 年,第 631 页。

③ 张炎著、夏承焘校注,沈义父著、蔡嵩云笺释:《词源注　乐府指迷笺释》,人民文学出版社,1963 年,第 9 页。

令为主)到大(长调为主)的"放大"过程。由于创作经验的不足,所以词中就出现了啴缓松散的作风。物极必反,到了周邦彦时代,便又开始了由散返整的过程。这种"整严化"就表现为对于章法词法的雕琢锤炼。

再者,北宋末期,政治腐败,统治阶级的享乐风气日益滋长。选歌征舞,歌颂太平之风在词坛中便反映为对于音乐、歌辞之"美"的追求。《能改斋漫录》卷一七载:王都尉有《忆故人》词云:"烛影摇红,向夜阑、乍酒醒,心情懒。尊前谁为唱《阳关》? 离恨天涯远。　　无奈云沉雨散,凭栏干,东风泪眼。海棠开后,燕子来时,黄昏庭院。"徽宗喜其词意,犹以不丰容婉转为恨,遂使大晟府别撰腔。周美成增损其词,而以首句为名,谓之《烛影摇红》。词云:"芳脸匀红,黛眉巧画宫妆浅。风流天付与精神,全在娇波眼。早是萦心可惯,向尊前,频频顾眄。几回相见,见了还休,争如不见。　　烛影摇红,夜阑饮散春宵短。当时谁会唱《阳关》,离恨天涯远。争奈云收雨散,凭栏干,东风泪满。海棠开后,燕子来时,黄昏深院。"①从这则词话中,我们就可以见到周邦彦是如何适应最高统治者对"美"(音乐和歌辞的"美")的要求而精心雕琢加工的。

周邦彦词的雕琢之功,主要从下列几个方面见出:

首先是声律上的锤炼。关于这点,夏承焘先生在《唐宋词字声之演变》中已有了细密的分析,这里就不多说了。王国维说:"故先生之词,于文字之外,须兼味其音律。……今其声虽亡,读其词者,犹觉拗怒之中,自饶和婉,曼声促节,繁会相宣,清浊抑扬,辘轳交往。两宋之间,一人而已。"②这种评价,周邦彦确是当之无愧的。这就难怪南宋一些死守格律的词人如方千里、杨泽民等,要亦步亦趋地依韵赓和周词(甚至连平仄四声都毫厘不移)了。这也反过来说明了周词的工于音律、严于音律。

其次是章法上的锤炼。关于这点,我们在前面已有论述,这里再补充一点:周词(主要指慢词)在结构方面善于变化,而在这种变化之中却又不失有一种"凝重"感。(张炎《词源》就说过:"美成词只当看他浑成处,于软媚中有气魄。")这就是他在章法结构上深加锤炼雕琢的结果。试读《六丑》:

> 正单衣试酒,恨客里光阴虚掷。愿春暂留,春归如过翼,一去无迹。为问花何在? 夜来风雨,葬楚宫倾国。钗钿堕处遗香泽。乱点桃蹊,轻翻柳陌。多情最谁追惜? 但蜂媒蝶使,时叩窗槅。　　东园岑寂,渐蒙

① 吴曾:《能改斋漫录》卷一七,上海古籍出版社,1979 年,第 496 页。

② 王国维:《清真先生遗事》,《王国维遗书》第 11 册,上海古籍出版社,1983 年,第 1 - 26 页。

笼暗碧。静绕珍丛底,成叹息。长条故惹行客。似牵衣待话,别情无极。残英小,强簪巾帻。终不似一朵钗头颤袅,向人欹侧。漂流处,莫趁潮汐。恐断红尚有相思字,何由见得?

这首词既是写花,又是写人;既写人之惜花,又写花之恋人,写得实在如同抽茧剥丝一样,细致入微。然而,由于对其结构章法深加了锤炼,读者读后却没有产生一种纤巧轻灵之感;相反,却在委婉中感到浑成,在细腻中感到凝重。"愿春暂留,春归如过翼,一去无迹",这13个字,周济评为"千回百折,千锤百炼"①。接下三句——"为问花何在?夜来风雨,葬楚宫倾国",又如同苏轼的"试问夜如何?夜已三更,金波淡、玉绳低转"(《洞仙歌》)一样,先以问句振起,后以"鹏羽自逝"②式的方法徐徐展开。更于上片结语处,用"多情最谁追惜?但蜂媒蝶使,时叩窗槅"(从后两句中,我们透过那个蜂蝶叩吻着的"窗槅"中,可以隐约看到里面的"人")的自问自答拘束住文情。这种有振起、有呼应、有开有合、有起有束的章法,就使词情出现了起伏顿挫、一波三折之感。下片用"东园岑寂"句缓缓重起词势,又用"长条故惹行客,似牵衣待话,别情无极"几句,把感情推向又一个高潮。这三句,"不说人惜花,却说花恋人",用的是一种"反说"的写法,使得词意更加深婉曲折。"残英小,强簪巾帻。终不似一朵钗头颤袅,向人欹侧",前二句是作者自己的写照,后二句从花写到人,将那位"钗头颤袅"的簪花人突然托出,令人马上会联想到"此人是谁"。词中所抒写的作者和恋人间的离愁别恨,都借写"花"来侧面烘托,手法甚高、甚妙。末尾"恐断红尚有相思字,何由见得"更由已簪之残英进一步怜惜起随波而去的断红,无限哀切之感油然结出。试看,一个普通的、为人写过不知多少遍的"惜春""怜人"题材,在周邦彦的笔下,正说、反说,顺说、逆说,正面说、侧面说,横竖往复、回环曲折,说得是多么深婉而又沉郁。蒋敦复评曰:"清真《六丑》一词,精深华妙。后来作者,罕能继踪。"③这个"精深华妙"之感正说着了周邦彦词经过反复雕炼之后出现的浑成凝重风格。

第三是语言上的锤炼。关于这点,张炎和沈义父都早有论述。张说:"美成负一代词名,所作之词,浑厚和雅,善于融化诗句。"④沈说:"清真最为知音,且

① 周济:《宋四家词选》,古典文学出版社,1958年,第8页。
② 同①。
③ 蒋敦复:《芬陀利室词话》,唐圭璋编《词话丛编》,中华书局,1986年,第3635页。
④ 张炎著、夏承焘校注,沈义父著、蔡嵩云笺释:《词源注 乐府指迷笺释》,人民文学出版社,1963年,第9页。

无一点市井气,下字运意,皆有法度,往往自唐宋诸贤诗句中来,而不用经史中生硬字面,此所以为冠绝也。"①这里先说他的融化前人诗句。可以举《西河》为例:

佳丽地,南朝盛事谁记?山围故国,绕清江、髻鬟对起。怒涛寂寞打孤城,风樯遥度天际。　断崖树,犹倒倚,莫愁艇子曾系。空余旧迹,郁苍苍、雾沉半垒。夜深月过女墙来,伤心东望淮水。　酒旗戏鼓甚处市?想依稀王谢邻里。燕子不知何世,向寻常巷陌人家,相对如说兴亡,斜阳里。

此词化用刘禹锡《金陵五题》中的两首("山围故国周遭在,潮打空城寂寞回。淮水东边旧时月,夜深还过女墙来。""朱雀桥边野草花,乌衣巷口夕阳斜。旧时王谢堂前燕,飞入寻常百姓家。")加以裁剪增补,显出有推陈出新之妙。

其次再来说他的推敲锤炼字面。我们可以举出下列句子为例:

烟中列岫青无数,雁背夕阳红欲暮。(《玉楼春》)
水面清圆,一一风荷举。(《苏幕遮》)
渐别浦萦回,津堠岑寂,斜阳冉冉春无极。(《兰陵王》)
风老莺雏,雨肥梅子,午阴佳树清圆。(《满庭芳》)
条风布暖,霏雾弄晴,池塘遍满春色。《应天长》)
唤起两眸清炯炯,泪花落枕红绵冷。(《蝶恋花》)

无论是状物、写景、抒情、言事,这些句子中的下字运语,都是精确(不光是准确)、优美、深经一番锤炼之功的。

由于周邦彦对于词的音律、章法和语言都下过一番惨淡经营、雕章琢句的苦功,所以读他的词便觉有一种"经意"之感。周济说:"美成思力,独绝千古,如颜平原(真卿)书,虽未臻两晋,而唐初之法,至此大备。后有作者,莫能出其范围矣。"又说:"读得清真词多,觉他人所作,都不十分经意。"②这种"十分经意"的感觉便是由它的"雕琢而工"的风格所生出来的。

① 张炎著、夏承焘校注,沈义父著、蔡嵩云笺释:《词源注　乐府指迷笺释》,人民文学出版社,1963 年,第 44 页。
② 周济:《介存斋论词杂著》,人民文学出版社,1959 年,第 6 页。

余　论

在上编中，我们分别论述了唐宋词的“主体风格”和“变革型风格”；在下编中，又从另外的角度谈论了唐宋词的不同风貌。尽管谈得远不充分，但从其中所列举的唐宋词苑的若干种艺术风格来看，已是足够令人赞叹不已的了。面对着如此丰富多彩的风格现象，我们还有不少话要讲。下面就把这些话简要地概括成“余论”，分成几点来说。

第一，唐宋词的多种风格中，凝聚着这两代人的生命活力和艺术智慧。

文学创作的问题，实际上就是人类的生命活力和艺术智慧如何在个人的“文学劳动”中得到表现的问题。唐宋词是唐宋两代词人辛勤“劳动”的结果，里面聚集着他们无限的生命活力和艺术智慧。在这 500 多年（从中唐算起到晚宋为止）的时间里，人类为着自己的生存和发展奋斗着、思索着，他们有时欢快，有时悲哀；有时歌唱，有时哭泣；有时愤激，有时彷徨；有时平静，有时感伤；有时放旷，有时执著……总之，他们的生活画卷有多么壮阔绚丽，他们的精神面貌也有多么纷纭繁复。作为一种特殊的意识形态，唐宋词正从一个侧面或一个“窗口”反映着他们的生存斗争，反映着他们的感情世界。这两代人的歌哭啼笑、喜怒哀乐，这两代人的音容笑貌、风采神情，就都曾不同程度地通过着他们的词篇表现了出来。唐宋两代人，有着无穷的生命活力，是他们创造了唐宋两代惊人的物质文明和精神文明；唐宋两代人，又有着无限的艺术智慧，是他们写出了无数优美的诗歌、散文、小说和词篇——而单是从后一项中，我们就可以觇见他们在文学创作中具有何等令人惊叹的创造力了！所以，归根到底，唐宋词丰富的艺术风格和艺术美感，就是这两代人生命活力和艺术智慧的某种方式的结晶，它们凝聚着我们祖先的艺术心血，反映着我们祖先的艺术才华。它们永远值得我们珍视，值得我们自豪，值得我们欣赏，值得我们借鉴。

第二，在多种文学体裁中，词似乎是一种最宜于表现伤感情绪的文体，这就促使它形成了自己的“主体风格”。

“人禀七情”，活泼而健全的感情本应是多种色彩的。但是由于人类的发展历史是在一条充满痛苦（至少在阶级社会里是这样的）的路上走过来的，又由于旧时代的文人受着自己世界观的限制,所以我国封建时代的文学中,偏多地表露出一种伤感悲哀的感情色彩。从《离骚》的哀时伤世算起,到古诗十九首的咏叹"人生无常",再到唐宋诗词的咏写悲欢离合,其中就贯穿着一种"以悲为美"的文学传统。这种反映着人们深刻的"忧患意识"(对于人生的、社会的乃至自然界的)的文学传统,到了唐宋词的特殊阶段,便得到了最充分的发展:晚唐五代词一开始便带上了这种浓重的伤感色彩,它即使是写享乐狂欢,也"背面地"衬托出了那一时代人们普遍带有的危机感、颓伤感;而两宋时代的词作,尽管色彩缤纷、万态毕呈,却也离不开那种对于人生、对于政治、对于宇宙的深沉哀感。这种悲哀的情绪,一方面反映出士大夫文人世界观中的消极一面,另一方面却又反映出人类"自觉性"的抬头。从前者可以看出中国封建社会在中唐以后的开始"老化",从后者又可以看出它的越加走向"成熟"。那对于人生悲欢离合的咏叹,那经过深思熟虑后生出的忧伤,不正反映着人类对于自己的存在、自己的历史所做出的深刻反省和执著追求吗?没有阻力,人类就意识不到自己的存在;没有苦恼,人类也就体会不到生活的乐趣。只有经历忧患与不断思考,人类才能更加意识到生活的意义和生命的价值。所以,撇开唐宋词中伤感情绪所带着的消极一面,我们还是看到了它对生活所抱有的执著追求的积极一面。文学作品的价值,首先在于它的思想价值;文学作品的风格色彩,首先受制于它的感情色彩。唐宋词的思想价值,就在于它采用了各种方式,在总体上肯定着生活(肯定着生命、爱情、自由,肯定着正义、理想、真理,肯定着祖国、人类和大自然,肯定着人间和宇宙间的一切美好事物);而唐宋词的"主体风格",也就是由它好写伤感情绪的内容方面的特点所基本规定着的。

什么是词的"主体风格"?说到底,便是"词境"的风格。什么是"词境"?它的"本质"(即"词心")又是什么?对此,清末的大词论家况周颐有过一段"总结性"的说明:"人静帘垂,灯昏香直。窗外芙蓉残叶飒飒作秋声,与砌虫相和答。据梧冥坐,湛怀息机。每一念起,辄设理想排遣之。乃至万缘俱寂,吾心忽莹然开朗如满月,肌骨清凉,不知斯世何世也。斯时若有无端哀怨枨触于万不得已;即而察之,一切境象全失,唯有小窗虚幌、笔床砚匣,一一在吾目前。此'词境'也。"又说:"吾听风雨,吾览江山,常觉风雨江山外有万不得已者在。此万不得已者,即'词心'也。"①总其言而观之,"词境"也好,"词心"也好,其所包蕴的感情便是一种伤感哀怨、迷茫惆怅的愁绪。词既以抒写这种难以言状的愁绪作

① 况周颐:《蕙风词话》卷一,《蕙风词话 人间词话》,人民文学出版社,1960年,第9－10页。

为自己的主要内容,它的基本风格特征便自然会走向“婉约”一路了。

伤感情绪是一种低徊、宛转、纷乱、深细的感情。李后主比之为“剪不断,理还乱”(《相见欢》),李清照形容为“才下眉头,却上心头”(《一剪梅》)。“别是一番”的滋味,宜用“别是一家”的文体来表达,深蕴“心头”的感情,宜用委婉细腻的文笔来揭示;悲哀伤感的心理,又适宜用那种“阴柔”的美感来体现。凡此种种,都促使词的“主体风格”向着偏婉、偏柔、偏深、偏细的“婉约”方向发展;凡此种种,也促使人们在想要发泄自己伤感意绪的时候,最喜欢选择“词”这种文学体裁来抒写。一种文体有一种文体的特长,一种文体有一种文体的特色。早在六朝时代,陆机就提出过类似我们所谓的“文体风格”的命题(在他之前当然还有):“诗缘情而绮靡,赋体物而浏亮,碑披文以相质,诔缠绵而悽怆,铭博约而温润,箴顿挫而清壮,颂优游以彬蔚,论精微而朗畅,奏平彻以闲雅,说炜烨而谲诳。”① 如果我们斗胆续上一句,那便是:“词婉约而感伤”——至少从它的主流的和“正宗”的情况来看,此条还是可以成立的。

第三,在同一种文体中,既有风格的一致性,又有风格的多样性。社会环境和作者艺术趣味的不同,造成了唐宋词苑万态纷呈的多种风格。

和其他文体相比较,词有着自己的“总体”或“主体”的风格。但是,另一方面,唐宋词苑中又还存在“以诗为词”“以文为词”等其他类型的风格;而且,就是同属一种类型的风格之间,也还是存在着各种差异的。这些现象告诉我们:唐宋词的风格既不是“铁板一块”、整齐划一的,又是不断运动、不断发展的。造成这种风格的多样性的原因当然是很复杂的,而其中,尤以社会环境和作者艺术趣味这两方面的因素显得最为重要。

叶燮说:“乃知诗之为道,未有一日不相续相禅而或息者也。”②“诗”是如此,词和词的风格也是如此。推动着词风发生转变、变革的一个直接原因,便是“时运”的“交移”③。如果说,晚唐五代的社会环境“孕育”和“诞生”出了词的“总体风格”的话,那么北宋后期和南宋初期社会矛盾的激化,便导致了“变革型风格”的“分化”或“蜕变”。“文变染乎世情,兴废系乎时序”(《文心雕龙》),举此二端,即知此条规律对于词的风格的演变也完全适用。

除了“类型风格”之间的大区别外,同一类型(或基本属于同一类型)内部的风格之间也还存在着“个性”的差异。这种差异,拿刘勰的话来讲,即是“各师成

① 陆机:《文赋》,萧统编《昭明文选》,中州古籍出版社,1990 年,第 224 页。

② 叶燮:《原诗》,人民文学出版社,1979 年,第 3 页。

③ 刘勰著,范文澜注:《文心雕龙注》下册,人民文学出版社,1958 年,第 671 页。

心，其异如面”①。这种差异，是与作家的思想（世界观）、生活和创作技巧有关的。但是，在评说唐宋词的风格差异时，我们却还要特别强调他们的“艺术趣味”，这是因为，词在表现思想、反映生活方面有着自己的特殊性。除了那一些直接抒发爱国激情和“看穿”思想的词外，大多数词作与作者的世界观、政治态度之间的距离还是比较远的，因此如果套用上述“思想、生活、技巧”的理论来分析词的风格成因，似乎有点儿“隔”（“隔雾看花”“隔靴搔痒”）的味道。而如果改用“趣味”来论词，就比较“实事求是”了。佛语云：“一花一世界，一草一精神。”如果要在唐宋词苑的繁花“世界”中寻找他们的“精神”的话，那么这种“精神”就是它们所凝聚着的不同作家的多种艺术趣味。

举例来说，好写富艳而慵懒的“思妇”，这就是温庭筠的“趣味”。这种“趣味”驱使着他一连写了十余首风格绮靡哀怨的《菩萨蛮》词。而南宋的“白石道人”姜夔，他却喜欢写柳、写梅、写荷，在这种题材和意象的“专注性”中，就可窥出他“清空骚雅”的生活情致和艺术兴趣。

又如：同是写北宋仁宗朝的“富贵”生活，柳永词好用“暖酥腻云”“鸡窗香衾”“鸾笺象管”式的“富贵字面”，而晏殊却喜用“一曲新词酒一杯”“小园香径独徘徊”式的淡雅字面。从艺术兴趣来看，前者正体现着市民阶层对于富贵的欣羡和夸耀（所以《后山诗话》颇有些刻薄的批评这类“言富贵而用金玉锦绣”的作风为“非富贵语，看人富贵者也”②）；后者则反映着真正的“富贵者”在享受（甚至有些厌倦了）锦衣玉食生活之外转欲寻觅“高雅”“脱俗”之致的心理。

所以，“风格即人”，从某种意义上讲，造成唐宋词中千差万异的“个性风格”的，正是它们作者各不相同的艺术趣味。

第四，唐宋词苑风格的多样性，在外而言，与他种文体对它的影响有关；在内而言，又与人们不断“嗜新”的审美心理有关。

在考察唐宋词”总体风格”的形成时，我们明显地感到了晚唐诗风（乃至南朝诗歌）对它的重大影响。而在论析苏、辛“变革型”风格时，又清楚地感到了它们“以诗为词”“以文为词”的特点。这些都表明：一种新兴的文体，在它的发展过程中，总是不断地从前代和同代的其他文体中汲取某些“养料”，以培育、充实自己的风格——扩而言之，它还会向其他艺术门类寻觅这种“帮助”。例如，“宴乐”就曾以它婉媚柔美的风格深刻地影响到词，使后者出现了“婉”“曲”的“性格”。中国古典诗歌的发展史上，诗与音乐曾几度携手“合作”；每一次合作，音

① 刘勰著，范文澜注：《文心雕龙注》下册，人民文学出版社，1958 年，第 505 页。
② 陈师道：《后山诗话》，何文焕辑《历代诗话》，中华书局，1981 年，第 303 页。

乐都为诗歌做出了有益的贡献。“词”,就可以说是音乐与文学“最佳合作”的产物。谈到这里,我们不禁又会“临风翘想”:在今后的新诗创作中,是否再会出现音乐与诗歌的“更佳合作”呢? 这种可能性或许不应排除。

在考察唐宋词风格演变的过程中,我们又注意到,读者和作者的“厌旧趋新”的审美心理,对于风格的不断“出新”,有着直接的推动作用。观之柳永慢词的兴起,观之苏轼革新词风的举动,观之周—姜—吴—张之间的“密—疏—密—疏”都可以证明此点。生活有多种色彩,人们的审美心理有多种色彩,文学的风格也就应该有多种色彩。这又是唐宋词苑给我们提供的一点启示。

唐宋词的历史已经远逝而去了。但是,它的美丽的“倩影”却留给我们以永恒的“魅力”,令我们久久陶醉、不能忘怀。当然,“江山代有才人出,各领风骚数百年。”新的时代需要有新的文学创作。但是,“温故而知新”,整理和发掘古典文学遗产、从中寻求某些有益的借鉴,对于发展社会主义新时期的文学创作,还是很有必要的。本书仅从“风格”的角度对唐宋词的发展情况作了一些粗浅的论析,这种论析是很不充分和未必成熟的,还望广大读者提出批评。

1984 年 4 月初稿

1985 年 2 月修改于苏州

参考文献

[1] 李延寿. 南史[M]. 北京:中华书局,1975.
[2] 李心传. 建炎以来系年要录[M]. 北京:中华书局,1988.
[3] 祝穆. 方舆胜览[M]. 文渊阁,四库全书影印本.
[4] 脱脱,等. 宋史[M]. 北京:中华书局,1985.
[5] 陈邦瞻. 宋史纪事本末[M]. 北京:中华书局,1977.
[6] 孙光宪. 北梦琐言[M]. 北京:中华书局,1960.
[7] 苏轼. 东坡志林[M]. 北京:中华书局,1981.
[8] 邵博. 邵氏闻见后录[M]. 北京:中华书局,1983.
[9] 孟元老. 东京梦华录注[M]. 邓之诚,注. 北京:中华书局,1982.
[10] 胡仔. 苕溪渔隐丛话[M]. 北京:人民文学出版社,1962.
[11] 吴曾. 能改斋漫录[M]. 上海:上海古籍出版社,1979.
[12] 俞文豹. 吹剑续录[M]. 涵芬楼,说郛本.
[13] 陆游. 老学庵笔记[M]. 文渊阁,四库全书影印本.
[14] 赵令畤. 侯鲭录[M]. 北京:中华书局,2002.
[15] 徐度. 却扫编[M]. 文渊阁,四库全书影印本.
[16] 费衮. 梁溪漫志[M]. 文渊阁,四库全书影印本.
[17] 叶梦得. 避暑录话[M]. 文渊阁,四库全书影印本.
[18] 罗大经. 鹤林玉露[M]. 北京:中华书局,1983.
[19] 陈善. 扪虱新话[M]. 儒学警悟本.
[20] 廖莹中. 江行杂录[M]. 丛书集成初编本,上海:商务印书馆,1935.
[21] 周密. 齐东野语[M]. 涵芬楼影印旧版,上海:上海书店,1996.
[22] 周密. 澄怀录[M]. 续修四库全书本,上海:上海古籍出版社,1995.
[23] 丁传靖. 宋人轶事汇编[M]. 北京:中华书局,1981.
[24] 上海进步书局. 笔记小说大观[M]. 扬州:江苏广陵古籍刻印社,1983.
[25] 周光培. 宋代笔记小说[M]. 石家庄:河北教育出版社,1995.
[26] 刘勰. 文心雕龙注[M]. 范文澜,注. 北京:人民文学出版社,1958.

[27] 韩愈. 韩昌黎文集校注[M]. 马其昶,校注. 上海:上海古籍出版社,1986.
[28] 李商隐. 樊南文集[M]. 上海:上海古籍出版社,1988.
[29] 赵崇祚. 花间集校[M]. 李一氓,校. 北京:人民文学出版社,1958.
[30] 邵雍. 伊川击壤集[M]. 四部丛刊初编本,上海:上海书店,1989.
[31] 苏轼. 苏东坡全集[M]. 北京:中国书店,1986.
[32] 苏辙. 栾城集[M]. 文渊阁,四库全书影印本.
[33] 黄庭坚. 豫章黄先生文集[M]. 四部丛刊初编本,上海:上海书店,1989.
[34] 李之仪. 姑溪居士文集[M]. 丛书集成初编本,上海:商务印书馆,1935.
[35] 陈振孙. 直斋书录解题[M]. 上海:上海古籍出版社,1987.
[36] 李清照. 李清照集校注[M]. 王仲闻,校注. 北京:人民文学出版社,1979.
[37] 辛齐疾. 稼轩词编年笺注[M]. 邓广铭,笺注. 上海:上海古籍出版社,1978.
[38] 陈亮. 陈亮集[M]. 北京:中华书局,1974.
[39] 陈亮. 陈亮龙川词笺注[M]. 姜书阁,笺注. 北京:人民文学出版社,1980.
[40] 姜夔. 白石诗词集[M]. 夏承焘,校辑. 北京:人民文学出版社,1959.
[41] 姜夔. 姜白石词编年笺注[M]. 夏承焘,笺注. 上海:上海古籍出版社. 1981.
[42] 曾慥. 乐府雅词[M]. 四部丛刊初编本. 上海:上海书店,1989.
[43] 黄昇. 唐宋诸贤绝妙词选[M]. 四部丛刊初编本,上海:上海书店,1989.
[44] 黄昇. 中兴以来绝妙词选[M]. 四部丛刊初编本,上海:上海书店,1989.
[45] 吴文英. 梦窗词选笺释[M]. 杨铁夫,笺释. 1932 年铅印本.
[46] 刘克庄. 后村诗话[M]. 北京:中华书局,1983.
[47] 魏庆之. 诗人玉屑[M]. 上海:上海古籍出版社,1978.
[48] 刘克庄. 后村先生大全集[M]. 四部丛刊初编本,上海:上海书店,1989.
[49] 林景熙. 霁山文集[M]. 文渊阁,四库全书影印本,上海:上海古籍出版社,1987.
[50] 张炎. 山中白云词[M]. 吴则虞,校辑. 北京:中华书局,1983.
[51] 张炎. 沈义父. 词源注　乐府指迷笺释[M]. 夏承焘,校注. 蔡嵩云,笺释. 北京:人民文学出版社,1963.
[52] 元好问. 遗山先生文集[M]. 四部丛刊初编本,上海:上海书店,1989.
[53] 吴讷. 百家词[M]. 上海:商务印书馆,1904.
[54] 毛晋. 宋六十名家词[M]. 上海:上海古籍出版社,1989.
[55] 王夫之. 姜斋诗话[M]. 北京:人民文学出版社,1961.
[56] 永瑢,等. 四库全书总目[M]. 北京:中华书局,1965.
[57] 董诰,等. 全唐文[M]. 北京:中华书局,1983.

[58] 沈辰垣,等. 历代诗余[M]. 上海:上海书店,1985.
[59] 陆昶. 历朝名媛诗词[M]. 乾隆三十八年红树楼刻本.
[60] 徐轨. 词苑丛谈[M]. 上海:上海古籍出版社,1981.
[61] 朱彝尊. 曝书亭集[M]. 上海:商务印书馆,1937.
[62] 朱彝尊. 词综[M]. 北京:中华书局,1975.
[63] 叶燮. 原诗[M]. 北京:人民文学出版社,1979.
[64] 张思岩宗楠. 词林纪事[M]. 成都:成都古籍书店,1982.
[65] 万树. 词律[M]. 上海:上海古籍出版社,1984.
[66] 张惠言. 词选[M]. 北京:中华书局,1957.
[67] 何文焕. 历代诗话[M]. 北京:中华书局,1981.
[68] 刘熙载. 艺概[M]. 上海:上海古籍出版社,1978.
[69] 周济. 宋四家词选[M]. 上海:古典文学出版社,1958.
[70] 周济. 介存斋论词杂著[M]. 北京:人民文学出版社,1959.
[71] 谭献. 复堂词话[M]. 北京:人民文学出版社,1959.
[72] 冯煦. 宋六十一家词选[M]. 扫叶山房宣统二年石印本.
[73] 陈廷焯. 白雨斋词话[M]. 北京:人民文学出版社,1959.
[74] 况周颐,王国维. 蕙风词话 人间词话[M]. 北京:人民文学出版社,1960.
[75] 王国维. 词录[M]. 北京:学苑出版社,2003.
[76] 丁福保. 历代诗话续编[M]. 北京:中华书局,1983.
[77] 王鹏运. 四印斋所刻词[M]. 上海:上海古籍出版社,1989.
[78] 朱孝臧. 彊村丛书[M]. 上海:上海书店,1989.
[79] 吴昌绶,陶湘. 景刊宋金元明本词[M]. 上海:上海古籍出版社,1989.
[80] 朱祖谋. 宋词三百首笺注[M]. 唐圭璋,笺注. 上海:上海古籍出版社,1979.
[81] 曾昭岷,等. 全唐五代词[M]. 北京:中华书局,1999.
[82] 唐圭璋. 全宋词[M]. 北京:中华书局,1965.
[83] 唐圭璋. 词话丛编[M]. 北京:中华书局,1986.
[84] 龙榆生. 唐宋名家词选[M]. 上海:上海古籍出版社,1980.
[85] 梁令娴. 艺蘅馆词选[M]. 北京:中华书局,1935.
[86] 胡适. 词选[M]. 石家庄:河北人民出版社,1999.
[87] 唐圭璋. 唐宋词简释[M],上海:上海古籍出版社,1981.
[88] 沈祖棻. 宋词赏析[M]. 上海:上海古籍出版社,1980.
[89] 王重民. 敦煌曲子词集[M]. 上海:商务印书馆,1956.
[90] 施蛰存. 词籍序跋萃编[M]. 北京:中国社会科学出版社,1994.

[91] 郭绍虞. 中国历代文论选[M]. 上海:上海古籍出版社,1979.
[92] 郑振铎. 晚清文选[M]. 上海:上海书店,1987.
[93] 邓广铭. 辛稼轩诗文钞存[M]. 上海:古典文学出版社,1957.
[94] 刘永济. 词论[M]. 上海:上海古籍出版社,1981.
[95] 缪钺. 诗词散论[M]. 上海:上海古籍出版社,1982.
[96] 普列汉诺夫. 论艺术(没有地址的信)[M]. 北京:生活 · 读书 · 新知三联书店,1964.

再版后记

此卷原由上海社会科学院出版社于 1986 年 3 月出版。由于某些原因,原装帧相当简陋,就连唐圭璋先生所撰序言都未在目录中标出,而责任编辑的姓名也竟缺如。当时共发行 7000 册,但后来在大陆未曾再版过;倒是在台湾地区,次年即有它的盗印本(更名为《唐宋词的风格学》,且隐去了作者的姓名)出现。1994 年,曾由韩国学者李钟振教授译成韩文,交由新雅社出版。本次编入"词学文集"由华东政法大学教授王晓骊博士重校。江苏大学出版社责任编辑郭杰先生、张冠先生、米小鸽女士也费力甚多,于此一并表示感谢。

杨海明

2020 年 3 月